Ein brutaler Serienmörder treibt in Illinois sein Unwesen. Immer trifft es Paare, die kurz vor der Trennung stehen. Und immer fehlen die Köpfe. Special Agent Elizabeth Hewitt ermittelt in ihrem neusten Fall.

Eine Frau wird tot in ihrem Schlafzimmer aufgefunden – auf grausame Weise enthauptet. Doch der Kopf ist vom Tatort verschwunden. Als Special Agent Elizabeth Hewitt mit dem Ehemann sprechen will, entdeckt sie seinen toten Körper im Blumenbeet – ebenfalls enthauptet. Kurz darauf taucht in einer Zeitungsredaktion ein Foto mit den Köpfen der beiden Opfer auf, hergerichtet wie an ihrem Hochzeitstag. Special Agent Elizabeth Hewitt und ihre Assistentin Jen Spangler beginnen mit den Ermittlungen. Da passiert noch ein schrecklicher Doppelmord. Und Jen, die sich als Praktikantin in die Zeitungsredaktion eingeschleust hat, verschwindet …

Sheldon Rusch arbeitet als Marketingmanager und Yogalehrer. Er lebt mit seiner Frau und drei Kindern in der Nähe von Milwaukee in Wisconsin. Im Fischer Taschenbuch Verlag erschienen die Thriller »Rabenmord« (Bd. 16879), »Mordmelodie« (Bd. 16875) und »Sündenmord« (Bd. 18039) mit Special Agent Elizabeth Hewitt.

Unsere Adresse im Internet: www.fischerverlage.de

SHELDON RUSCH

MORDTHERAPIE

THRILLER

Aus dem Amerikanischen
von Susanne Goga-Klinkenberg

Fischer Taschenbuch Verlag

Deutsche Erstausgabe
Veröffentlicht im Fischer Taschenbuch Verlag,
einem Unternehmen der S. Fischer Verlag GmbH,
Frankfurt am Main, April 2010

Titel der amerikanischen Originalausgabe:
›Separated at Death‹

Published by arrangement with Sheldon Rusch
Dieses Werk wurde vermittelt durch die Literarische Agentur
Thomas Schlück GmbH, 30827 Garbsen
Satz: ottomedien, Darmstadt
Druck und Bindung: CPI – Clausen & Bosse, Leck
Printed in Germany
ISBN 978-3-596-18040-0

1

Komisch, dass einem eine winzig kleine Veränderung an der Hand den Schlaf rauben konnte. Sie wusste natürlich, dass sich nicht nur an ihrem Körper etwas verändert hatte. Auch ihr Geist und ihre Seele waren betroffen. Mit anderen Worten, Elizabeth Taylor Hewitt konzentrierte sich ganz und gar auf einen Gegenstand, der im Grunde lächerlich klein war.

Für Brady Stephen Richter war er allerdings nicht lächerlich klein. Zwei Monatsgehälter eines Polizisten – vermutlich auch mehr – hatte es schon gebraucht, um sein männliches Ego zu befriedigen.

Im Augenblick lag er neben ihr und schlief tief und fest. Für ihn war die Sache einfach. Er war ja nicht derjenige, dessen Hand sich an den Felsen von Gibraltar gewöhnen musste.

Elizabeth lag auf dem Rücken und starrte an die Decke. Sie drehte den Kopf zum Wecker, während der Rest ihres Körpers völlig reglos blieb.

Drei Uhr. Sie hörte einen kleinen Ausrufer in ihrem Kopf, der den Bürgern des Dörfchens Hewitt-Richter die Zeit verkündete.

»Liebe Leute, lasst euch sagen, die Uhr hat eben drei geschlagen. Alles ist gut.«

Ja, schon, sofern man auf dem Bauch lag und wie ein Toter schlief. Lag man jedoch auf dem Rücken und starrte an die Decke, sah die Sache anders aus.

Wenn Brady auf dem Bauch lag, schnarchte er wenigstens nicht. Um drei Uhr morgens klammerte man sich an jeden Strohhalm.

Elizabeth ließ ihre Hand wie eine Spinne über Bradys nackte Hüfte wandern. Dann erreichte sie seinen unteren Rücken und hielt inne. Sie erinnerte sich, wie sie seinen neuen Rücken zum ersten Mal gesehen hatte. Die Narbe in der Nähe der Nieren, die Austrittsstelle der Kugel. Die Haut war inzwischen verheilt, doch die Nerven waren an dieser Stelle noch taub.

Es war nicht das erste Mal, dass sie absichtlich das Narbengewebe berührte, es streichelte, aus purer Neugier.

Die erste Berührung war reiner Zufall gewesen, eine alte Gewohnheit. Als ihr klarwurde, wie er darauf reagierte, war sie hin und weg gewesen.

Sie hatte es entdeckt, als sie das erste Mal seit der Verletzung miteinander schliefen und sie mitten im wildesten Sex ganz sanft die breiteste Stelle der Narbe berührte. Das löste eine Kettenreaktion in seinem Nervensystem aus, eine ganz kurze Bewegung, einen leichten Schauer, der durch sein Becken und seine Hüften zuckte. Es steigerte Elizabeths Erregung bis ins Unendliche.

Ihr linker Zeigefinger hatte den Rand der Narbe erreicht, doch statt sie zu berühren, hob sie den Ringfinger und hielt ihn ganz knapp über die Haut, so nah, dass die kühle Unterseite des Ringes das Gewebe streifte. Da war er schon, der zuckende Schauer.

»Lass das sein, Elizabeth.«

Bradys Stimme klang verschwommen. Er schlief sofort weiter.

Sie lächelte. Das kleine alchemistische Experiment war geglückt, aber sie musste es noch oft wiederholen, um die Ergebnisse zu bestätigen.

Ihre forschende Hand strich an seiner Seite entlang, bis sie sich von seinem Körper verabschiedete. Ob er sich wenigstens als Ehemann dazu entschließen könnte, sie ab und zu beim Vornamen zu nennen?

2

Sie trägt einen Keuschheitsgürtel. Noch nie zuvor hat sie ein so lächerliches Ding angelegt. Doch in dieser Umgebung, an diesem Ort, erscheint es ihr auf einmal selbstverständlich. Als wäre er für sie vorgesehen. Als verdiente sie es, ihn zu tragen.

Sie ist allein an diesem Ort, umgeben von wehenden Vorhängen. Etwa drei Meter entfernt. Vielleicht auch sechs. Das weiße Licht scheint sich schillernd auf die Vorhänge zuzubewegen, bevor es wieder in der Dunkelheit verschwindet. Einer unvollständigen Dunkelheit, mit einer kleinen Nische aus Licht, aus der jederzeit etwas auftauchen kann. Vielleicht, um ihr den Keuschheitsgürtel zu erklären. Oder ihn abzunehmen.

Dann wird das Licht konstanter. Sie schaut an sich hinunter und sieht die bizarre Vorrichtung, die ihren Intimbereich umschließt. Vor allem sieht sie das Schlüsselloch in der Mitte. Da spürt sie den Schlüssel in ihrer rechten Hand.

Er schmiegt sich warm in ihre Handfläche, als hätte sie ihn schon länger festgehalten. Als hätte sie ihn die ganze Zeit in der Hand gehabt.

Nun begreift sie. Man wird sie nicht von dem Keuschheitsgürtel befreien. Sie selbst entscheidet, ob sie sich davon befreit. Doch ganz so einfach ist es nicht. Denn es geht auch darum, wie sie sich dem Wesen präsentieren möchte, das durch den Vorhang treten und ihre Entscheidung überprüfen wird.

***

Das Geräusch des Schlüssels im Schloss lässt sie zusammenzucken, doch sie wacht nicht ganz auf. Nur langsam löst sie sich aus dem

Traum. Ihre rechte Hand ruht auf dem weichen Kissen ihres Schamhaars, sie spürt die Feuchtigkeit an ihren Fingerspitzen.

Sie ist wach. Hellwach. Sie setzt sich auf, als sie eine Bewegung im Haus hört. In der Nähe der Tür.

»Scheiße.«

Das Wort flattert durchs Zimmer wie eine verirrte Motte. Sie hätte die Schlösser auswechseln sollen. Aber sie hat nicht damit gerechnet, dass er tatsächlich mitten in der Nacht auftaucht. Betrunken, verwirrt, hoffnungslos. Oder alles zusammen.

Er war nie der Typ, der seine Frau beim Heimkommen freudig begrüßte. Er stahl sich lieber unangekündigt herein. Goss sich ein Glas Jameson's mit gestoßenem Eis ein. Den Geruch von Alkohol und ungewaschenem Körper vermisste sie ganz und gar nicht.

Er war jetzt im Flur, näherte sich dem Schlafzimmer. Sie wischte die Fingerspitzen am Laken ab.

Obwohl ihr einziges Kind im ersten Jahr an der Iowa State studierte und gerade mit einigen Freundinnen durch Europa reiste, ließ sie noch immer die Schlafzimmertür angelehnt, als wollte sie sagen: *Liebes, wenn du wirklich nicht schlafen kannst, komm zu mir, und wir flüstern wie früher im Dunkeln.*

Vor diesem Türspalt, der von ihrem alten Mutter-Tochter-Kompromiss zeugte, blieb ihr Mann jetzt stehen. Hielt inne, als wäre ihm endlich klargeworden, dass er im falschen Haus gelandet war. Dass es keine gute Idee gewesen war, herzukommen.

»Wenn du reinkommst, bin ich morgen beim Gericht«, sagte sie mit ihrer Nachtstimme.

Mein Gott, wie gehässig. Aber etwas anderes verstand er nicht.

Sie wartete ab.

Etwas war merkwürdig. Dass ihr entfremdeter Ehemann sie nicht mit einer Flut von Beleidigungen bedachte, war schon seltsam, noch seltsamer aber war das Fehlen seiner üblichen spätabendlichen Duftmischung.

Selbst wenn er es in den vergangenen Stunden unter die Dusche geschafft haben sollte, hätte ihn zumindest das Aroma von irischem Whiskey verraten müssen.

3

Spanglers Anruf riss Elizabeth aus dem Schlaf, aus dem sie nur langsam und widerwillig auftauchte.

Gegen vier hatte sie endlich aufgehört, über den Satz *Bis dass der Tod euch scheidet* nachzudenken, und war in Tiefschlaf gesunken.

Als sie zum Telefon griff, fiel ihr Blick auf den Wecker. 8 Uhr 14. Mit anderen Worten, sie hätte schon vor vierzehn Minuten im Büro sein müssen. Da aber Freitag war, keine wichtigen Termine anstanden und ihr frischgebackener Verlobter neben ihr im Bett lag, beschloss sie spontan, einen der Krankheitstage in Anspruch zu nehmen, die ihr der Staat Illinois zugestand.

»Wo sind Sie?«

Einfach so, ohne Begrüßung. In seinem offiziellsten Ton.

Im Bett mit dem Mann, dessen Heiratsantrag ich soeben angenommen habe.

In einer perfekten Welt wäre das die perfekte Antwort gewesen. Leider war es noch zu früh, um zu beurteilen, ob dies der Beginn eines perfekten Tages sein würde. Ob Spangler bereit war für die unglaubliche Neuigkeit.

»Ich möchte mich krank melden. Tut mir leid, dass ich noch nicht angerufen habe.«

»Mir tut es auch leid«, sagte Spangler. »In Ihrem Büro sitzt nämlich jemand, der sehr enttäuscht sein dürfte.«

Elizabeth kam sich vor, als hätte sie einen Geburtstag vergessen.

»Schon erstaunlich, wie schnell Sie sich erholt haben«, erwiderte Spangler, nachdem sie ihm mitgeteilt hatte, sie werde doch zur Arbeit kommen.

»Spontanheilung war immer meine Stärke«, konterte Elizabeth. Von wegen, dachte sie. Der Typ neben ihr, der vor einigen Monaten die Kugel für sie abgefangen hatte und ihr gerade seinen nackten Rücken darbot, war das beste Heilmittel.

Sie verabschiedete sich von Spangler.

»Du fährst doch nicht am Wochenende zur Arbeit, oder?«, stieß Brady verschlafen hervor. Laut Dienstplan war der Freitag sein Sonntag.

»Seit Ed Spangler nach seiner Herzoperation zurückgekommen ist und es geschafft hat, Ritchie Lattimore in die Verwaltung abzuschieben, habe ich mir vorgenommen, alles für ihn zu tun. Heute werde ich damit anfangen, meine Schulden abzuzahlen.«

Jen Spangler sah aus, als wollte sie nicht hospitieren, sondern gleich Elizabeths Stelle übernehmen. So kam es Elizabeth jedenfalls vor, als sie in der Bürotür stehen blieb und die junge Frau betrachtete, die bei ihr hospitieren sollte.

Sie kannte Jen in Jeans und Kapuzensweatshirts, eine junge Frau, die mit ihren Pflichten als alleinerziehende Mutter und Studentin der Kriminalistik jonglierte. Heute jedoch trug sie einen schwarzen Hosenanzug mit cremefarbenem Top und ein paar absolut himmlische schwarze Pumps, so glänzend, dass man sich in ihnen spiegeln konnte. Dazu die imitierte Louis-Vuitton-Handtasche – falls es denn ein Imitat war. Ansonsten hätte Jen neben Kindererziehung, Leben mit Papa und Studium noch einen Nebenverdienst im Rotlichtmilieu haben müssen. Sie wäre nicht das erste brave Mädchen gewesen, das diesen Weg einschlug. Angesichts der Absätze konnte man durchaus auf solche Gedanken kommen.

»Tut mir leid, ich bin spät dran«, sagte Elizabeth und betrat selbstbewusst das Büro. Erste Lektion: Eine erfolgreiche Frau entschuldigt sich nur mit Worten.

»Kein Problem«, entgegnete Jen Spangler und bewies, dass auch sie schon eine Lektion von ihrem Vater gelernt hatte. Eine halbherzige Entschuldigung akzeptierte man mit Worten, nicht mit Blicken.

Jen stand auf, als Elizabeth um den Schreibtisch herumging, und wartete, bis diese sich gesetzt hatte. Dann nahm sie selbst wieder auf dem Besucherstuhl Platz.

»Möchten Sie mich etwas fragen, bevor wir anfangen?«

Jen hatte ihr Mienenspiel gut einstudiert.

»Ich lasse einfach alles auf mich zukommen. So viel wie möglich beobachten. Nicht im Weg stehen. Den Mund halten, solange mich niemand fragt.«

Elizabeth bemerkte, dass Jen die Veränderung an ihrer linken Hand aufgefallen war, und lächelte.

»Deswegen brauchen Sie nicht den Mund zu halten.«

»Heilige Scheiße.«

»Nun ja, nicht meine Wortwahl, aber mein erster Gedanke.«

»Der Detective?«

Elizabeth nickte verlegen.

»Der aus Wilmette?«

Sie nickte erneut. Jen beäugte noch immer den Stein.

»Haben Sie ihn zusammen ausgesucht?«

»Nein, das hat er sich nicht nehmen lassen.«

»Wow, er hat ganze Arbeit geleistet«, sagte Jen, in deren Augen ein neidisches Funkeln glomm. »Ich meine, er hat seine Hausaufgaben gemacht. Oder haben Sie ihn vorher über die vier C belehrt?«

»Die vier C?«

Elizabeth war klar, dass sie ein wenig in die Defensive geraten war, weil sie sich nur verschwommen an die Faustregel für die Beurteilung von Brillanten erinnerte.

»Sie sind aber wirklich eine Antibraut«, verkündete Jen und verschaffte Elizabeth gleich darauf einen hilfreichen Einblick in die Wissenschaft der vier C – Carat, Clarity, Color, Cut –, die die Diamantenindustrie vermutlich jeder zukünftigen Braut auf dem Planeten nahegebracht hatte, nur nicht Elizabeth Taylor Hewitt.

»Und, wie lautet Ihr Urteil?«

»Was den Preis angeht?«

»Nein, nur was die vier C angeht.«

Jen schaute genauer hin, wobei ihr zu üppig aufgelegtes Chanel in Elizabeths Nase wogte.

»Nun, es ist ein Solitär mit Prinzess-Schliff. Mindestens ein Karat. So rein, wie man es sich nur wünschen kann. Völlig farblos.«

Ihre Stimme klang sehnsüchtig. Elizabeths Erkenntnis, dass man sich nur dann mit Verlobungsringen beschäftigte, wenn man selbst gerne einen gehabt hätte, war klarer als jeder Diamant. Man beschäftigte sich nur damit, wenn man von einem Leben träumte, zu dem neben einer zweijährigen Tochter auch ein Mann gehörte, der einem einen solchen Ring schenkte.

»Wilmette hat ordentlich was hingeblättert«, fügte Jen hinzu.

»In jeder anderen Hinsicht legt er keinen Wert auf Luxus.«

Jens coole Fassade war noch intakt, doch der lockere Austausch unter Frauen ließ ihr Gesicht weniger angespannt wirken.

»Geht es ihm gut? Nachdem ...«

Regeln für Mentoren, Vorschrift 137. Wie spricht man taktvoll über die schwere Verletzung eines Kollegen, vor allem wenn dieser Kollege der zukünftige Ehemann ist und die Kugel für einen selbst bestimmt war?

»Meinen Sie, nachdem ihn die Kugel ins Nudelbüfett getroffen hat?«

Jen zuckte zusammen. »Hm, ja, das meine ich, auch wenn ich es nicht so ausgedrückt hätte.«

»Es geht ihm gut«, erklärte Elizabeth. »Der Penisnerv ist unversehrt.«

Aus dem Augenwinkel sah sie, dass jemand in die Tür getreten war und ihre letzten Worte mitbekommen hatte. Der Vater ihrer Hospitantin, natürlich, wer sonst? Doch nach seinem Gesichtsausdruck zu urteilen, hatte er andere Dinge im Kopf als ihre Bemerkung und den Klunker an ihrem Finger.

4

Sie sprachen etwa fünf Minuten lang in Spanglers Büro miteinander. Von ihrer strategischen Position im Flur aus konnte Elizabeth das eine oder andere Wort hören, doch sie orientierte sich vor allem an den Stimmen, die ihr verrieten, wie die Großwetterlage drinnen war.

Bei Jen und Ed Spangler war sie meist wechselhaft. Dad fand alles beschissen, und seine Tochter bemühte sich, die böse Welt zu einem besseren Ort zu machen.

Dieser Vater-Tochter-Konflikt war in ihren Augen unausweichlich geworden, seit Jen verkündet hatte, von der psychologischen Fakultät zur Kriminalwissenschaft zu wechseln. Auch dieser Wechsel war in Elizabeths Augen unausweichlich gewesen. Captain Spangler hatte sich zwar überrascht gegeben, doch sie selbst wusste es besser. Die üblichen Zutaten für eine Karriere bei der Polizei waren allesamt vorhanden. Ein einflussreicher Vater, eine Schwesterfigur, mit der man unbewusst um die Aufmerksamkeit des Vaters wetteiferte, wie auch die Tatsache, dass der Vater zwei schwere Herzoperationen hinter sich hatte. Da blieb nicht ewig Zeit, seine Aufmerksamkeit zu erringen.

Außerdem gab es natürlich noch einen weiteren Grund, den Zwingendsten von allen. *Das große Missgeschick.* Zwar würde kein vernünftiger Mensch Jens wunderschöne zweijährige Tochter ernsthaft als solches bezeichnen, doch die Tatsache, dass das Mädchen ohne Vater aufwuchs, stellte ein gewisses Problem für die Familie dar.

Es folgte ein Waffenstillstand von etwa dreißig Sekunden, dann schwang die Tür auf, und Jen Spangler trat hinaus in den zweitinteressantesten Tag ihres Lebens.

»Nehmen Sie sie mit«, sagte Ed Spangler mit eisiger Resignation. »Sie soll es mit eigenen Augen sehen.«

Elizabeth las in Jen Spanglers Blick einen leisen, aber gemeinen Triumph, reagierte aber nicht darauf. Sie wusste, wie wenig ein solcher Sieg bedeutete. Außerdem war sie nicht sonderlich begeistert, dass sie in der wichtigen ersten Phase der Ermittlungen eine Studentin an ihrer Seite hatte, so gut sie sie auch kennen mochte.

Man musste zu Jen Spanglers Ehrenrettung sagen, dass sie nicht kotzte. Sie krümmte sich nicht, sie würgte nicht, sie stieß nicht einmal ein Keuchen hervor. Ihre Gesichtsfarbe konnte sie jedoch nicht kontrollieren, und die wechselte sehr schnell zu Leichenblass.

Es war, als hätte die unglaubliche Menge Blut, die im ganzen Schlafzimmer in Naperville verteilt war, Jens eigenes Blut in die Flucht geschlagen. Die weibliche Leiche lag auf dem Rücken, konnte aber nicht aus toten Augen an die Decke starren.

»Noch immer kein Kopf.«

Das war kurz und bündig. Elizabeth wandte sich an den Kollegen aus Naperville, der ihnen schon beim Eintreffen verkündet hatte, dass man den Kopf des Opfers bislang nicht gefunden habe. Dies war nun die zweite Meldung. Elizabeth wusste, dass sie nicht nur der Information diente, er wollte auch einen näheren Blick auf die attraktive Polizistin werfen.

Der Mann glotzte Jen Spangler derart ungeniert an, dass Elizabeth einschreiten musste.

»Ich habe Sie noch gar nicht vorgestellt«, sagte sie mit Blick auf ihre Hospitantin. Dann schaute sie den Detective an – rotblondes Haar, azurblaue Augen, über eins achtzig, gutgebaut und um die Dreißig. »Das ist Jen Spangler, die Tochter von Captain Ed Spangler. Sie studiert Kriminalistik an der UIC.«

»Ich hospitiere«, erklärte Jen und gab Elizabeth mit einem Lidschlag zu verstehen, dass sie es durchaus allein mit Mr. Testosteron aufnehmen konnte.

»Da haben Sie sich ja den idealen Tag ausgesucht.«

»Danke, es geht schon.«

Der Detective wartete auf mehr. Als nichts kam, verzog er sich wie Zigarettenrauch in einen Ventilator.

»Sie werden ihn nicht finden«, sagte Elizabeth zu Jen. »Jedenfalls nicht in der Nähe. Wenn sich jemand die Mühe macht, den Kopf abzutrennen, hat er etwas Besonderes damit vor.«

»Haben Sie schon eine Idee?« Jen nahm die Schultern zurück, als sie begriff, dass sie eine Grenze überschritten hatte. Elizabeth kannte die Bewegung aus der jahrelangen Arbeit mit Jens Vater. Sie nickte.

»Damit verdienen wir unser Geld«, sagte sie mit einem gezwungenen Lächeln. »Wir müssen uns in solche Leute hineinversetzen. Einen Blick in ihren Kopf werfen und herausfinden, weshalb sie so etwas denken und dann auch noch ausleben.«

Jen Spangler hob die Hand ans Gesicht und spielte mit einer Strähne ihres glatten, kaffeebraunen Haars. Die Geste erschien Elizabeth irgendwie mädchenhaft.

»Das ganze Blut«, sagte Jen schaudernd. »Es ist kaum zu glauben, dass es von einem einzigen Menschen stammt.«

5

Der kopflose Körper war einst ein lebendes menschliches Wesen namens Rita Vandermause gewesen. Die Beschäftigung mit Inneneinrichtung schien eine ihrer Stärken gewesen zu sein. Und auch die Außendekoration ihres Anwesens, wie Elizabeth nun bemerkte.

Elizabeth und Megan Fitch, Rita Vandermause' unmittelbare Nachbarin, saßen in einer Insel aus Sonnenlicht an einem schmiedeeisernen Terrassentisch, zu dem es nur zwei passende Stühle gab.

»Hier habe ich noch nie gesessen«, verkündete Megan Fitch mit dümmlichem Gesicht. Sie sah aus, als käme sie von einer Hypnosetherapie. »Hier hat sie immer mit ihren Freundinnen gesessen. Sie waren immer zu zweit, nie mehr. Aber mich hat sie nie eingeladen.«

Jen Spangler hatte sich einen gepolsterten Liegestuhl herangezogen. Nicht bis an den Tisch, sie wahrte Distanz.

»Hier hat sie auch mit Joe gesessen. Beim Kaffee. Oder bei einem Drink. Nicht sehr oft. In letzter Zeit gar nicht mehr.«

»Wie lange ist es her, dass der Ehemann ausgezogen ist?«

»Fast vier Monate. Es war traurig. So etwas möchte man nicht mitmachen.«

»Hat Joe Vandermause jemals körperliche oder verbale Gewalt ausgeübt?«

»Rita gegenüber?«

Elizabeth nickte.

»Jeder hat mal Streit. Ich meine, Joe ist ein schlechter Verlierer, beim Spielen oder beim Sport. Ich weiß, dass er sonntags mal den Fernseher eingetreten hat, als die Bears gegen Green Bay verloren haben. Das war das Schlimmste, was ich gehört habe. Sie glauben doch nicht, dass Joe das getan hat.«

»Im Augenblick muss ich davon ausgehen, dass jeder es getan haben könnte«, antwortete Elizabeth. *Vor allem jemand, der ein ganz, ganz schlechter Verlierer ist*, fügte sie in Gedanken hinzu.

»Wie lange wird sie wohl noch dasitzen?«

Elizabeth war in Gedanken Art Tatums rechter Hand gefolgt. Er spielte eine Klavierversion von »Love for Sale«, die vor einem halben Jahrhundert aufgenommen worden war. Sosehr sie sich auch mit der Geschichte des Jazz beschäftigt hatte, konnte sie trotzdem nur einer seiner Hände folgen. Es gefiel ihr gar nicht, dass man ihre Aufmerksamkeit von Mr. Tatum auf die Nachbarin lenkte, die sie allein auf Rita Vandermause' Terrasse zurückgelassen hatten.

»Woher zum Teufel soll ich das wissen? Wenn jemand so lange aus dem Fenster geglotzt und sich etwas herbeigewünscht hat, kann das dauern.«

Mein Gott, das war nicht gerade nett von ihr gewesen. Egal, sie würde bald heiraten, und bis dahin blieb genügend Zeit, um ein netterer Mensch zu werden, ein weißes Kleid anzuziehen und die Torte anzuschneiden.

Keine zwanzig Minuten später hielt Elizabeths Mazda vor einem Bungalow in Bensenville, der hübsch aussah, wenn man den Geschmack einer alten Dame besaß. Technisch gesehen, gehörte das Haus der Mutter von Joe Vandermause, doch die Achtzigjährige war in einem Pflegeheim untergebracht. So jedenfalls hatte Megan Fitch es ausgedrückt. Joe war nach der Trennung zunächst in eine Wohnung und dann in den Bungalow gezogen, nachdem seine demente Mutter ihn geräumt hatte.

»Leider kann ich Sie nicht mitnehmen«, sagte Elizabeth.

»Das verstehe ich. Ich warte.«

»Soll ich die Musik anlassen?«

»Sicher, ich mag Klavier. Wenn auch lieber weniger komplex.«

Elizabeth grinste noch, als sie die Einfahrt entlangging. Erst vor der Haustür stieg ihr Adrenalinspiegel merklich an. Als die Klingel drinnen ertönte, tastete sie unter ihrem Sommerblazer nach der Dienstwaffe.

Sie klingelte noch einmal. Wieder nichts. Zwei Runden Türhämmern blieben ebenfalls erfolglos. Dann betätigte sie den verzierten Türknauf und spürte, dass sich die Tür bewegte. Sie stieß sie mit der Schulter auf.

Elizabeth sah sich vorschriftsmäßig im Haus um und bedauerte ein wenig, dass Jen sich ihr Vorgehen nicht ansehen konnte. Alles war unauffällig. Nichts zu sehen oder zu hören.

Obwohl es das niedliche Häuschen einer alten Dame war, spürte man überall den Geruch und die ästhetischen Fehlgriffe eines Fünfundvierzigjährigen. Eines Fünfundvierzigjährigen, dessen Mutter ihn unbewusst im Stich gelassen hatte. Eines Fünfundvierzigjährigen, dessen Ehe sich in ihre Bestandteile aufgelöst hatte und dessen Frau nach Bekunden der neugierigen Nachbarin kürzlich jemanden kennengelernt hatte. Eines Fünfundvierzigjährigen, den man in einem griechischen Epos wohl *Joseph, den Zerstörer der Fernsehgeräte* genannt hätte.

Falls Joe Vandermause seinen Zorn über diese Verluste an seiner Frau ausgelassen hatte, würde er vermutlich nicht an den Ort der Tat zurückkehren. Er war ja nicht der Mörder aus *Das Fenster zum Hof*, der die Überreste seiner Ehefrau in einem Blumenbeet vergrub.

Im Haus war einiges zu tun, und es schien in Ordnung, wenn Jen ihr dabei half. Also ging sie nach draußen und holte ihre Hospitantin, die sofort aus dem Auto sprang und zum Haus eilte.

Das Schlafzimmer seiner Mutter hatte Joe Vandermause nicht angerührt. Im anderen Schlafzimmer, das mit einem antiken Sekretär ausgestattet war, hatte er aber offenkundig viel Zeit verbracht. Und zwar an ebendiesem Sekretär. Das musste Elizabeth sich genauer anschauen.

Jen folgte ihr, blieb aber an der Tür stehen, während Elizabeth die Papiere auf dem Sekretär überprüfte. Kurz nachdem sie die Flugreservierung für eine Reise nach Cancún entdeckt hatte, hörte sie, wie Jen auf eigene Faust loszog und das Haus erkundete. Egal, sie musste sich auf Vandermause' Reisepläne konzentrieren.

Jen Spangler betrat die Küche. Sie betrachtete die weiße Kaffeemaschine von Krups, die offenkundig oft benutzt, aber selten oder nie gereinigt worden war. Das passte nicht zu einer alten Dame. *Eine nutzlose Information.* Der Mann, den sie suchten, hatte ein schlimmeres Verbrechen begangen, als seine Kaffeemaschine zu vernachlässigen.

Vor den Fenstern zum Garten standen Pflanzen auf einem niedrigen Regal. Sie schienen dem Tod geweiht. Jen spielte mit dem Gedanken, sie zu gießen, würde damit aber den Tatort verändern. Aber es war doch gar kein Tatort, oder?

Ihre Blicke wanderten hinaus in den Garten, durch den sich ein gepflasterter Weg zog. Er sah aus wie ein englischer Blumengarten aus dem Märchenbuch. Ihre Augen ruhten auf den elfenbeinfarbenen Steinen, die im grellen Sonnenlicht noch heller wirken.

Die dunkelroten Tropfen begannen auf dem fünften oder sechsten Stein. Ihr Herz schlug heftig. Das musste sie Hewitt sagen. Doch es blieb bei dem Gedanken.

Sie schlich leise aus der Hintertür, die Augen auf die roten Flecken gerichtet. Hewitt würde irgendwann nach draußen kommen und die Spuren ebenfalls entdecken. Aber sie hatte sie zuerst gesehen. Und sie würde auch als Erste finden, was immer sich am Ende des leuchtend bunten englischen Gartens verbarg.

Er hatte ihn dort vergraben. Das wusste sie genau. Aber sie wollte die Stelle selbst finden, den kleinen Flecken aufgewühlter Erde. Vor ihr mündete der Weg in eine Rasenfläche, doch die Tropfenspur zog sich weiter. Sie lockte sie magisch an. Dann plötzlich waren da die Schuhe. Und daran die Beine eines Mannes.

6

Die Digitalkamera blitzt auf und klickt und fängt das Bild des Bräutigams ein. Ein zweiter Versuch ist nicht nötig. Also wendet sich der Fotograf dem nächsten Motiv zu. Die Braut steht schon auf dem Podest, nur minimale Veränderungen sind nötig. Auch dieses Foto fängt die Digitalkamera für die Ewigkeit ein.

Ein eingefangener Augenblick.

Oft hatte man den Nutzen der Fotografie mit diesen Worten beschrieben. Aber war es wirklich so gut, eingefangen zu werden?

Auf ebendiese Weise bleiben Braut und Bräutigam nun erhalten. Einfach so. Der eingefangene Augenblick. Die Eingefangenen. Die eingefangene Vermählung.

Der Teekessel beginnt zu brodeln. *Wie blöd.* Ein kochender Teekessel gesellt sich zu dem eingefangenen Augenblick.

Die Physik, die Mikromechanismen des Universums, verschwören sich, um eine winzige Blase zu erzeugen. Nur damit diese Blase für einen Sekundenbruchteil existiert, bevor sie zerplatzt und bei Gottes nächstem Atemzug wieder ins Universum aufgenommen wird. Und um diese eine Blase herum läuft das universelle Drama des Schöpfens und Zerstörens wieder und wieder ab. Immer in einer winzigen, flüchtigen Blase des Seins, einem eingefangenen Augenblick. Wenn ein Mensch, der nichts von diesem Vorgang weiß, das Foto einer solchen Blase betrachtet, wirkt die transparente Kugel für ihn so fest und dauerhaft wie ein Planet, der eine lächelnde Sonne umkreist.

Ein eingefangener Augenblick in einem kochenden Wasserkessel.

Blöd, blöd, blöd.

Zu blöd auch der Gesichtsausdruck von Braut und Bräutigam, gefangen in einem blubbernden Hexenkessel. So dass jemand, der sich weder auf Physik noch auf menschliche Psychologie versteht, tatsächlich glauben könnte, auch sie würden eine lächelnde Sonne umkreisen.

7

Noch nie hatte jemand Elizabeths Namen derart geschrien, obgleich dann und wann durchaus Grund dazu bestanden hätte. Eine Entdeckung wie diese neigte aber auch dazu, die menschliche Stimme in ungeahnte Höhen zu treiben.

Als sie in den Garten stürzte, bemerkte Elizabeth das getrocknete Blut auf dem gepflasterten Weg, den Jen kurz zuvor entlanggegangen war. Das Blut, das aus dem Hals der männlichen Leiche geflossen war, die zwischen Zitronenmelisse und Iris lag, war noch nicht vom Regen weggewaschen.

Es war nicht die einzige Flüssigkeit, die sich an diesem Tag in den Garten ergoss.

Als der erste Einsatzwagen eintraf, tropfte Jen Spanglers Mageninhalt noch vom Rhododendron. Es war ein gutes Zeichen, dass sie endlich gekotzt hatte. Dass sie am ersten Tatort derart cool geblieben war, hatte Elizabeth zu denken gegeben. Es wäre nicht mehr menschlich gewesen, wenn Jen diese Entdeckung ebenso gelassen hingenommen hätte. Bei dieser unmenschlichen Arbeit musste man sich um jeden Preis seine Menschlichkeit bewahren.

»Nur damit Sie es wissen«, sagte Elizabeth. »So läuft es nicht jeden Tag.«

Jen wirkte verlegen und stand wohl noch unter Schock. Sie versuchte sich an einem tapferen Lächeln.

»Ist das der Ehemann?«, stieß sie hervor.

»Der Exmann.«

»Ich dachte, die Scheidung wäre noch nicht durch.«

»Jetzt schon.«

Sitting in an English garden, waiting for the sun…

Elizabeth kannte die verschiedensten Jazzversionen von Beatles-Songs, aber diese hatte sie noch nie gehört. Während die Spurensicherung den Garten behandelte, versuchte sie sich im Geiste an einem Jazzarrangement von »I am the Walrus«. Dominantes Saxofon. Hart. Schwülstig. Sie hörte schon Sonny Rollins, der würde es hinbekommen. Etwas völlig Ausgefallenes nehmen und Jazz daraus machen. So dass selbst der größte Kenner sagte: *I am the Walrus. Sonny Rollins. Einfach cool.*

Im Hintergrund musste es einen Dritten geben, einen Geliebten oder eine Geliebte. Das hier war mehr als bloßer Jähzorn. Für eine Doppelenthauptung brauchte es eine unvorstellbare Leidenschaft.

»Ist die junge Frau Ihre Partnerin?«

Jesus. Elizabeth drehte sich um und blickte in das einzige Gesicht, von dem diese Worte kommen konnten. Es war ein Gesicht wie aus einer anderen Welt.

Elizabeth fiel ein, dass der Mann die Polizei von DuPage County verlassen hatte und in eine andere Stadt gewechselt war. Dass es Bensenville war, hatte sie vergessen.

Captain John Davidoff lächelte, und die Vergangenheit lächelte mit ihm.

»Nein«, sagte Elizabeth, als sie die Fassung wiedergewonnen hatte, »sie ist die Tochter von Ed Spangler. Jen Spangler. Sie hospitiert bei mir. Warum sie gerade heute dabei ist, müssen Sie schon ein Orakel fragen.«

»Ich werde dran denken, wenn mir eins über den Weg läuft. Was wissen wir sonst noch?«

»Ich nehme an, Sie haben von dem ersten Opfer gehört.«

Davidoff nickte. »Kopflose Leichen neigen dazu, Aufsehen zu erregen.«

»Alles deutet darauf hin, dass dies der Ehemann des ersten Opfers ist.«

»Verstehe. Sie sind hergekommen, weil Sie den Ehemann verdächtigt haben. Vermutlich hatten Sie nicht erwartet, ihn in diesem Zustand vorzufinden.«

»Nein«, gestand Elizabeth, »damit hatte ich nicht gerechnet.«

»Das Leben steckt voller Überraschungen«, sagte Davidoff und ließ seine Blicke träge über Jen Spangler schweifen, die sich langsam erholte.

Ist die junge Frau Ihre Partnerin?

Elizabeth wusste, dass Davidoff ihren Verlobungsring bemerkt hatte, bevor er sie begrüßte, doch er hatte sich nichts anmerken lassen. Das schaffte nur jemand, der bei einem tragischen Unfall sein Gesicht verloren hatte und dennoch im Job geblieben war.

Die junge Frau.

Elizabeth wusste, dass ihre Reaktion albern war. Zugegeben, es hatte einmal Träume gegeben, in denen Davidoff eine Rolle spielte. Aber nichts in ihrem Unterbewusstsein hatte jemals eine ernsthafte Beziehung erwogen. Warum stieg dann eine leise Eifersucht in ihr auf?

»Kein Ring«, sagte Davidoff.

Elizabeth schaute zu der Hand, der kalten Hand auf dem Boden, links vom Körper.

»Sie sagten Ehemann«, fuhr Davidoff fort. »Kann ich davon ausgehen, dass sie sich auseinandergelebt hatten? Sonst müssen wir von einem Diebstahl ausgehen.«

Er warf einen flüchtigen Blick auf Elizabeths linke Hand.

»Ja«, sagte sie und schaute ihm unverwandt in die Augen. »Den Ring hatte er schon vor dem Kopf verloren.«

8

Sie kann sein Gesicht nicht sehen. Nicht, dass er es verbergen würde. Zudem ist es hell im Raum, viel heller, als ihr lieb ist. Sie kann sein Gesicht nicht sehen, weil sie die Augen nicht öffnen kann.

Er zwingt sie, die Augen geschlossen zu halten. Er zwingt sie, aber nicht mit Gewalt oder mit Hilfe einer Augenbinde. Nein, durch seine wilden, zügellosen Handlungen zwingt er sie, die Augen geschlossen zu halten.

Er ist auf ihr. Er ist in ihr. Aber er gehört nicht zu ihr.

Es ist der letzte Sex mit ihm. Das weiß sie. Niemand sagt es ihr. Sie spürt es nur. Und nicht, weil er der einzige Mann ist, den sie jemals auf diese Weise gekannt hat. Ja, es ist eindeutig das letzte Mal mit ihm. Und obwohl es einen anderen Mann gibt, einen Mann, den sie schon zu berühren begonnen hat, kann sie nicht über den Höhepunkt dieses letzten Aktes hinausblicken. Sie sieht nicht weiter als bis zum Vorhang, der dieses Stück beschließt.

»Ich liebe dich«, sagt er zu ihr. Aber das hat er schon immer gesagt, bevor er kommt. Diese Liebe ist nie von langer Dauer. Ein zuckender Countdown, ein Japsen der Liebe.

Der Nachtzug in seinem Nervensystem hat schon das lange, einsame Signal angestimmt, das den Erguss begleitet. Und sofort macht sie sich daran, sich selbst eine kleine Freude zu bereiten.

Wenn es das letzte Mal ist, wäre es schade, die kleine Trophäe nicht mitzunehmen. Als sie spürt, wie der gemeinsame Strom aus ihr hinausfließt, öffnet sie die Augen und schaut ihrem Mann ins Gesicht. Aber sie kann sein Gesicht nicht sehen. Sein Oberkörper, der noch über ihr kniet, bricht urplötzlich auf ihr zusammen. Mit seinem ganzen Gewicht.

Aber nicht mit seinem Gesicht. Sie kann es nicht sehen, kann sein gewohntes Gesicht nicht heraufbeschwören. Sie sieht den Haarkranz, der es umgibt. Sie weiß, dass es da ist. Aber ihr Verstand weigert sich, es zu sehen.

Sie schließt wieder die Augen. In diesem Augenblick und für alle Zeit wird er ein Körper ohne Gesicht sein. Ein Körper, dessen Gesicht ihr Leben schon verlassen hat, während ein Teil von ihm noch in ihr war.

9

Eric Hubertus, Diplomsozialarbeiter, Diplompsychologe und Ehe- und Familientherapeut, kam zu spät zu seinem ersten Termin. Da es sich um einen Mittagstermin handelte, war seine Verspätung weit weniger verzeihlich als bei einer Verabredung am frühen Morgen. Elizabeth beschwerte sich nicht. Es war ja nicht ihr Termin. Das Paar, dem dieser Termin rechtmäßig zustand und das ihr gegenüber im Wartezimmer der Big-Shoulders-Ehe- und Familienpraxis saß, trug seinen ganzen Kummer mit sich herum. Er hatte seinen auf einem weißen Notizblock niedergeschrieben, sie ihren auf dem Leinenpapier eines in Stoff gebundenen Tagebuchs.

Elizabeth war fasziniert vom Namen der Beratungspraxis. Da war jemand ganz schön kreativ gewesen. Jemand, der den Hut vor dem Dichter Carl Sandberg zog, der Chicago als »Stadt der breiten Schultern« bezeichnet hatte. Aber es hatte natürlich noch eine zweite Bedeutung. Jeder brauchte ab und zu eine breite Schulter, an der er sich ausweinen konnte.

Jedenfalls war dies ein Ort, an dem Ehen starben. Oder, wenn alles gut lief, wiederauferstanden. Elizabeth passte nicht so ganz ins Wartezimmer. Denn während sie noch Jungfrau war, was das Thema Ehe betraf, funkelte das Symbol der Hoffnung unübersehbar an ihrer linken Hand.

Und so warteten die Ehe-Jungfrau und das krisengeschüttelte Paar, betrachteten einander und schwiegen zu indianischer Flötenmusik, die wie ein Übergewissen durch den Raum waberte. Mann und Frau nippten an Bechern kostenlosen Mineralwassers und gingen ihre Notizen durch.

Elizabeth arbeitete in ihrem eigenen Notizbuch. Sie hatte bereits die beiden Tatorte samt Opfern skizziert. Sollten sie und das unglücklich verheiratete Paar auf die Idee kommen, ihre Unterlagen zu vergleichen, würde ihres wohl den Preis für die grässlichste Darstellung gewinnen – das hoffte sie jedenfalls für das Paar.

Doch an diesem Mittag würde es zu keinem Vergleich kommen. Denn nun kündigten sich die mokassinbekleideten Füße von Eric Hubertus auf der hölzernen Treppe an.

Er war Ende vierzig, mit empfindsamem Gesicht, auffallend blauen Augen, Halbglatze und langem Nackenhaar, das an Benjamin Franklin erinnerte. Die blauen Augen registrierten Elizabeth und warfen seinen Klienten einen entschuldigenden Blick zu.

»Es tut mir sehr leid, dass ich so spät komme. Leider muss ich Sie beide bitten, mir einige wenige Minuten mit einer unerwarteten Besucherin zu gestatten.«

Er wartete, bis das Paar seine Bitte akzeptiert hatte. Sie taten es, ohne ein Wort miteinander zu wechseln. Dann sah er Elizabeth an. Seine Arme hingen locker herab, die Handflächen waren nach oben gekehrt, als wollte er sie auf negative Strömungen abtasten. Er bat sie in sein Büro.

Vermutlich erschien Eric Hubertus das Leben hart genug, so dass er keine scharfen Kanten in seinem Arbeitsraum duldete. Wogende Wellen und weiche Wolken, wohin man blickte. Elizabeth hatte jedoch keine Zeit, die Weichheit zu genießen. Es gab fehlende Köpfe, die sich einst innerhalb dieser daunigen Wände erhitzt hatten.

»Man hat mir unterwegs Bescheid gesagt, dass Sie nach mir suchen«, sagte Eric Hubertus, der in einem prallen, zebragestreiften Sessel Platz genommen hatte. »Ich habe heute keine Nachrichten gehört. Das war vielleicht ein Fehler.«

Elizabeth teilte ihm mit, was er verpasst hatte.

»Rita V. und Joey? Mein Gott …«

Bei den letzten Worten geriet sein Gesicht in Bewegung, als wäre sein Gehirn darauf geeicht, ruhig zu bleiben, während sein Gesicht die Rolle der traumatischen Restmülldeponie übernahm.

»Ich bedauere, dass Sie es von mir erfahren«, fuhr Elizabeth fort. »Und ich habe einige Fragen an Sie. Sie waren der Eheberater. Womöglich haben die beiden Ihnen etwas anvertraut, das wichtig für uns ist.«

Sein Gesicht wurde ruhiger. Er bedachte Elizabeth mit einem leeren Blick. Seine Pupillen waren klein und reglos wie die der Puppe, die Elizabeth als Kind so geliebt hatte. Sie hatte Rosie geheißen. Er atmete geräuschvoll aus und sank noch tiefer in den Zebrasessel. »Was soll ich Ihnen erzählen?«

»Zunächst einmal wüsste ich gern, ob einer von beiden eine neue Beziehung eingegangen war. Und zweitens, ob jemand in der Familie ernsthaft etwas gegen eine Scheidung hatte.«

10

Eric Hubertus zeigte sich besorgt angesichts der Vorstellung, dass eine dritte Person in der Auflösungsphase der Ehe von Joe und Rita Vandermause eine Rolle gespielt haben könnte. So besorgt, dass er beschloss, Elizabeths Frage nicht ohne vorherige Rücksprache mit seiner Kollegin zu beantworten, die, wie sich herausstellte, auch seine Partnerin war. Das wurde offenkundig, als er mit ihr in den weichgezeichneten Raum zurückkehrte, wobei er sich erneut bei dem krisengeschüttelten Paar im Wartezimmer entschuldigte und ihnen dennoch die vollen fünfzig Minuten zugestand.

In mittlerem Alter verloren Hormone viel von ihrer Kraft, doch gegen Verliebtheit war kein Kraut gewachsen. Und dieses Paar zeigte alle diesbezüglichen Anzeichen – sie standen nebeneinander vor Elizabeth, Hüfte an Hüfte, während sich eine Hand in die Gesäßtasche des anderen vortastete.

Autumn Fournier hatte üppiges, chemisch verschönertes goldbraunes Haar und trug ein paar Kilo zu viel an ihrem zierlichen Körper. Die spektakuläre Haarpracht lenkte allerdings davon ab. Ihr ganzes Gesicht drückte Neugier aus, als wartete die Antwort auf ihre dringendsten Fragen hinter der nächsten Ecke.

»Wenn das stimmt, ist es eine furchtbare Tragödie«, sagte sie mit einer Stimme, die viel piepsiger klang, als das königliche Haar erwarten ließ. Doch es war ihre Wortwahl, die Elizabeth aufhorchen ließ.

Wenn das stimmt…

»Es stimmt in der Tat, dass zwei Ihrer Klienten ermordet wurden«, sagte Elizabeth. »Können Sie mir vielleicht sagen, ob einer oder beide während der Trennung schon eine neue Beziehung eingegangen waren?«

Was eindeutig der Fall war. Ein flüchtiges Mienenspiel, als ginge ein Scheibenwischer über die Gesichter, um jeglichen Hinweis zu löschen. Die beiden schauten einander nicht an, doch es fand eindeutig eine Verständigung statt, und Elizabeth musste davon ausgehen, dass sie entweder auf telepathischem Wege oder mit einem Hand-auf-Hintern-Code erfolgte.

»Wir haben beide Klienten, die auf uns warten«, erklärte Autumn Fournier, wobei ihr Partner zustimmend nickte.

»Was geschehen ist, mag furchtbar sein, aber es lässt sich nicht ändern«, sagte Eric Hubertus. Man hatte sich wohl auf das Wort furchtbar geeinigt. »Die Menschen da draußen befinden sich in einer Krise. Und sie verlassen sich auf uns, auch wenn … so etwas geschieht.«

Elizabeth glaubte ihnen durchaus, dass sie hilfebedürftige Klienten hatten. Allerdings vermutete sie, dass auch die Eheberater eine kleine Sitzung nötig hatten, ein Tête-à-Tête unter vier Augen. Daran war nichts Ungewöhnliches. Wenn sie etwas zu verbergen hatten, würde es ohnehin irgendwann ans Licht kommen.

Menschen waren keine guten Spinnen. Letztendlich verfingen sie sich stets im eigenen Netz.

»Wann würde es Ihnen denn besser passen?«

Die Berater wechselten einen kurzen Blick.

»Heute um sechs«, antwortete Eric Hubertus schließlich. »Dann sind wir zu Hause. Sie können gern vorbeikommen.«

Diesmal übernahm Autumn Fournier das Nicken. Es erinnerte an einen Wackeldackel auf der Hutablage. Eric Hubertus kritzelte die Adresse auf die Rückseite seiner Visitenkarte.

»Außer natürlich, Sie bestehen darauf, dass wir uns bei Ihnen im Büro dieser … dieser …«

Sein missbilligender Blick und die allzu edle Stirn trieben sie dazu, den Satz auf ihre eigene Art zu vollenden: »… Inquisition stellen.« Dann fügte sie hinzu: »Natürlich kann ich zu Ihnen nach Hause kommen.«

Sie nahm die Karte und las die Adresse.

»Es ist nur ein paar Straßen von hier entfernt«, sagte Autumn Fournier. »Wir haben einen Loft im Regency.«

Wie süß, dachte Elizabeth. Bei schönem Wetter konnten sie Händchen haltend zur Arbeit gehen.

11

Scheiß-Hegel.

Elizabeth erinnerte sich genau daran. University of Illinois, zweites Studienjahr, Philosophiekurs. Das Kapitel über Herrn Georg Wilhelm Friedrich Hegel.

Die Hegel'sche Dialektik. Die philosophische Theorie, die sie seither nie wieder losgelassen hatte. Vor allem nicht in den vergangenen Tagen. Die Vorstellung bestand darin, dass sich die menschliche Erfahrung in drei separate Aspekte gliedern ließ, die miteinander verbunden waren und denen die Menschen nicht entfliehen konnten, sosehr sie es auch versuchen mochten.

These. Antithese. Synthese.

Hegel hatte es als dreigeteilten, niemals endenden Prozess geschildert. Der Vorteil bestand darin, dass sich damit so ziemlich alles erklären ließ. Jedenfalls solange man es auf menschliche Geschichte, menschliche Evolution, menschliche Natur und jedes Scharmützel, jeden Konflikt, jede Schlacht und jeden ausgewachsenen Krieg anwendete, die die Spezies jemals durchgemacht hatte.

These. Dies war die Handlung oder der Akt des Willens, Schicksals oder Gottes, mit der oder dem alles seinen Anfang nahm. Es war die Tat einer Person oder einer Gruppe. Handlung. Ereignis. Ursache.

Antithese. Ein Ereignis, eine Bewegung oder Kraft, die sich der These entgegenstellte. Sie reflektierte. Herausforderte. Bedrängte. Bekämpfte.

Synthese. Das Ergebnis des ganzen Reflektierens, Herausforderns, Bedrängens, Kämpfens. Das Endergebnis, das in gewisser Weise eine Weiterentwicklung, einen Lernfortschritt, eine Zusammenarbeit oder ein Wachstum darstellte, aus dem wiederum die nächste Handlung, Bewegung oder Ursache erwuchs. Die nächste verdammte *These*. Damit der ganze Zirkus von neuem beginnen konnte.

Beim Tod ihrer Eltern hatte sie es ganz deutlich erlebt. Als ihre Mutter starb, war sie natürlich zu jung gewesen, um den philosophischen Überbau zu begreifen, aber sie verstand, dass man ihr einen ganz gemeinen Streich gespielt hatte. Nach dem langen Warten passierte es nämlich ausgerechnet in derselben Woche, in der sie ihren ersten Freund kennenlernte. Und ihr Vater … Nun ja, laut Autopsie hätte er beim Zustand seiner Arterien jederzeit einen Herzinfarkt erleiden können. Aber es geschah ausgerechnet im selben Monat, in dem sie Special Agent bei der Illinois State Police wurde. Dazu fiel ihr nur ein Kommentar ein.

Scheiß-Hegel.

Und nun das. Sie war verlobt, wollte heiraten. Elizabeth Taylor Hewitt hatte endlich einen Mann gefunden, der sich auf diese Verrücktheit einlassen wollte. Und am nächsten beschissenen hegelschen Tag verlor einander entfremdetes Ehepaar einfach den Kopf. Somit watete sie bis zu den Knien in der Synthese. Und das Schlimmste war, dass sie diese Hegel'schen Kräfte einfach nicht in Schach halten konnte. Das hatte sie im Studium nicht gelernt.

Scheiß-Hegel.

Das Telefon klingelte. War das Hegel, der ihr einen freundlichen Rat aus dem Jenseits erteilen wollte? Nein, Brady rief aus dem Auto an.

»Und, wie läuft es bei dir? Nein, lass mich raten. Du hast Unterwäsche bei Macy's gekauft. Dann ein paar Bücher durchgeblättert. Zu Hause ein leichtes Mittagessen eingenommen. Danach ein Nickerchen mit dem Oscar Peterson Trio gehalten.«

»Was muss ich für so einen Tag bezahlen?«

Sie lauschte seinen tröstenden Worten.

»Ich glaube, du musst dich ins Gebet oder in die Meditation vertiefen. Und wenn du einen leuchtenden Kummerkasten siehst, wirfst du deine Sorgen hinein. Es kann aber ein bisschen dauern.«

»Bei dem Kummerkasten war ich schon. Ich warte immer noch auf die Besserung.«

»Ich hoffe, du warst nicht beim Juwelier, um den Ring zurückzugeben«, sagte er, während sie mit der Daumenspitze ebendieses Objekt berührte.

Er klang wie ein kleiner Junge, der ein bisschen Zärtlichkeit brauchte. Ihr blieb gar nichts anderes übrig, als ihm verbal den Kopf zu tätscheln.

»Komm schon, er ist wunderbar. Ich finde ihn herrlich. Sei doch nicht blöd.«

Mit dem letzten Satz deutete sie an, dass das Kopftätscheln nun vorbei war.

»Was hast du denn dann?«

»Was hast du denn gehört?«

»Zwei enthauptete Opfer. An verschiedenen Orten. Ein Ehepaar.«

»Ein Ehepaar im Auflösungszustand«, sagte Elizabeth.

Brady schwieg lange, als wäre ihm nicht ganz wohl bei der Sache.

»Na ja, jetzt bleiben sie für immer verheiratet.«

Ein dunkler Gedanke formte sich in ihrem Kopf. Sie sagte lieber nichts. Aber er war wohl dunkel genug, dass Brady es sogar am Telefon spürte.

»Was ist los?«

Sie waren verlobt. Seine Intuition würde immer besser werden. Also konnte sie es ihm ebenso gut gleich erzählen. »Ich frage mich gerade, ob ihre Familien sie zusammen begraben werden.«

»Das wäre doch praktisch. Und viel günstiger.«

Sie zuckte zusammen. Galgenhumor. Das gehörte zum Beruf, aber irgendwie nicht ins Privatleben. Sie waren gerade erst verlobt, und nun witzelten sie darüber, ob man ein ermordetes Ehepaar zusammen begraben sollte. Schlimm war, dass Brady gar nichts dabei zu finden schien. Falls eine schwarze Ironie darin lag, ein düsteres Omen, ließ er sich jedenfalls nicht den Spaß davon verderben.

Auf einmal erinnerte sich Elizabeth an ihren Fahrunterricht. An den Tag, an dem man ihnen den berüchtigten Lehrfilm gezeigt hatte. Darin waren grauenhafte Bilder von Unfallopfern zu sehen. Und es gab immer jemanden in der Klasse, der beim Anblick der Leichen kotzen musste.

So lebhaft die Bilder auch sein mochten, in diesem Augenblick musste sie vor allem an die Reaktion einiger Klassenkameraden denken. Eine halbe Stunde nach dem Film saßen sie in der Mensa, mampften ihr Essen und machten sich über zwei Schwarze in einem Filmausschnitt lustig, vor allem über den Beifahrer, der seinem Kumpel dauernd sagte, es sei doch mitten in der Nacht und sie sollten einen Kaffee trinken.

»Mann, du solltest wirklich anhalten und 'nen Kaffee trinken.«

»Du pennst gleich ein, Mann. Los, halt an, Kaffeetrinken.«

»Nur 'n Kaffee, Mann.«

»Nur 'n Kaffee.«

»Nur 'n ...«

Reifen quietschten. Elizabeth spürte, wie ihr Sicherheitsgurt in Brustbein und Schlüsselbein schnitt. Ein Plastikball war vor dem Mazda auf die Straße gehüpft.

Nein. Scheiße. Das war gar kein Ball. Ein Luftballon.

»Hewitt, was ist passiert?«

Hewitt, da war es schon wieder.

»Ich habe gerade einen Luftballon überfahren.«

Als Brady keine weitere Erklärung verlangte, sondern sich damit zufriedengab, dass sie noch einen Termin hatte und abends vermutlich Zeit für ihn hätte, nahm sie es als gutes Zeichen. Er mochte nicht der ideale Partner für die Ewigkeit sein, aber auch keiner der Dummbolzen, denen man in der Kantine begegnete.

12

Jen Spangler blickte in den Spiegel und sah ihren Vater. Er schaute ihr nicht etwa über die Schulter und prüfte, wie viel Make-up sie vor der Schule auflegte. Das war in der siebten Klasse gewesen. In der achten hatte sie sich diese Überwachung schon nicht mehr gefallen lassen. Nein, der Ed Spangler, der sie jetzt anschaute, stand nicht hinter oder neben ihr. Er steckte in ihr. In ihrem Gesicht. In den durchgedrückten Schultern. Ganz eindeutig in ihren Augen. Es waren nicht nur Form und Farbe, sondern der ganze Blick.

Sie entdeckte mehr von ihm in sich, als ihr lieb war. Vor allem jetzt, da das Mädchen im Spiegel zweiundzwanzig und Mutter einer zweijährigen Tochter war, die im Zimmer nebenan ein Nickerchen machte. Jen wusste, dass Hewitt am Morgen mehr als einmal die Züge ihres Vaters in ihrem Gesicht gesehen hatte. Sie hatte bemerkt, wie Hewitt kurz innehielt, den Kopf neigte und sie anschaute, als wäre ihr die Ähnlichkeit geradezu unheimlich.

Trotz aller guten Vorsätze war sie sauer auf Hewitt. Natürlich war es absolut vernünftig gewesen, sie nach Hause zu schicken, aber sauer war sie dennoch.

Sie nahm einen Waschlappen und befeuchtete ihn. Nach all den Jahren hing ihr Waschlappen noch immer an derselben Stelle am Familienregal. Zugegeben, ihr Make-up war zu dick aufgetragen gewesen. Hatte sie älter aussehen wollen? Erfahrener? Verfügbarer? Sie kannte die Männer, die in dieser Branche arbeiteten. Eigentlich gab es nur zwei Typen. Die einen waren wie ihr Vater, hatten ihre Wertvorstellungen und ihr Weltbild und hielten sich an die Regeln. Dann gab es andere, eindeutig in der Mehrzahl, die auch ihre Wertvorstellungen und ihr Weltbild hatten, es mit den Regeln aber nicht ganz so genau nahmen.

Um zu bestehen, musste man in beiden Sandkästen spielen, worauf sich Hewitt ausgezeichnet verstand. Und eingeladen werden, beim nächsten Mal wieder mitzuspielen.

Jen begann, mit dem Waschlappen die Fassade einzureißen. Im Spiegel sah sie ein Hologramm ihres Vaters, der anerkennend zusah.

Sie war sauer auf Hewitt, weil sie eigentlich den ganzen Tag hospitieren sollte. Es war ja nicht ihre Schuld, dass die Hölle losgebrochen war. Sie verstand, dass Hewitt sie nicht zu der Befragung des Eheberaters mitnehmen konnte. Trotzdem hätte sie gerne draußen gewartet, wohl wissend, dass sie dann und wann ein Ohr an die geschlossene Tür gelegt hätte.

Verdammt nochmal, jeder konnte in einem Garten über eine Leiche stolpern. Was die Leute in diesem Beruf aber süchtig machte, war das Puzzle, die Antwort auf Fragen nach dem Wer, Wie und Warum.

Sie trocknete sich das Gesicht ab und nahm das Handbuch mit in den Keller.

Ihr Vater war zweimal auf dem OP-Tisch klinisch tot gewesen. Wäre er tatsächlich gestorben, hätte sie vermutlich schon längst getan, was sie nun vorhatte. Sie erinnerte sich ganz genau an seine Anweisungen, wie er schon halb betäubt in seinem Krankenhausbett gelegen hatte, bevor sie ihn in den OP schoben. Sie hatte die Worte im Ohr, als sie die Kellertreppe hinunterstieg.

»Ich habe eine Schusswaffe zu Hause. Hinter der großen Kiste, auf der WORLD BOOK *steht. In einer Metallkassette mit Zahlenschloss.«*

Jetzt stand sie unter der Treppe und tastete nach der großen Kiste, in der sich das alte Lexikon befand. Ihre warmen, leicht schwitzigen Hände legten sich um das kalte Metall.

»Die Kombination. Es ist dein Geburtstag.«

Jen Spangler stellte die Zahlen ein. Nach der Operation erwähnte er die Waffe, die er ihr im Angesicht des Todes vermacht hatte, nie wieder. Vermutlich erinnerte er sich gar nicht mehr an sie. Dass Ed Spangler zweimal fast gestorben war, hatte sein Kurzzeitgedächtnis nicht gerade verbessert.

Als sie die letzte Zahl eingestellt hatte, gab der Mechanismus nach. Vorsichtig öffnete sie das Schloss und klappte den Deckel auf. Der metallische Geruch der Waffe drang ihr in die Nase und erzeugte einen Geschmack im Mund, den sie nie vergessen würde.

13

Elizabeth hatte die katholische Kirche immer ein wenig einschüchternd gefunden und war daher ziemlich erschrocken, als sie erfuhr, dass die Vandermauses katholisch waren. Sie selbst war protestantisch aufgewachsen, und man hatte ihr von Geburt an ein gewisses Misstrauen eingepflanzt.

Die protestantische Kirche mit ihren laxeren Vorschriften und den Geistlichen, die Sweatshirts trugen, wirkte offener und zugänglicher. Die katholische Kirche mit ihren aufwendigen Ritualen war ein prachtvoller Verein, zu dem nur Befugte Zutritt genossen.

Die protestantische Kirche war Feldhockey, die katholische Polo.

Natürlich galoppierten keine Pferde über das Gelände von St. Sebastian in Arlington Heights, als Elizabeth auf den Parkplatz bog. Auf dem benachbarten Spielplatz saß ein Priester auf einem Baumstumpf, *ihr* Priester, wie sie vermutete. Elizabeth war gerade ausgestiegen, als er hochschaute und sie mit einem Nicken begrüßte.

Elizabeth bemerkte ein Himmel-und-Hölle-Spiel, das mit Kreide auf den Asphalt gezeichnet war. Als sie ins erste Kästchen trat, spürte sie ein Summen im Fuß, wohl eine Reaktion ihres Nervensystems.

»Father Wilson?«

Der Priester schüttelte ihr die Hand.

»Sie können mich gern Father Brian nennen, das machen alle.«

»Ich bin Special Agent Hewitt. Die meisten nennen mich einfach Hewitt.«

Sogar mein Verlobter, dachte sie bei sich.

»Gratuliere.«

Elizabeth konnte ihm nicht ganz folgen. Sie begriff erst, als er auf ihre linke Hand deutete.

»Vielen Dank«, sagte sie und lächelte ein bisschen, wollte aber so schnell wie möglich von ihrer Person ablenken.

»Inzwischen erkenne ich ganz gut, wenn einer frisch ist«, erklärte der Priester. »Und der ist definitiv frisch.«

Elizabeth verriet ihm nicht, wie frisch ihr Ring tatsächlich war. Seine Reaktion schüchterte sie ein, als trüge sie statt des Brillanten ein riesengroßes Hühnerei am Finger.

»Ich muss mich noch an die Vorstellung gewöhnen.«

Father Brian Wilson schien noch etwas zu dem Ring sagen zu wollen, wechselte aber urplötzlich zu dem furchtbaren Ereignis, über das sie sprechen mussten und dem nicht einmal die freundliche Umgebung den Schrecken nehmen konnte.

»Es tut mir leid, dass wir uns unter solchen Umständen kennenlernen«, sagte er.

Elizabeth lächelte mit zusammengebissenen Zähnen.

»Das sind meine üblichen Worte, wenn ich jemandem kondoliere«, fuhr er fort.

Elizabeth kannte das gut. Diese Rolle hatte sie schon viel zu oft übernehmen müssen, wenn sie die Familien der Opfer besuchte. Die Botin des Todes. Die Verkünderin des Bösen.

»Auch die Wege des Teufels sind unergründlich«, sagte Father Brian Wilson.

Mit diesen Worten drehte er sich um und lud Elizabeth ein, ihm zu folgen. »Falls Sie nichts dagegen haben, würde ich das gern hier draußen erledigen. In letzter Zeit kommt mir mein Büro etwas einengend vor.«

»Mir ist alles recht«, sagte sie. »Ich werde versuchen, mich kurz zu fassen.«

Achselzuckend ging er über den Spielplatz. »Nach unserem Gespräch steht bei mir nichts an außer innerer Einkehr. Und im Augenblick möchte ich lieber reden als denken.«

Äußerlich hatte er keine Ähnlichkeit mit dem Leadsänger der

Beach Boys, besaß für einen Mann Anfang fünfzig aber noch eine ansehnliche Haarpracht. Sein Haar war hellbraun und kurz geschnitten, ähnlich wie bei seinem berühmten Namensvetter. Als er sich vor der Schaukel zu ihr umdrehte, blickte er ein bisschen verschwommen, was sie ebenfalls an den berühmteren Brian Wilson erinnerte.

Sail on sailor.

Der Priester setzte sich auf eine Schaukel und griff nach der Kette, als wollte er prüfen, ob sie stabil genug war.

»Nehmen Sie doch Platz.«

Elizabeth setzte sich neben ihn.

»Ich möchte gleich zur Sache kommen. Joe und Rita Vandermause standen kurz vor der Scheidung. Sie sagten mir am Telefon, dass Sie die beiden in den vergangenen Monaten beraten hätten.«

»Ja«, antwortete der Priester und stieß sich mit den Füßen ab, worauf die Ketten knarrten. »Es ist unsere Pflicht, Menschen mit Eheproblemen Rat und Hilfe zu bieten. Manchmal gelingt es uns. Manchmal auch nicht. Mit einigen Paaren gelangt man zu einer Übereinkunft …«

Er entspannte die Beine und hob die Füße, so dass die Schaukel sanft vor- und zurückschwingen konnte. Dann bremste er ab. »Mir gelingt es vielleicht besser als anderen.«

Elizabeth drehte sich zu ihm.

»Manche Priester hätten es vielleicht noch länger mit den beiden versucht. Aber manchmal ist die Sache ganz eindeutig. Vor allem, wenn man es aus eigener Erfahrung kennt.«

Diesmal schoss Elizabeth förmlich herum.

»Sie waren verheiratet?«

Er lächelte wohlwollend. »Ich verstehe nicht, warum das so viele Leute überrascht. Ich bin nicht der einzige Priester auf Erden, der früher ein anderes Leben geführt hat.«

»Ich glaube, man stellt sich Priester einfach nicht verheiratet vor.«

»Und wohl auch nicht als Witwer.«

»Oh, Mann, tut mir leid. Ich dachte, Sie seien geschieden.«

Der Priester lächelte nachsichtig, als hätte ein eifriges Kind im Religionsunterricht eine falsche Antwort gegeben.

»Eine solche Vergangenheit würde die katholische Kirche nicht dulden. Ein geschiedener katholischer Mann kann nicht zum Priester geweiht werden. Meine Frau und ich standen kurz vor der Scheidung, als sie krank wurde. Manchen Männern wäre das vielleicht egal gewesen. Ich habe mich entschieden, an ihrer Seite zu bleiben, bis zum Ende.«

Inzwischen schaukelten sie im Rhythmus ihres Gesprächs. Father Wilson schaute zu Boden. Elizabeth tat es ihm nach. Er sollte selbst den richtigen Zeitpunkt finden, um weiterzusprechen. Nach sieben Schwüngen war es so weit.

»Womit also kann ich Ihnen helfen?« Die Frage schien nicht nur an sie, sondern auch an ihn selbst gerichtet.

»Im Augenblick versuche ich herauszufinden, ob es eine dritte Person in der Beziehung gegeben hat. Die ganze Situation – die beiden Tatorte wie auch der Zorn, den jemand empfunden und der sich gegen einen oder beide gerichtet hat – lässt diesen Schluss zu. Haben Sie in Ihren Gesprächen irgendetwas Derartiges gehört?«

Father Brian Wilsons Schaukel hielt inne. »Ob ich von jemandem weiß, der sie enthauptet und ihre Köpfe als Andenken mitgenommen hat?«

»Ich möchte nur wissen, ob es noch einen weiteren Mitspieler in diesem Drama gibt. Die Wahrscheinlichkeit, dass es ein zufälliges Verbrechen war und der Täter seine Opfer nicht gekannt hat, ist äußerst gering. Ich stehe praktisch in einer Kiesgrube und muss jeden Stein umdrehen, Father.«

Der Priester kapitulierte, indem er die Schultern ein wenig hängen ließ.

»Diese Kiesgrube kenne ich«, erklärte er feierlich. »Ich würde viel offener sprechen, wenn die Person, um die es geht, nicht zu unserer Gemeinde gehörte. Und es wäre noch sehr viel einfacher, wenn es sich nicht um ein Mitglied unserer Diakone handelte.«

14

Früher hätten sie nach dem Sex gemeinsam geduscht. Bei der Renovierung hatten sie die geräumige Dusche mit den Keramikfliesen unter anderem für diesen Zweck einbauen lassen.

Manchmal gab es dann noch ein Nachspiel unter dem warmen Regen. Ob mit oder ohne Zugabe, meist beendete er die Planscherei, indem er seinen goldenen Strahl in Richtung Abfluss lenkte. Irgendein Urologe hatte ihm wohl eingeredet, wie wichtig es sei, kurz nach dem Verkehr die Rohre gründlich durchzuputzen.

Sie hatte es immer verabscheut. Aber nicht genug, um sich zu beschweren.

Das war jedenfalls vorbei. Sollte er doch die nächste Frau in seinem Leben damit beglücken. Was an diesem Morgen geschehen war, musste sie als Abschiedsfick betrachten. Das wusste sie. Sie hatte es die ganze Zeit gewusst. Und auch er hatte es gewusst, trotz der Liebeserklärung. Als sie ihn danach gefragt hatte, ob der Abstecher ins Bett geplant gewesen sei, hatte er das glaubwürdig verneint.

Ihr war klar, wie die Sache gelaufen war. Das Vorspiel war rein psychologischer Natur gewesen. Er hatte den ersten Schritt gemacht. Einen großen Schritt. War bereit gewesen, sich außergerichtlich zu vergleichen. Das hatte sie überrascht. Sie hatte ihre Überraschung nicht verbergen können. Irgendwelche Strahlen mussten aus ihren Augen geschossen sein, die einen Schalter bei ihm drückten. Von da an gab es kein Halten mehr.

Es war vorbei. Zu dieser Erkenntnis gelangte sie, als sie in der Badewanne lag.

Das Ende hatte sich so lange hingezogen, dass sie nicht mehr wusste, wann es begonnen hatte. Auch nicht, wann es wirklich vorbei sein würde. Nun lag sie über zwei Stunden in der Wanne, hatte lauwarmes Wasser ablaufen lassen und heißes nachgefüllt. Sie hatte eine halbe Duftkerze Typ Sandelholz abgebrannt, und es war nicht ausgeschlossen, dass auch die zweite Hälfte bis zum Porzellanteller niederbrennen würde.

All das ging ihr durch den Kopf – die Zeit, die verging, das warme und kalte Wasser und die schmelzende Kerze. Am wichtigsten aber war die Zeit. Wenn sie nicht in den nächsten dreißig Sekunden aus der Wanne stieg, wann dann? Diese Frage führte wiederum zu einer noch bedeutenderen Frage.

Warum stieg sie nicht aus der Wanne?

Sie erinnerte sich an einen Zettel, den ihre Mutter ihrem Vater einmal auf den Abendbrottisch gelegt hatte – ihrem Vater, der unter einer Midlife-Crisis gelitten hatte, wie ihr später klargeworden war. Es war Mitte der siebziger Jahre gewesen. Der Spruch auf dem Zettel war ein Überbleibsel der damaligen Love-and-Peace-Sprüche.

Morgen ist der erste Tag vom Rest deines Lebens.

Beide waren inzwischen tot. Für sie gab es nur den Rest vom Leben nach dem Tod. Wann würde sie aus der Wanne steigen, wenn nicht jetzt?

Ihre Ehe war vorbei. Definitiv. Aber sie wäre erst dann offiziell vorbei, wenn sie sich aus dem Wasser erhob.

Es war sinnlos, an etwas festzuhalten. Im Wasser konnte man nichts festhalten.

Falls sie sich vor dem Loslassen fürchtete, kam diese Angst zu spät. Denn sie hatte bereits losgelassen. Morgen war der erste Tag von etwas. Doch was das sein würde, konnte sie weder sehen noch spüren.

15

Elizabeth konnte sich nicht erinnern, jemals eine Jazzversion von »Sail on sailor« gehört zu haben. Sie spielte im Geiste mit der Melodie, bis sie in der Öffnung eines Tenorsaxofons landete. Es war aber nicht das Tenorsaxofon von Sonny Rollins. Für dieses Stück hatte sie einen anderen Musiker im Sinn.

Julian »Cannonball« Adderly.

Sein Spiel hatte immer etwas Einsames, Sehnsüchtiges gehabt. Allein auf dem Meer, nur mit der eigenen Seele als Gesellschaft. Cannonball Adderly war definitiv der richtige Kapitän für dieses Schiff.

Elizabeth stand am tiefen Ende des Schwimmbeckens. Als der Trainer in seine Pfeife blies, tauchten die Männer des Schwimmteams aus dem Wasser auf wie abgerichtete Delphine. Geschmeidig. Absolut synchron. Ungeheuer sinnlich.

Elizabeth hatte immer eine Schwäche für Schwimmer gehabt. In der Schule war sie mit zweien zusammen gewesen. Beide waren athletisch und ein bisschen arroganter, als ihr lieb war, aber diese Körper …

Nun kam gleich ein ganzes Dutzend auf sie zu. Aber sie war nun mal keine zwanzig mehr.

Sie war froh, als die jungen Männer in der Umkleidekabine verschwanden. An diesem Nachmittag stand ihr nicht der Sinn nach Neunzehn- oder Zwanzigjährigen. Es ging ihr eher um den Trainer, einen Endvierziger, der auf dem College selbst Leistungssport betrieben hatte und aussah, als könnte er den jungen Männern noch immer Dampf unter dem Hintern machen.

Er kam auf sie zu, die Pfeife noch im Mund, als wollte er sie jeden Augenblick zur Ordnung rufen.

»Ich bin Dr. Boccachio«, stellte er sich vor. »Gerry. Ich weiß, wer Sie sind. Was das Warum Ihres Besuchs angeht, müssen Sie mir allerdings noch auf die Sprünge helfen.«

Er gab ihr nicht die Hand, doch ein Hauch von Pfefferminzatem drang bis zu ihr und überlagerte den Chlorgeruch.

»Ich war vorhin bei Father Wilson«, sagte Elizabeth. »Haben Sie schon mit ihm gesprochen?«

Als der Name des Priesters fiel, schien sein Selbstvertrauen zu schrumpfen.

»Können wir uns irgendwo in Ruhe unterhalten?«

Sie konnten. Im kleinen Trainerbüro. Dort bot Dr. Gerry Boccachio ihr einen Drehstuhl aus Plastik an, wie man sie früher auf Fischerbooten verwendet hatte, und verließ den Raum.

Nicht nur der Stuhl verursachte Elizabeth Unbehagen. Es gab auch eine Verbindungstür zur Umkleidekabine. Das war nicht zu überhören. Männerstimmen drangen durch die geschlossene Tür. Die Dusche rauschte, und Elizabeth wusste, dass der ganze Trupp unter der dampfenden Gischt stand, nackt wie Michelangelos David.

Daher war diese Nähe schwer zu ertragen. Jeden Augenblick konnte eine Schlange ins Büro gleiten und mit einem Augenzwinkern fragen: »Wie wär's mit einem Apfel?«

Doch es war kein tierischer Versucher, der wenige Sekunden später den Kopf durch die Tür steckte. Sie wusste, Boccachio hatte sie warten lassen, damit er seinen Beach-Boy-Priester anrufen konnte.

»Ich … hm … ich …«

Er ging unentschlossen um den Schreibtisch herum, als wüsste er nicht mehr, wie man seinen Körper in eine sitzende Haltung beförderte.

»Ich verstehe. Sie wollten es lieber von ihm hören. Trotzdem möchte ich Ihnen sagen, wie leid es mir tut.«

Die Worte prallten von ihm ab und fielen auf den Fliesenboden.

»Ich weiß nicht, weshalb Sie das sagen. Ich bin kein Mitglied der Familie.«

»Sie stand vor den Trümmern ihrer Ehe«, sagte Elizabeth. »Es wäre durchaus verständlich, wenn sie mit Ihnen eine neue Beziehung begonnen hätte.«

Der Schmerz flackerte so kurz in seinen Augen auf, bevor er der Wut wich, dass Elizabeth sich fragte, ob er wirklich da gewesen war oder ob sie ihn nur hatte sehen wollen.

»Vielen Dank, dass Sie mir helfen wollen, die menschliche Dynamik zu verstehen. Hat Father Brian Ihnen zufällig gesagt, was mein Fachgebiet ist?«

Das hatte er nicht.

»Ich arbeite seit siebzehn Jahren als Psychiater. Womit ich nicht abstreiten möchte, dass Sie zu einer Einschätzung meiner Person fähig sind. Aber Sie sollten auch verstehen, dass ich mich nicht an Ihr Urteil gebunden fühle.«

Erst als er zu Ende gesprochen hatte, bemerkte sie seinen zutiefst vorwurfsvollen Blick.

»Glauben Sie mir, es ist nicht meine Aufgabe, Urteile zu fällen. Ich werde bezahlt, um Informationen zu analysieren. Und Menschen so gut ich kann zu verstehen.«

»In meinem Beruf ist es ähnlich.« Er spielte mit einer Büroklammer, die an einem Magnetbehälter aus Plastik haftete.

»Diesen Vergleich würde ich mir nicht anmaßen«, erwiderte Elizabeth. »Auch würde ich nicht behaupten, ich wüsste, was Sie empfinden. Angesichts dieser Nachricht. Angesichts Ihrer Lage.«

Dr. Gerry Boccachio zog die Büroklammer ab, worauf sich eine ganze Kette von Klammern löste. In diesem Augenblick flog die Tür der Kabine auf.

»Trainer, Sie müssen hier für mich unterschreiben –«

Ein Blatt flatterte an Elizabeth vorbei, so nah, dass sie den Luftzug spürte.

Zu ihrer Beruhigung hatte sich der Schwimmer immerhin ein Handtuch umgewickelt. Außerdem durchschaute er sofort die Situation und zog sich rasch zurück.

Weniger beruhigend war der Anblick, der sich in den wenigen Sekunden dazwischen geboten hatte. Zwei splitternackte Schwimmer waren in Deckung gegangen, doch der dritte war einfach stehen geblieben und hatte sie ohne jede Verlegenheit angeschaut. Sein Gesicht war vielsagend. Seine Augen sprachen zu ihr.

Die Botschaft war eindeutig. *Na los, greif zu.* Das wäre nicht so schlimm gewesen, doch Elizabeth kannte den Blick. Hatte ihn im Gesicht und in den Augen eines jeden Mannes gelesen, der ihr jemals gefallen hatte.

Als sie sich wieder zu Dr. Gerry Boccachio umdrehte, wirkte sein Gesicht völlig zusammengefallen. Er hatte Tränen in den Augen. Tränen, so groß wie Büroklammern.

16

Es waren Kleinigkeiten, die Jen Spangler jetzt auffielen. Wie ihr Vater sorgfältig das Fleisch von einem Lachssteak schälte. Wie er nach jedem dritten oder vierten Bissen mit der gefalteten Kante der Serviette seine Mundwinkel betupfte.

Gegenüber am Tisch ging seine Enkelin nicht ganz so ordentlich mit ihren Fischstäbchen um. Sie waren kurz vor einem erneuten Kampf um die Gabel. Die zweijährige Victoria Spangler aß nämlich lieber mit den Fingern, während ihr Großvater sie zum Gebrauch der Gabel überreden wollte.

War das wirklich so wichtig? Ed Spanglers Antwort kam wie aus der Pistole geschossen.

»Wenn wir nicht jetzt mit dem Besteck anfangen, wann *dann*?«

Bei dem Wort *wir* zuckte Jen zusammen. Bei Eltern war das normal. Nicht aber bei einer alleinerziehenden Mutter und einem alleinerziehenden Großvater. Und sie zuckte nicht zusammen, weil ihr Vater diese Verbindung herstellte, sondern weil sie ihn in eine Position manövriert hatte, in der ihm seiner Ansicht nach gar nichts anderes übrigblieb, als die Vaterrolle zu übernehmen. Allerdings hatte das Schicksal auch den Weg dafür bereitet. Ihre Mutter war erst wenige Jahre tot gewesen, und während Jen durch eine mutterlose Wüste wanderte, hatte sie sich schwängern lassen, ein Baby geboren und das Studium abgebrochen. Dann aber hatte sie sich einer neuen Fachrichtung zugewandt und eine neue Karriere begonnen.

»Irgendwann wird Victoria zum Abschlussball eingeladen«, sagte Jen im Predigtton, den sie von ihrem Vater übernommen hatte. »Man wird sie zu einem ganz schicken Essen ausführen. Und ich garantiere dir, sie wird den Salat nicht mit den Fingern essen. Irgendwann zwischen jetzt und dann vollzieht sich das Wunder der Gabel.«

Ihr Vater grinste leicht, aber das war auch Verhandlungsstrategie. So etwas lernte man in seinem Beruf.

»Aber du bist ihre Mutter. Möchtest du nicht, dass sie es von dir lernt anstatt auf der Straße?«

»Es ist bekanntermaßen schwierig, auf dem heißen Pflaster von Skokie, Illinois, etwas über Gabeln zu lernen.«

Victoria Spangler überraschte die Welt, indem sie von der katastrophal aussehenden Tischplatte ihres Hochstuhls ein Stück Fisch mit allen drei Zinken ihrer Kindergabel aufspießte. Als sie es nicht schnell genug zum Mund führte, umfasste Ed Spangler ihren Ellbogen, um sie auf den richtigen Weg zu bringen.

»Ich habe die zweite Leiche gefunden.«

»*Nein. Igitt.*« Victoria Spangler schob ihrer Mutter das Stück in den noch geöffneten Mund. Mit der anderen Hand stieß sie ihren Großvater weg.

Jen spürte seine Überraschung, schaute ihn aber nicht an.

»Ich dachte, Hewitt –«

»Stand es so im Bericht?«

»Ich habe den Bericht nicht gelesen. Ich dachte nur –«

»Du dachtest nur, dass sie zwei Abschlüsse und fünfzehn Jahre Berufserfahrung hat.«

Als sie nun doch aufblickte, las sie im Gesicht ihres Vaters nicht nur Überraschung, sondern noch etwas anderes – ein beinahe verlegenes Interesse an ihr als Mensch.

»Ich habe aus dem Küchenfenster gesehen. Da war Blut auf den Steinen, die in den Garten führten.«

Die Zweijährige hatte angefangen, mit ihrem umstrittenen Utensil rhythmisch auf den Hochstuhl zu klopfen und damit anzudeuten, dass sie bereit war, das Gabelspiel zu wiederholen.

»Also hast du Hewitt gesagt, was du gesehen hast.«

»Nein, ich bin nach draußen gegangen und habe selbst nachgesehen.«

»Allein?«

»Ja, so ziemlich.«

Ihr Vater richtete sich auf, als wollte er zu einer Rede ansetzen, als säße eine ganze Abteilung der Kriminalpolizei am Tisch und nicht nur seine beiden engsten Verwandten.

»Regel Nummer eins. Trenne dich niemals von deinem Partner, ohne zu sagen, wohin du gehst. Herrgott nochmal, der Mörder hätte noch irgendwo lauern können.«

Bei seinem Tonfall verstummte der Gabelrhythmus.

»Ich meine, ich bin mir ziemlich sicher, dass dieses kleine Mädchen lieber eine Mutter mit Kopf auf den Schultern hätte.«

»Dad, es gab keine Anzeichen –«

»Die gibt es nie!«

Seine Stimme übertönte alle anderen Geräusche.

»Mein Gott, Jennifer, soll dein letzter bewusster Gedanke wirklich ›*Oh, Scheiße*‹ sein?«

»Es tut mir leid«, sagte Jen kleinlaut. »Aber als ich das Blut sah, habe ich eher an das Opfer als an den Täter gedacht. Und dass noch jemand am Leben sein könnte.«

»Dieser Gedanke war auch absolut plausibel«, sagte Ed Spangler in gemäßigtem Tonfall. »Eine instinktive Reaktion, völlig normal. Aber Instinkt ist eine Sache. Wenn du diesen Beruf ausüben willst – und ich hoffe, dass du dir das noch einmal gründlich überlegst –, dann musst du lernen, diesen spontanen Instinkt zu unterdrücken. Du musst einen Gang zurückschalten und nachdenken. Dich mehr auf dein Wissen als auf deinen Instinkt verlassen. Das ist eine Sache der Übung und der Erfahrung. Und die wiederum führen hoffentlich dazu, dass du dich nie wieder unbewaffnet und ahnungslos in eine potentielle Gefahrenzone begibst.«

Jen umklammerte ihre Gabel. Ihr Blick hätte das Metall schmelzen können.

»Keine Sorge, es wird nie wieder vorkommen.«

17

Der Loft, den Eric Hubertus und Autumn Fournier bewohnten, besaß nicht die geringste Ähnlichkeit mit dem weichgespülten Sprechzimmer. Nichts davon hätte Elizabeth auf die Innendekoration der turtelnden Eheberater vorbereiten können.

Als spontane Kurzbeschreibung kam ihr *neoskandinavisch* und *kein Versteck in Sicht* in den Sinn.

Der Raum war höhlenartig. Falls es keine verborgenen Zimmer gab, bestand die Wohnung wohl nur aus einem riesengroßen offenen Raum, in dem auch geschlafen wurde. Immerhin hatte der Innenarchitekt so viel Takt besessen und das Badezimmer hinter verschlossenen Türen untergebracht. Elizabeth empfand es als unangenehm, dass der Ort, an dem das Paar schlief und zweifellos auch anderen Aktivitäten nachging, so offen zugänglich war. Vor allem nachdem ihr Blick auf die Kollektion diverser Öle und Lotionen auf dem Nachttisch gefallen war.

Doch nicht nur die versammelten Hilfsmittel bereiteten ihr Unbehagen. Noch unangenehmer war die Versammlung staatlich geprüfter Therapeuten, die sich im Wohnquadranten auf einer Anordnung nordischer, als Möbel getarnter Folterinstrumente niedergelassen hatten.

Außer ihren Gastgebern waren noch zwei weitere Paare zugegen. Wie Hubertus und Fournier arbeiteten auch sie in Zweierteams zusammen. Dies sei die Grundlage jeder Therapie in der Big-Shoulders-Ehe- und Familienpraxis, wie Elizabeth erfuhr. Nach einer ersten Besprechung würde der krisengeschüttelte Ehemann mit dem männlichen Berater des Teams zusammenarbeiten und die Frau mit der Therapeutin. Nach einigen Einzelsitzungen würden die Paare gemeinsame Therapiegespräche wahrnehmen.

Das alles war nett und freundlich und furchtbar hilfreich. So jedenfalls lautete die Botschaft der versammelten Geschäftspartner, was bei Elizabeth sofort die Alarmglocken schrillen ließ.

Wieder einmal war sie die Außenseiterin, und das nicht nur, weil sie keine staatlich geprüfte Familientherapeutin oder als Letzte gekommen war und keinen Platz auf der postmodernen Wikingercouch und den beiden passenden Zweiersofas gefunden hatte, die um den großen Couchtisch aus Glas und Teakholz gruppiert waren. Also lieh sie sich einen Stuhl vom Esstisch aus.

Sechs zu eins, dieses Verhältnis war nie günstig, außer vielleicht am ersten Arbeitstag als Straßenprediger. Elizabeth war aber keine Straßenpredigerin und diese Gruppe keine Schar von Gläubigen.

»Ich muss gestehen, ich bin erstaunt über den großen Bahnhof«, erklärte sie. Auf dem Tisch standen Guacamole und Tortilla-Chips, dazu Getränke. Irgendeine Schorle.

»Wir alle sind entsetzt über das, was geschehen ist«, sagte Eric Hubertus in einem Ton, mit dem er ihr auch eins seiner mysteriösen Getränke hätte anbieten können. »Wir hatten das Bedürfnis, in der Gruppe darüber zu sprechen. Es so gut wie möglich zu verarbeiten. Und wir wollten Ihnen als versammelte Partner der Praxis gleichzeitig zur Verfügung stehen.«

Elizabeth hatte keinen Grund zu der Annahme, dass es reine Taktik war. Die klassische Taktik von Verschwörern bestand nämlich darin, ihre Geschichten aufeinander abzustimmen, *bevor* ein Ermittler Einzelverhöre führte.

»Möchten Sie eine Weinschorle?«, erkundigte sich Hubertus.

»Nein danke, ich bin noch im Dienst.«

Die vier Therapeuten, deren Namen sie immer noch nicht erfahren hatte, nickten synchron, als wüssten sie genau, was in ihren Gedanken vorging, ein Verhalten, das sie bei Vertretern der Gesundheitsberufe stets verabscheut hatte.

Dann stellten sie sich auf ein Zeichen von Autumn Fournier hin vor.

»Ich bin Dennis Fassbender«, sagte der größte Mann, der auf einem skandinavischen Zweiersofa links von ihr saß. Vermutlich hatte er die tiefste Stimme von allen. Vielleicht sogar eine ganze Oktave tiefer. Bei sich nannte sie ihn von da an Dennis Nebelhorn. »Ich möchte zum Ausdruck bringen, wie leid es mir tut, dass wir uns unter diesen furchtbaren Umständen kennenlernen.«

Dennis Fassbender sah auf eine raue Weise gut aus, eine zerklüftete Felsenküste von schroffer Schönheit. Entweder war er Profiboxer oder Profisonnenanbeter gewesen oder hatte in der Sonne professionell geboxt.

Die zierliche Frau neben ihm auf dem Sofa war eine hinreißende Latinoschönheit und etwa zwanzig Jahre jünger als er. Wie sich herausstellte, war sie Mrs. Felsenküste.

»Ich bin Lourdes Fassbender.« Ihre Stimme klang sehr viel reifer, als ihr Gesicht vermuten ließ, und es war nur ein ganz leichter Akzent zu hören.

»Es bricht mir das Herz. Wegen der beiden und ihrer Familien. Es bricht mir wirklich das Herz.«

Eine Hand, so gewaltig, dass sie ihren ganzen Kopf hätte umfassen können, legte sich um ihre Schultern.

Gegenüber auf dem anderen Zweiersofa vollzog ein zweiter Arm eine beruhigende Geste. Diesmal legte sich eine männliche Hand auf ein weibliches Knie.

»Lourdes spricht Maya und mir aus dem Herzen«, sagte der Mann mit dem attraktivsten Gesicht und dem teuersten Haarschnitt. Elizabeth brauchte einen Moment, bis sie seine Augen hinter der Designerbrille entdeckt hatte.

»Ich bin Steve Norris.« Seine Hand ruhte noch auf dem Knie der Frau, die an seiner Seite saß. Sie war Anfang vierzig und hatte ihr glattes blondes Haar nahezu albinoweiß gefärbt.

»Und ich bin Maya Macy«, stellte sie sich vor. »Wir sind zutiefst erschüttert. Bevor Sie kamen, sprachen wir gerade darüber, dass nichts im Leben einen auf so etwas vorbereiten kann.«

Elizabeth spürte, wie die versammelten Therapeuten vor dem Schicksal kapitulierten.

»Glauben Sie mir, ich habe Dinge gesehen, die nicht einmal Gott zu Gesicht bekommen sollte. Und das hier gehört eindeutig dazu.«

18

Es war das 24-Stunden-Jubiläum ihrer Verlobung. Und so seltsam es erscheinen mochte, Brady wollte feiern. Das hatte Elizabeth jedenfalls am Telefon gespürt. Als er eine Stunde später in ihrer Wohnung auftauchte, musste er gar nicht viel sagen. Die Pheromone, mit denen er sie bombardierte, reichten völlig aus.

Sie erlebten ein Feuerwerk, laut, intensiv, aber überraschend kurz, mitsamt Narbenkitzeln und allem Drum und Dran.

Sie hatte noch nie eine Jazzversion von David Bowies »Suffragette City« gehört, doch als ihr männlicher Gast ein bisschen zu früh den Korken knallen ließ, kam ihr eine Zeile des Songs in den Sinn.

»Oh, Mann, wow«, stöhnte Brady ihr ins Ohr, nachdem er auf ihr zusammengesunken war. Er hätte ebenso gut Bowie zitieren können.

Wham, bam, thank you ma'am.

Angesichts des Doppelmordes, den sie zu bearbeiten hatte, war Elizabeth gar nicht so traurig über die untypische Kürze des Erlebnisses. Komisch war nur, dass Brady auch nicht unzufrieden schien. Wann immer er in der Vergangenheit zu früh gekommen war, hatte er sein Bedauern geäußert, einmal sogar mit einem niedlichen *Ups*. Diesmal jedoch gab er keinen Kommentar ab. Es war nur ein weiterer Tag auf der Matratze. Verdammt, es war aber kein Tag wie alle anderen. Es war ihr 24-Stunden-Jubiläum. Das hatte er doch selbst gesagt.

Brady löste sich nicht von ihr, er rollte sich herunter. Was nun?

Vielleicht hatte er ihre Gedanken gelesen, denn er sagte: »Beim Boxen gibt es eine Minute Pause vor der nächsten Runde. Vielleicht können wir es gleich noch mal versuchen.«

»Ist schon gut. Mit dem Kopf bin ich ohnehin nicht bei der Sache.

Den habe ich wohl bei den Ehetherapeuten gelassen. Vermutlich sitzen die immer noch da und spielen Fangen damit.«

»Hoffentlich fällt er nicht in die Guacamole.«

Er hatte ihr vorhin Gelegenheit gegeben, von ihren Erlebnissen zu berichten, doch nun war sie sich nicht mehr sicher, ob er weiter darüber sprechen wollte.

»Hör mal, wir müssen nicht darüber reden. Ich meine, ich habe dir schon gesagt, was ich weiß. Wir können uns aber auch gemütlich unter die Decke legen und über das Profil meines Mörders spekulieren. Oder wir reden über deine beiden ungelösten Fälle. Wie sollen wir damit umgehen? *Wie verdammt nochmal?*«

Elizabeth hatte nie viel von hysterischen Diven gehalten, weshalb es ihr auch gar nicht gefiel, dass ihre Stimme ganz danach klang. Brady schien auch nicht davon angetan.

»Toll, einen Tag nach der Verlobung stellt sich heraus, dass du eine durchgeknallte Kuh heiraten willst«, sagte Elizabeth mit normaler Stimme.

»Vertrau mir. Das war mir schon klar, bevor ich zum Juwelier gegangen bin.«

»Mir kommt es vor, als müssten wir erst lernen, ein Privatleben zu führen.«

Sie spürte, wie er seine Hand ausstreckte und unter die Bettdecke griff. »Hör auf zu reden«, sagte er. »Besser noch, hör auf zu denken. Keine Sorge, die durchgeknallte Kuh ist nachher auch noch da.«

Diesmal ließ er sich Zeit, so dass sie gemeinsam kommen konnten. Es war nicht der längste Koitus in der Geschichte der Menschheit, aber um Längen besser als die Bowie-Version von vorhin. Sozusagen ein *Wham, bam bam bam bam bam, thank you ma'am.*

Sie hatte Brady nicht bewusst mit Pheromonen bombardiert, als sie sich an dem von Edgar Allan Poe inspirierten Tatort in Wilmette kennengelernt hatten und er ihr zum ersten Mal mit seiner Luke-

Skywalker-Stimme ins Ohr gesäuselt hatte. Dennoch, irgendetwas musste sie getan haben. Oder er war einfach heiß gewesen. Heiß genug, um in ihrem Krankenzimmer aufzutauchen, nachdem sie den Angriff des Raben überstanden und Brady herbeigewünscht hatte. Selbst ein Jahr als ihr Lebensgefährte und die für sie bestimmte Kugel hatten ihn nicht abschrecken können. Und da er nun mit Narbe am Bauch zum Juwelier marschiert war und einen Diamanten mit vier C oder was auch immer gekauft hatte, konnte sie mit jeder denkbaren Kombination von *wham* und *bam* leben.

Elizabeth lungerte träge im Wohnzimmer herum und überlegte wieder, welcher Musiker sich für eine Jazzversion von »Suffragette City« eignen würde. Knifflige Frage. Kein klassischer Jazzer. Er musste von der Elektronik-Schiene kommen. Nachdem sie das erkannt hatte, fiel ihre Wahl auf einen Musiker aus dem Lager von Miles Davis, aus der Zeit von »Bitches Brew«.

Der Klang des Fender-Rhodes-Klaviers hatte den Ton des Films, den Brady gerade schaute, vorübergehend überlagert. *Der Pate, Teil 2*. Der Männerfilm schlechthin. Fredo verriet seinem Neffen, Michaels Sohn, gerade, wie man Fische fängt. Der berühmte Ave-Maria-Monolog.

Brady hockte auf dem Boden vor dem Couchtisch und war völlig hingerissen von der Szene. Fast so wie von der Pizza, die er keine fünf Minuten nach der zweiten Runde aus dem Kühlschrank geholt hatte.

Während Elizabeth sich gerade ausmalte, wie Herbie Hancock David Bowie spielte, und Brady Fredo Corleone beim Angeln zuschaute, griff sie zu ihrem Notizbuch.

Die erste Seite war künstlerisch am interessantesten, aber auch besonders erschreckend, denn sie enthielt Skizzen von Joe und Rita Vandermause in einer Vorher-nachher-Version. Zuerst sah man das Paar händchenhaltend nebeneinanderstehen. Danach ihre enthaupteten Leichen.

Weshalb hatte der Mörder die Köpfe mitgenommen? Bei psychotischen Tätern war es üblich, ein Andenken oder eine Trophäe mitzunehmen. Gewöhnlich waren es jedoch kleinere, handliche Gegenstände. Zwei Köpfe machten viel Arbeit. Außerdem mussten sie einen Zweck erfüllen, mehr als bloße Dekoration sein. Nicht irgendein Baseball mit Autogramm.

Schon wieder Baseball. Sie spürte Bradys Hand an ihrem Körper, obwohl er ein Stück von ihr entfernt saß und leise ein mitfühlendes Ave Maria murmelte.

Dann hallte der Schuss über den See.

Die Köpfe waren Teil eines größeren Plans, eines Projektes, der Inszenierung eines perversen Traums.

»Seinen eigenen Bruder zu töten«, murmelte Brady anstelle von *Amen*.

Ja, es war wirklich nett. Ein sanft beleuchtetes Wohnzimmer. Sie beide ganz entspannt. Der eine in seine künstlerische Beschäftigung vertieft, der andere in seine Filmstudien.

Es war nett. Es konnte funktionieren.

19

Naomi Nelson war erst einige Atemzüge lang wach, als sie das Geräusch erneut hörte. Ein goldener Ehering, der auf die glatte Oberfläche eines Sees fiel und im Wasser verschwand, hatte sich in ihren Traum gestohlen. Gefolgt von einem weiteren Ring. Und noch einem. Einem windgepeitschten Schauer von Ringen. Dann hatten sich die Schleusen des Himmels geöffnet und eine goldene Flut herabgesandt.

Er war zurückgekommen. Von allen schlechten Ideen, die er jemals gehabt hatte, war es ausgerechnet diese gewesen. Und zu allem Übel hatte er auch noch die verdammte Dusche aufgedreht.

Herrgott, konnte man denn nicht mit Anstand verschwinden? Glaubte er wirklich, dass seine nasse Einladung sie aus dem Bett zu ihm ins Badezimmer locken würde? Was erlaubte er sich eigentlich? Was zum Teufel hatte sie sich bei dieser letzten Verabredung gedacht? Es war ja nicht nur die Verabredung gewesen, sie hatte die Abschiedsumarmung in einen Abschiedsfick ausarten lassen.

»Du musst verschwinden!«

Um ein Uhr morgens und ohne vorheriges Aufwärmen klang ihre Stimme wie die einer strengen Matrone.

Naomi wartete auf eine Antwort, doch es kam keine. Dann wurde die Angst, wie ihre Mutter zu klingen, von einer noch größeren Angst verdrängt. Was wollte er in ihrem Bad, in ihrem Haus, in ihrem Leben?

Sie hatten ein Abkommen getroffen. Sie hatten es mit Körperflüssigkeit besiegelt. Und nun stand er da und provozierte sie mit einer Zugabe unter der Dusche.

»Ted, du kannst nicht hierbleiben. Das geht nicht.«

Immerhin bestand die Chance, dass er ihren ersten Schrei nicht gehört hatte. Dann hatte er ihre Worte von eben auch nicht gehört. Um jede Ähnlichkeit mit ihrer Mutter zu vermeiden, hatte sie in gemäßigtem Ton gesprochen.

Sie setzte sich im Bett auf und schlug die Decke beiseite.

Als sie im Flur ankam, brüllte sie schon wieder los. Aber er hörte es nicht. Sie schrie innerlich, wie sie es seit ihrer Kindheit getan hatte.

Bald aber würde ihre Stimme nach außen dringen. Nur noch ein paar Schritte durch den Flur …

Sie stand vor der Badezimmertür. Abgeschlossen.

»Verdammt nochmal, mach die Tür auf, Ted! Was zum Teufel treibst du da drinnen?«

Die Dusche lief noch immer. Die Tür war abgeschlossen. Seine Lippen waren versiegelt. Ihre auch, und zwar alle. Daran würde kein Vorspiel unter der Dusche etwas ändern. Eher würde er die Venus von Milo penetrieren.

»Scheiße, was machst du da drinnen?«

Die Dusche rauschte weiter. Ungehindert. Kein Körper unterbrach den Fluss des Wassers. Also hatte er die Dusche aufgedreht und war gar nicht hineingegangen. Das war wirklich verrückt. Er war verrückt.

»Verdammt nochmal, Ted. Hör auf mit dem Scheiß.«

Plötzlich war noch jemand im Flur. Jemand Neues, weicher und menschlicher als die genervte Beinahe-Exfrau. Jemand, der hoffte, dass der Beinahe-Exmann wirklich nur Scheiß machte.

Das einzige Wesen im Universum, das ihr Angst einjagen konnte, war ihr Vater. Sein Geist war nun im Haus erwacht. Sie reagierte auf ihn, wie sie immer reagiert hatte, wenn er spätabends betrunken nach Hause kam, wenn sein Lärm und sein Geruch und seine schiere Kraft das ganze Haus erfüllten.

Von ihrer Mutter hatte sie gelernt, wie man seinen Zorn unterdrückte und den Vater bei Laune hielt. Denn wenn ihr Vater nach solchen Abenden heimkehrte und seine dunkle Seite zeigte, verbarg seine Frau ihren Zorn, lächelte süßlich und fragte, ob er ein warmes Bad wolle. Im warmen Wasser würde er einschlafen und keine Bedrohung mehr darstellen. Leider schaffte sie es nicht immer, ihn in die Badewanne zu lotsen.

»Komm schon, Ted, es ist spät, und ich bin müde. Ich will nur wissen, was los ist.«

Aus dem Badezimmer erklang ein Stöhnen. Kein menschliches Stöhnen. Es war die Stimme der Dusche, das verstörende Geräusch, wenn der Wasserdruck unter einen bestimmten Wert sank und im Rohr ein Luftmangel entstand.

Es war ein Stöhnen, das immer erklang, wenn im Haus irgendwo ein Wasserhahn aufgedreht oder eine Toilettenspülung betätigt wurde.

Bitte schlag mich nicht, Daddy.

Sie konnte ihr Gesicht fühlen, ihre Hände, die gegen das kühle Holz der Badezimmertür drückten. Sie legte das Ohr an die Tür. Die Toilettenspülung hätte man hören müssen. Jetzt horchte sie auf den Wasserhahn. Ihr Auge, ihr Gehirn und ihr Herz versuchten, sein Geräusch vom Rauschen der Dusche und dem Stöhnen der Rohre zu unterscheiden.

Doch der Wasserhahn war nicht zu hören.

Vorsichtig tastete sie mit der rechten Hand oben über den Türrahmen, bis sie den winzigen Schlüssel für den Türknauf fand.

»Ted, ich schließe jetzt die Tür auf«, rief sie, nun so nah an der Tür, dass das Holz unter ihrer Stimme vibrierte. Als sie den Schlüssel ins Schloss steckte, zuckten zwei Bilder durch ihren Kopf. Keins davon war erfreulich. Womöglich wartete er hinter der Tür, hatte sich vielleicht ausgezogen. Holte sich einen runter. Doch so ekelhaft das auch sein mochte, war es immer noch besser als das andere Bild.

Das Schloss gab nach. Ihre Hand schmiegte sich um den Türknauf. Sie wartete ab, bevor sie ihn drehte, spürte einer anderen

Hand nach, die das Gegenstück auf der Innenseite festhielt. Noch beim Drehen wartete sie auf einen Gegendruck.

Doch der Türknauf ließ sich ungehindert bewegen. Sie stieß die Tür auf.

Das gedämpfte Licht über dem Waschbecken war eingeschaltet, der Raum leer. Nein, ein Versteck gab es noch. Hinter dem blauen Duschvorhang.

Die Keramikfliesen unter ihren Füßen waren kühl und feucht.

Es gab Menschen, die sich in der Badewanne die Pulsadern aufschnitten. Das kam vor. Aber nur bei anderen. Nicht bei Ted.

Die Duschvorhangringe bewegten sich quietschend über die Stange. Der blaue Stoff flatterte wie die Flügel von hundert Friedenstauben. Dahinter war nichts. Doch dann füllte sich das Nichts, als jemand hinter sie trat.

Das Gesicht des Mannes, der in der Tür stand, war mit einer Maske bedeckt. Einer Maske ohne jeden Ausdruck, wie ausradiert. Der Mann hob die Arme und zeigte Naomi das Gesicht ihres Ehemannes. Erst als sie ihn auffing, wurde ihr klar, wie schwer ein menschlicher Kopf war.

20

Elizabeth ging den Weg seit Jahren. Es war ihre übliche Strecke am frühen Morgen. Sie führte von der Wohnung über einen alten Asphaltweg, der zahllose Male geflickt, aber nie neu geteert worden war. Er war bequem, leicht zugänglich und strukturiert; er begann und endete auf demselben Stückchen Gehweg hinter ihrem Garten. Das Mittelstück führte vorbei an einem gelben Schild, das Autofahrer und Fußgänger vor einer Sackgasse warnte, bis hin zum Waldrand.

Zweieinhalb Kilometer bis zum Wald, zweieinhalb Kilometer zurück. Fünfunddreißig Minuten schnelles Gehen, das Tempo abhängig von Blutdruck, geistiger Verfassung und Arbeitsbelastung. In einer weniger verrückten Welt wäre es der ideale Weg für eine Gehmeditation gewesen. Das konzentrierte Nachdenken über Geist und Motive eines Mörders glich bisweilen einer Meditation, wenngleich der Dalai Lama diese Art der Kontemplation wohl mit einem milden Lächeln abgelehnt hätte.

An diesem Morgen ließ sie Brady schlafend zurück. Zu Beginn ihres Weges hatte sie noch einmal die Vandermause-Morde überdacht und dann eine Reise in die Erinnerung angetreten. Sie dachte an die beiden Fälle, die sie auf ihren frühmorgendlichen Wanderungen oft begleitet hatten, zusammen mit dem Gespenst eines großen schwarzen Vogels, dessen Schatten noch immer über der Landschaft von Illinois lag.

Sie erinnerte sich an die erste Erscheinung des Raben in der winzigen Gestalt einer Krähe, die sie sterbend auf dem Weg gefunden hatte. Trotz der kraftvollen Augustsonne, die den Morgen angenehm wärmte, schauderte sie bei dem Gedanken, dass der Vogel ein Omen für die von Edgar Allan Poe inspirierten Serienmorde gewesen war.

Dann gab es einen weiteren Fall, der sie wie ein Schatten begleitete. Die musikalischen Morde. Die Klavierkompositionen eines französisch-polnischen Genies hatten einen vernachlässigten Jungen inspiriert. Einen Jungen, der zu einem Mann mit kräftigen Händen und einem Hang zu Nylonstrümpfen herangewachsen war.

Und jetzt der neueste Fall. Kurz bevor sie gegangen war, hatte Bernard Padgett, Spezialist für Waffenspuren im staatlichen Kriminallabor, angerufen. Seine Schlussfolgerung war ebenso klar und präzise wie die Klinge, die er als Mordwaffe vermutete. *Ein scharfes, flaches Schwert. Extrem scharf.* Eine Waffe, die man eher in einem Samurai-Film als in den Vororten Chicagos erwartete.

In ihrem halb versunkenen Zustand fiel Elizabeths Blick auf das Sackgassenschild, das etwa hundert Meter vor dem Wald aufgestellt war. Einen Moment lang stellte sie sich das Symbol der Mordwaffe auf dem Schild vor und auf dem Parkplatz dahinter die drei Hauptdarsteller.

Ein Triumvirat. Chopin am Klavier. Poe am Sekretär. Und ein namenloser, gesichtsloser Schwertmeister, der seine Waffe zur Klaviermusik und dem Kratzen des Federkiels schwang.

Die Bilder wurden noch bizarrer, als sie sich an das nächste kranke Hirn erinnerte. Eigentlich war es das Allererste gewesen, was sie im Traum wie auch bei Tag am meisten fürchtete. Das zutiefst davon überzeugt gewesen war, Gott zu sein. Das kranke Hirn, das mit seinem Zehn-Punkte-Programm in den Straßen und Häusern Chicagos Vergeltung geübt hatte. Das mit Körper und Seele des einzigen anderen Mannes, den sie auf dieser Welt geheiratet hätte, gerungen hatte.

Sie schloss die Augen, um die Bilder zu vertreiben. Beinahe wäre es ihr gelungen. Doch ein Bild weigerte sich zu verschwinden. So wie sich der Mann, zu dem es gehörte, geweigert hatte zu sterben, nachdem eine Kugel aus ihrer eigenen Waffe versehentlich in sein Gehirn eingedrungen war. Sie sah es jetzt wieder, das Bild, die Form des kahlen Kopfes, das stille Gesicht und die Augen, die mit eben solcher Kraft und Hitze in ihren Schädel drangen, wie die Kugel in seinen gedrungen war.

Sie hätte ihn geheiratet. Es war ihr damals klar gewesen. Und es war ihr auch jetzt klar. Sie würde dieses Wissen in sich tragen, wenn sie Brady heiratete, wenn sie sich in der Hochzeitsnacht liebten, wenn sie am nächsten Morgen zum ersten Mal als Mann und Frau erwachten und einander verständnislos anblickten. Sie hätte Detective Matthew Carlisle geheiratet. Sie hätte ihren Partner von der Illinois State Police geheiratet.

Wenn sie ihn nicht angeschossen hätte. Wenn er sich nach der Operation nicht weiter den Kopf rasiert hätte, so dass er schon die richtige Frisur besaß, als er schließlich in den buddhistischen Mönchsorden eintrat. Sicher, wenn sie die Uhr zurückdrehen und Bruder Matthew, Matt den Mönch, verschwinden lassen könnte, wäre Brady Richter zweite Wahl.

Sie öffnete die Augen und sah den Schatten der zweiten Wahl, der sich über die Straße bewegte. Ende August war ihr eigener Schatten deutlich größer als ihr Körper. Vielleicht war es die Größe, die das nächste Bild auf dem schwarzgrauen Boden erzeugte, das zum Glück die Erinnerung an Bruder Matthew vertrieb. Sie sah ihren Vater, sein Gang spiegelte sich in der Bewegung ihres Schattens. Aber es war nicht ihre jetzige Gestalt, sondern eine schmale, knabenhafte Version ihrer selbst, die den Vater auf seinen Spaziergängen durch die Nachbarschaft und bei Wanderungen durch die Nationalparks begleitet hatte, auf dem universellen Weg von Vater und Tochter. Manchmal war ihre Mutter dabei gewesen. Ihr Schatten war als erster verblichen. Seiner war noch viele Jahre mit ihr gegangen. Nun war nur noch die Tochter übrig.

Ihr jetziger Schatten, der ihr vorauseilte, erreichte das Ende des Asphaltwegs. Da war der Wald. Zeit zur Umkehr.

21

Die Wochenenden eines Mordermittlers hatten gewisse Ähnlichkeit mit denen eines Arztes – plus einem Hauch von Dada-Künstler. Arbeitete man an einem heißen Fall, war man in ständiger Rufbereitschaft. Selbst wenn man nicht aktiv werden musste, saß man im Geiste im Büro und war in einen abstrakten Denkprozess vertieft, kreativ, zornig und phantasievoll. Man bemühte sich nach Kräften um die verrückte Muse, die in das eigene Leben eingedrungen war.

Elizabeths Samstagmorgen war nicht anders als sonst. Nun, da das erste Jubiläum begangen war, kehrte der Alltag zurück. Nach dem morgendlichen Marsch saß sie mit ihrem Notizbuch in der Küche, vor sich die Tasse mit Swiss-Miss-Kakao, und studierte die Profile, die sie für die Hauptdarsteller des absurden Theaters, auch Mordfall Vandermause genannt, angelegt hatte.

Sie hatte kleine Karikaturen angefertigt und mit ihren üblichen Kommentaren im Comicstil versehen.

Father Brian Wilson. Der surfende Priester. Der Widerspruch spiegelte sich in ihrer Zeichnung. Außerdem war er Witwer. Elizabeth zeichnete zwei Kreise in den Himmel über dem wellenreitenden Priester – Ehering und Priesterkragen.

Dr. Gerry Boccachio. Seelenklempner. Diakon. Schwimmtrainer. Elizabeth platzierte ihn in Sakko und Krawatte auf eine Kirchenbank, den Notizblock im Schoß, die Trillerpfeife um den Hals. In der rechten Hand hielt er einen Stift. Seine Linke ruhte auf der Bank. Daneben eine weibliche Hand, die Hand von Rita Vandermause.

Brady war aufgestanden und ins Bad gegangen. Nachdem er den Brudermord in *Der Pate, Teil 2* angesehen hatte, war er ausgesprochen melancholisch geworden. Er hatte düster auf einen alten Boxkampf – Sugar Ray Robinson gegen Jake LaMotta – geschaltet, bevor er sich entschuldigte und ohne sie ins Bett gegangen war. Also hatte es keine Wiederholung des *Wham-Bam* gegeben. Aber es blieb die Hoffnung auf eine morgendliche Zugabe. Für einen Pheromon-Schauer war er zu weit entfernt, aber vielleicht half ein bisschen Telepathie.

Ground control to Major Tom…

Elizabeth war bei ihren Eheberatern angelangt. Sie hatte sich entschieden, alle sechs auf einer Seite unterzubringen, da sie sich so wahnsinnig darum bemüht hatten, sie beim Konklave im Loft zu erleuchten.

Zwecks historischer Genauigkeit hatte Elizabeth die sechs Therapeuten aus der Vogelperspektive in ihrer genauen Sitzordnung gezeichnet.

Sie nahm zwei Schlucke von ihrem heißen Kakao und hörte, wie Brady die Dusche aufdrehte. Ihre Augen wanderten über die Beschriftung der Skizze. Es hatte eine Menge Therapeutengeschwätz gegeben. Diese Leute waren von Berufs wegen unendlich hilfsbereit, selbst wenn sie kein Geld dafür bekamen.

Eric Hubertus und Autumn Fournier hatten als Einzige mit den Opfern gearbeitet und waren dabei dem üblichen Therapieplan gefolgt. Nach einem ersten Treffen der vier Beteiligten waren Joe und Rita Vandermause getrennte Wege gegangen – er zu Hubertus, sie zu Fournier. Diese Paarungen sollten dazu beitragen, Klarheit zu gewinnen und einander kennenzulernen. Danach folgte eine erneute Gruppensitzung, bei der der männliche Therapeut dem männlichen Klienten beistand und umgekehrt. Das galt vor allem für die Eröffnungsphase. Im weiteren Verlauf verschwammen die Grenzen zwischen den Geschlechtern. Elizabeth stellte sich vor, dass ein abschließendes Gruppenkuscheln wohl den idealen Ausgang darstellte.

Nach der heterogenen Sitzung teilten sich die Teams wieder auf, um die nächste Gruppensitzung zu planen. Dieses therapeutische Arrangement konnte Wochen, Monate oder Jahre dauern, bis sich das

Paar entweder versöhnte, kapitulierte oder von einem schwertschwingenden Irren umgebracht wurde.

Rita und Joe Vandermause waren im Verlauf der Therapie in eine Sackgasse geraten, was auch der Priester bestätigt hatte. Laut ihren ehemaligen Therapeuten hatten die beiden neun Monate in Behandlung verbracht, bevor sie sich zur Scheidung entschlossen. Die Entscheidung war vor etwa einem Monat gefallen. Danach hatte es keine Sitzungen mehr in der Big-Shoulders-Ehe- und Familienpraxis gegeben.

Bei ihren Aussagen zu Dr. Gerry Boccachio hatten sich Hubertus und Fournier fast schon zu bereitwillig gezeigt. Ja, sie hatten von Dr. Boccachio gehört, aber nur in seiner Eigenschaft als Kollege. Von seinen psycho-spirituellen und anderweitigen Tändeleien mit Rita Vandermause hatten sie angeblich keine Ahnung.

Als Elizabeth ihr Notizbuch beiseitelegte, kam Brady in die Küche. Sie war so in ihre Notizen vertieft gewesen, dass sie ihn nicht hatte kommen hören. Daher wusste sie auch nicht, ob er einen Zwischenstopp im Schlafzimmer eingelegt hatte.

Wenn nicht, wäre das seltsam gewesen. Noch seltsamer aber war sein Erscheinungsbild. Nackt wie am Tag seiner Geburt, nur wäre er wohl das erste Baby, das mit weißen Sportsocken zur Welt kam.

Sie schaute ihn an, wollte ihn mit Blicken bremsen, doch er und sein bester Freund tänzelten unmittelbar an ihr vorbei.

»Manchmal trockne ich gern an der Luft«, sagte er mehr zur Kaffeemaschine als zu ihr.

»Das erklärt einiges.«

»Wenn ich es eilig habe und Unterwäsche und T-Shirt zu früh anziehe, kleben sie an der Haut. Daher …«

Da er gerade die Kanne mit Wasser füllte und sich dabei nicht umdrehte, sah es aus, als redete sein Hintern mit ihr. Er hob die Kanne und spannte dabei die Schultermuskeln wie ein Boxer, der zum Schlag ausholt. Wodurch Elizabeth zu einer Erkenntnis gelangte.

Er hatte den Körper eines Boxers. Wenn man menschliche Körper nach Sportarten einteilte, passte Brady am besten in einen Boxring.

Damit war das Urteil gefällt. Die Richter hatten einstimmig entschieden. Der Mann, mit dem sie ihr Leben teilen und womöglich ihre Gene mischen würde, besaß den Körper eines Kämpfers.

Das war eine gute Sache, sowohl für die Ehe als auch für die Karriere. Im Leben eines Kriminalbeamten lief wenig glatt. Dafür gab es viele dreckige Auseinandersetzungen. Schüsse auf den Gegner. Selbstschutz um jeden Preis.

Und das war nur die berufliche Seite. Was die Liebe betraf, war ein Boxer ebenfalls eine feine Sache. Boxer waren beharrlich, sie kämpften, umarmten einander und bluteten. In der Highschool war sie mit Schwimmern ausgegangen. Aber die schwammen einem immer weg.

»Hast du früher mal geboxt?«

Er drehte sich überrascht um. Auch Mr. Happy schien ein wenig aus der Fassung.

»Ein paar Schlägereien in Kneipen. In der Highschool war ich Ringer.«

Ein Exringer, kein Boxer. Aber sie war nah dran gewesen.

»Nimmst du mich mal in den Doppelnelson?«

»Kommt drauf an.«

»Worauf?«

»In was du mich dafür nimmst.«

22

Dort, wo Rita Vandermause ermordet worden war, hatte man Blutspuren des Ehemannes gefunden. Wäre der Ehemann noch am Leben gewesen, hätte man einen wunderbaren Fall konstruieren können: ein Streit mit der entfremdeten Ehefrau, die sich zur Wehr gesetzt und ihn dabei verletzt hatte. Da er jedoch auf die gleiche Weise gestorben war wie seine Frau, half ihnen diese Information nicht weiter.

Auch wenn die hübschen Blumen im Garten etwas anderes suggerierten, war das Leben manchmal ein brutaler, übelriechender Sumpf. Um das zu erkennen, musste Jen Spangler nur nach unten schauen und tief Luft holen. Wie immer beim Wickeln versuchte sie auch diesmal, genau das zu vermeiden. Nur ein rascher wissenschaftlicher Blick, um zu sehen, ob Grund zur Sorge bestand.

Nein, alles im grünen Bereich.

Sie klebte die Windel zu und hörte, wie ihr Vater im Nebenzimmer mit Hewitt telefonierte. Es war sein erster Anruf am Samstagmorgen.

»Sie haben recht«, hörte sie ihn sagen. »Es heißt nicht, dass er auch dort getötet wurde.«

Eine Pause, die ausreichte, um die Windel in eine Plastiktüte zu packen.

»Das wäre möglich«, fuhr er fort. »Ich meine, wir wissen es erst, wenn einer von ihnen auftaucht.«

Sie sprachen über die Köpfe. Die Köpfe waren offenbar der Schlüssel zu allem. Fand man die Köpfe, fand man auch ihren Hüter. Falls er sie behalten hatte. Aber er hatte sie gewiss lange genug bei sich gehabt, um Spuren an ihnen zu hinterlassen.

Ihr Vater hatte eingehängt, und Victoria wollte runter. Sie war jetzt zwei Jahre alt und brauchte nicht mehr zu schreien oder zu strampeln, um ihren Willen zu bekunden, sondern stellte sich einfach aufrecht auf den Wickeltisch und schaute ihre Mutter an, als wollte sie fragen: *Verdammt, was soll's? Na los, Mama. So eine Scheiße passiert eben. Das Leben geht weiter.*

»Bin fertig, Mami. Bin ganz fertig.«

Das hatte etwas für sich. Sie nahm Victoria vom Tisch und stellte sie auf den Boden.

So eine Scheiße passierte eben. Man konnte es nicht verdrängen. Man roch erst dann wieder die Blumen, wenn man den stinkenden Mist aus dem Weg geräumt hatte. Irgendwann würde es wieder besser.

Sie folgte Victoria ins Schlafzimmer ihres Vaters.

»Tschüs, Stinkewindel«, verkündete das kleine Mädchen.

»Brav, Liebes, brav«, antwortete der Großvater, war in Gedanken aber kilometerweit entfernt. Vermutlich saß er im Geiste neben Hewitt auf dem Beifahrersitz.

»Dad, ich möchte an diesem Fall mitarbeiten«, sagte sein größeres Mädchen. »Ich glaube, ich könnte helfen. Ich könnte Hewitt helfen.«

23

Byron Biffle wartete seit drei Tagen auf einen Scheck von einem seiner wichtigsten Anzeigenkunden. Als am Samstagmorgen die Post beim *Mundelein Dispatch* eintraf, holte er sie sofort aus dem Briefkasten und blätterte den Stapel durch.

Da er Finanzchef, Redakteur und Setzer der Wochenzeitung war, war die ganze Post letztlich für ihn bestimmt, auch die große braune Versandtasche mit einem Etikett, auf dem in Courier 24 Punkt das Wort HOCHZEITEN zu lesen war. Der Adressaufkleber war ebenfalls in Courier getippt, nur kleiner. Ein Absender stand nicht auf dem Umschlag.

Seltsam. Nicht nur die Etiketten, die ganze Sache war seltsam. Beim Gedanken an den Inhalt beschlich ihn ein noch seltsameres Gefühl.

Doch es gab noch andere Dinge, die ihm an diesem Morgen Unbehagen bereiteten. Beispielsweise die Frage, ob Carpelli Motors sein Unternehmen endlich mit der seit neunzig Tagen fälligen Zahlung von fünftausend Dollar für Anzeigen beehrt hatte.

Der braune Umschlag musste warten. Der weiße mit dem Logo von Carpelli-Classic-Autos hatte Vorrang. Endlich konnte er den Drucker und seine freien Mitarbeiter bezahlen, ohne ans Eingemachte zu gehen.

Byron Biffle kehrte ins Büro zurück, legte die übrige Post auf den Tisch und öffnete den Umschlag von Carpelli-Classic-Autos. Er hasste es, mit dem Geld zu jonglieren und das eine Geschäftskonto zu plündern, um das andere auszugleichen.

Jetzt war der Umschlag offen. Er hatte das Geld schon in der Hand. Doch als er die Zahl auf dem lachsfarbenen Scheck las, verfärbte sich sein Gesicht vor Wut.

Zweiacht. Verdammt nochmal, es waren nur zweiacht. John Carpelli hatte ihm persönlich versprochen, die überfällige Summe komplett zu begleichen.

Biffle griff zum Handy und wählte Carpellis Nummer. Samstags morgens war er immer im Laden. Als sich die Empfangsdame meldete, rechnete er schon damit, sie werde ihn abwimmeln, aber sie stellte ihn sofort durch.

Inzwischen hatte Byron Biffle die gummierte Lasche des braunen Umschlags geöffnet und schob die Finger hinein.

»Hören Sie zu, Byron. Ich brauche noch eine Woche, dann bezahle ich den Rest.«

Der Finanzchef und der Redakteur in Byron Biffle rangen miteinander. Doch bevor er etwas sagen konnte, holte der Setzer das Hochzeitsfoto aus dem Umschlag. Er war nicht mehr an Abzüge gewöhnt, die meisten Fotos kamen als Datei bei ihm an.

»Ach du heilige Scheiße.«

»Mensch, Byron, nicht in diesem Ton.«

Doch Byron Biffle hörte gar nicht mehr auf den Autohändler. Er konnte nicht fassen, was ihm von dem mattierten Hochzeitsfoto entgegenblickte.

24

Die Ereignisse stiegen Elizabeth zu Kopf wie ein doppelter Manhattan, obwohl sie niemals harte Sachen trank. Dies wäre jedoch ein Tag gewesen, um damit anzufangen. Am unglaublichsten war die Tatsache, dass die größte Story, die der *Mundelein Dispatch* jemals aufgedeckt hatte, seine eigene war. Hinzu kam aber noch ein weiterer Hammer, nämlich Jennifer Spanglers Wunsch, sich ausgerechnet mit jener Frau beruflich zusammenzutun, der sie stets mit kleinlicher Eifersucht begegnet war und mit der sie um die Zuneigung ihres Vaters wetteiferte.

Allerdings würde der Fall Jen Spangler warten müssen, so faszinierend er auch sein mochte, denn Elizabeth konzentrierte sich ganz auf die entsetzliche Postsendung, die ein gewisser Mr. Byron Biffle an diesem Morgen erhalten hatte.

»Und ansonsten war nichts in dem Umschlag? Keine Nachricht?«

Byron Biffle hockte zusammengesunken auf seinem sündhaft teuren, ergonomischen Schreibtischstuhl. Er war Anfang fünfzig, also in jenem Alter, in dem sich verschlissene Bandscheiben gegen herkömmliche Büromöbel zur Wehr setzen.

»Danach habe ich doch zuallererst gesucht«, murmelte er vor sich hin. »Ich bin ein Zeitungsmann. Meinen Sie, mir entgeht so etwas?«

»Die meisten Leute, ob Reporter oder nicht, wären nach einer solchen Entdeckung verständlicherweise erschüttert.«

Byron Biffle schaute sie endlich an.

»Ich könnte nicht behaupten, dass ich schon einmal etwas Schlimmeres gesehen hätte«, erklärte er. »Aber ich habe genug gesehen. Mein Vater war Kriminalreporter für die *Tribune*. Als Kind habe ich seine Geschichten gehört. Einmal entdeckte ich zu Hause in seinem

Aktenschrank einige unveröffentlichte Tatortfotos. Man hatte sie aus gutem Grund nicht veröffentlicht. Nachdem ich wusste, wo er die Bilder aufbewahrte, die nicht in die Zeitung durften … Nun ja, Kinder sind eben neugierig.«

»Dürfte ich wissen, wie Ihr Vater hieß?«

»Sein wirklicher Name war Carl Biffle. Aber er schrieb unter dem Pseudonym *Carlton Ritz.*«

Elizabeth kannte den Namen. Als Jugendliche hatte sie begonnen, die Tageszeitung als Pfeiler zivilisierten Lebens zu betrachten, und war darin oft auf seinen Namen gestoßen.

»Natürlich habe ich von Ihrem Vater gehört«, sagte Elizabeth und bemühte sich um einen respektvollen Ton. Sie wusste, dass Carlton Ritz eindeutig der Vergangenheit angehörte. Er war vor zweieinhalb Jahren unter Umständen gestorben, die sein Kriminalreporterherz entzückt hätten.

Offenbar wollte sein Sohn nicht über ihn oder seinen Tod sprechen. Er dachte wohl eher an die Schlagzeile, die ihm praktisch in den Schoß gefallen war. Nicht jeden Tag tauchten die abgetrennten Köpfe eines ehedem glücklichen Ehepaares als Fotomontage auf dem smokingbekleideten und dem weißgewandeten Körper eines klassischen Hochzeitsfotos auf.

»Können Sie sich vorstellen, dass irgendjemand bei der Hochzeit daran gedacht hat …«

»Dass dieses glückliche Paar einmal so enden würde?«, half ihm Elizabeth. »Nein. Außer der Teufel selbst saß in der hinteren Bank. Und selbst der hätte ganz schön high sein müssen, um sich so etwas auszudenken.«

So düster der Tag auch sein mochte, nahm sich Byron Biffle doch Zeit, um Elizabeths Bemerkung zu bewundern, um *sie* zu bewundern. Er seufzte wie jemand, der mit allen Wassern gewaschen, aber auf mehr gefasst war.

»Die Fragen lauten also: *Warum ich und warum hier?*«

»Jeder mögliche Hinweis in dieser Richtung würde die Welt dramatisch verbessern«, sagte Elizabeth.

»Glauben Sie mir, ich habe gründlich nachgedacht. Der einzige Mensch, der das noch dringender verstehen möchte als Sie, bin ich selbst. Bisher sind mir nur zwei Ideen gekommen. Erstens gebe ich eine der wenigen Lokalzeitungen heraus, die noch eine wöchentliche Heiratskolumne mit Fotos veröffentlicht. Zweitens macht mich das Schicksal meines Vaters vielleicht eher zur Zielscheibe.«

»Wie lange haben Sie Ihr Büro in diesem Haus?«

»Über zehn Jahre.«

»Sind oben auch noch Büros?«

»Nein, Wohnräume. Wenn es abends spät wird, übernachte ich schon mal hier. Ich hatte bereits daran gedacht, sie an eine kleine Firma zu vermieten. Aber die Unruhe über meinem Kopf würde mir nicht gefallen.«

Elizabeth legte sich gerade die nächsten Fragen zurecht, als der Knall ertönte. Kein Schuss, der Fredo Corleone erledigte, sondern ein Anruf von Captain Spangler, der von zwei weiteren kopflosen Opfern berichtete. Ebenfalls verheiratet. Ebenfalls im Endstadium der heiligen Verbindung.

Elizabeth beendete das Gespräch mit Byron Biffle, erbat die Fotos als Beweismittel und ließ sich von ihm so viel Stillschweigen zusichern, wie man von einem Zeitungsverleger erwarten konnte.

25

Bei Mordfällen war der Erste am Tatort auch der Letzte, der ging. Nicht unbedingt körperlich, aber seelisch. Wurde ein Mord von einer einzigen Person entdeckt, war diese Erfahrung so tiefgreifend, dass man nicht mehr davon loskam. Die Sekunden oder Minuten, die man allein mit der Entdeckung verbrachte, entzündeten eine Art ewiger Flamme, die fortan für das Opfer brannte. Dann kamen andere an den Tatort, doch man selbst blieb der Hüter der Flamme.

Elizabeth hatte das mehr als einmal erlebt, und jedes dieser Ereignisse nahm einen ganz besonderen Platz in ihrer Seele ein. Auch Jen Spangler gehörte neuerdings zu dieser Gemeinschaft, genau wie Kirsten Hill, eine tiefgebräunte, sportlich aussehende Frau im aquamarinblauen Jogginganzug, die Elizabeth auf der Veranda des Terrassenhauses in Roselle befragte.

Kirsten Hill war an jenem Morgen mit Naomi Nelson verabredet gewesen. Als sie ihre Freundin abholen wollte, öffnete niemand die Tür, die sich als unverschlossen erwies. Sie ging ins Haus und rief, vergeblich. Sie ahnte es, bevor sie das Badezimmer betrat. Dort entdeckte sie die Leiche ihrer Freundin in einem unaussprechlichen Zustand.

»Sie sagten, Sie seien mit Naomi Nelson verabredet gewesen. Was hatten Sie beide vor?«

Bislang hatte Elizabeth es vermieden, sich neben die Frau auf das Sofa zu setzen, doch als sie Kirsten Hills Gesichtsausdruck bemerkte, nahm sie Platz. »Es tut mir leid, das war wohl eine taktlose Frage.«

Einen Augenblick lang kämpfte Elizabeth mit dem Impuls, die Frau tröstend in den Arm zu nehmen, legte dann aber nur ihre linke Hand auf die von Kirsten Hill, wobei der neue Brillantring im Sonnenlicht funkelte. In diesem Moment verlor Kirsten Hill die Fassung.

Während sie schluchzende Schreie hervorstieß, kam Elizabeth ihre Hand plötzlich wie eine Fessel vor, wie die Manschette am elektrischen Stuhl. Doch es war wichtig, die Hand weiter festzuhalten, das spürte sie.

Falls Jen Spangler wirklich so scharf auf diese Laufbahn war, hätte sie sich auch mal die Kehrseite der Medaille anschauen sollen und das nicht nur aus sicherer Entfernung. Sie hätte die Verzweiflung in ihrem eigenen Arm, ihrer Schulter und bis hinauf in den Kopf spüren sollen.

Elizabeth hielt die Hand fest und nahm das verzweifelte Beben der Frau in sich auf, bis diese sich beruhigt hatte.

»Wir wollten zum Friseur«, stieß Kirsten Hill hervor. »Ausgerechnet.«

Elizabeth spürte, wie ihr ganzer Körper von Abscheu erfüllt wurde, einem Abscheu, der dem Wissen entsprang, dass Naomi Nelson vermutlich trotz allem die Haare frisiert bekommen würde. Nur war der Friseur gleichzeitig ihr Mörder.

»Wer immer das mit Naomi gemacht hat, hat es auch mit Ted getan«, sagte Kirsten Hill. »Wie bei diesem anderen Paar, das in den Nachrichten war. Die gleiche Geschichte. Nur sind es diesmal Ted und Naomi Nelson aus Roselle.«

Elizabeth nickte. »Man hat die Leiche von Theodore Nelson in dem Mietshaus gefunden, in das er nach der Trennung gezogen war.«

»Eastbrook Apartments. Da ziehen alle Männer hin, wenn ihre Ehe in die Brüche geht. Jedenfalls die aus meinem kleinen Freundeskreis.«

Elizabeth spürte, dass wohl ein ganz bestimmter Mann aus diesem kleinen Freundeskreis dort Zuflucht gesucht hatte. Sie musste gar nicht weiterbohren.

»Mein Andy auch.«

Elizabeth konnte an ihrem Gesicht ablesen, welches Szenario sie sich gerade ausmalte.

»Es hätte auch Andy und mich treffen können.«

Wenige Minuten nachdem sie das gesagt hatte, erfuhr Elizabeth von Pete Megna von der Illinois State Police, der aus Wohnung 6 in den Eastbrook Apartments anrief, dass Andy und Kirsten Hill wohl kaum auf die Liste des Täters gelangt wären.

Pete Megna lief mit gebeugten Schultern durchs Leben. Diese Haltung war so typisch für ihn, dass Elizabeth argwöhnte, er habe sie schon *in utero* entwickelt. Als er jetzt in der Tür von Wohnung 6 auftauchte, um sie zu begrüßen, traf sie beinahe der Schlag. Wenn Frankensteins Monster jemals einen Bruder gehabt hatte, dann Pete Megna. Zwar hatte Elizabeth schon gehört, dass Megna vor einigen Wochen einen Verkehrsunfall samt Schleudertrauma erlitten hatte, doch die Wirkung der Halskrause war frappierend. Es fehlten nur noch die schwarzen Stiefel und eine krumme Hüfte, um die Dorfbewohner in einen Lynchmob zu verwandeln.

Megna reichte ihr das fragliche Dokument.

»Jetzt kommen wir der Sache näher, was?«

»Und hoffentlich auch auf den Punkt«, sagte Elizabeth.

Es gab tatsächlich eine Verbindung zwischen den Ermordeten. Dies war eine zweite Mahnung, und sie stammte von der Big-Shoulders-Ehe- und Familienpraxis, deren Logo deutlich sichtbar auf dem Briefbogen prangte, den Pete Megna auf dem Schreibtisch des fast geschiedenen Ehemanns gefunden hatte.

In der Fast-Junggesellenwohnung war die Spurensicherung dabei, die unerfreulichen Einzelheiten zu untersuchen. Man hatte die Leiche von Nelson in der Badewanne gefunden, mit grauer Jogginghose und weißem T-Shirt bekleidet. Die Wanne sah aus, als hätte jemand mit wenig Geschick versucht, Kleidungsstücke rot zu färben.

»Sieht aus, als wäre die Herzkönigin aus dem Wunderland nach Illinois gereist«, sagte Elizabeth mit einem Blick auf die Leiche.

Megna schaute sie fragend an.

»Haut ihnen die Köpfe ab«, zitierte Elizabeth mit englischem Akzent, um Megna Angst einzujagen und ihre eigene innere Alice zu besiegen.

26

Es ist Zeit für das Foto. Die Kunden warten schon. Also verlässt er sein kleines Studio, das er auf dem Tisch aufgebaut hat, und begibt sich in die Küche an den Kühlschrank.

Er spürt die imaginäre Kühle eines Dezembertages, als er die Tür öffnet. Er greift hinein, nimmt den ersten Gegenstand und stellt ihn auf die Arbeitsplatte. Zeige- und Mittelfinger der rechten Hand verweilen auf dem feuchten Film, der sich auf der Oberfläche bildet. Er kostet ihn. Kein Weihwasser. Aber auch nichts Unheiliges. Es ist einfach das Wasser des Lebens.

Nun muss er noch den Korken entfernen. Das geht schnell. Erst die Folie. Dann die Plastikkappe. Die Flasche anheben und mit einigen kraftvollen Drehungen den Stöpsel fliegen lassen.

Das Geräusch ist unvergleichlich. Die Physik des Ploppens. Der Korken, der gegen Decke und Boden knallt.

So verführerisch es sein mag, ein Schlückchen zu probieren, muss er auf die anderen warten. Also nimmt er die Flasche mit ins Studio. Dann holt er das erste Modell.

Damen zuerst. Nachdem die Braut in Position gebracht ist, kehrt er noch einmal in die Küche zurück, um den Bräutigam herbeizugeleiten.

Dann gießt er die sprudelnde Flüssigkeit in drei Champagnergläser, die auf dem Tisch bereitstehen. Wieder zuerst die Dame, dann der Ehemann, zuletzt der Fotograf, der auf ihr Wohl trinkt.

Sanft, respektvoll stellt er das erste Champagnerglas knapp vor das Gesicht der Braut. Dann das Gleiche auf der rechten Seite mit dem Bräutigam.

Er hält inne, um das Bild der beiden in sich aufzunehmen. Er geht um den Tisch herum und holt sein eigenes Champagnerglas. Er prostet ihnen vor den Augen der Zeugen zu. Bringt im Geiste einen Trinkspruch aus.

Dann der erste Schluck. Er ist köstlich, kostbar, unvergesslich. Nun ist es Zeit für das Paar. Er hält der Braut das Glas an die Lippen und schließt die Augen, während sie trinkt. Dann ist der Bräutigam an der Reihe. Wieder hebt er das Glas und schließt die Augen.

Dann, einen überschäumenden Moment später, leuchtet das Blitzlicht, klickt die Kamera, und das Paar wird lächelnd für die Ewigkeit eingefangen.

27

Elizabeths Misstrauen gegenüber Blumenlieferungen saß tief. Wenn ein Bewunderer einem als kleines Vorspiel zum geplanten Mord elf weiße Rosen vor die Tür legte, dämpfte das die Freude an den Blumen gewaltig. Dass sie vor kurzem wieder an den Raben gedacht hatte, war auch nicht gerade hilfreich. Der gelbe Lieferwagen mit der weißen Aufschrift DAISYS BLUMENSERVICE war allerdings so auffällig, dass sich wohl kein Verbrecher dahinter verbarg.

Das Timing war absolut perfekt. Elizabeth war noch keine zehn Minuten zu Hause, als der Flower-Power-Bus anrollte. Es war ihr zweiter Tag als Verlobte und der erste Tag des Wochenendes. Offenbar würde ihr nicht viel Zeit zum Feiern bleiben. Der Blumengruß war eine willkommene Unterbrechung ihres Arbeitstages. Eine wirklich süße Idee ihres Verlobten – mein Gott, hatte sie ihn wirklich so genannt? –, ein kleiner Sonnenstrahl.

Sie stellte die Blumen auf den Tisch und mied sorgsam die Stelle, an die sie vor vielen Monaten die weißen Rosen gelegt hatte. Purer Aberglaube. Aber wenn man dem Tod so nahgekommen war, konnte ein bisschen Aberglaube nicht schaden.

Der Strauß war samt Vase in knisterndes Zellophan gehüllt. Vorsichtig befreite sie die Tulpen aus ihrer Hülle. Respekt, ihr Verlobter hatte sich tatsächlich an ihre Lieblingsblumen erinnert.

Das Zellophan knisterte so laut, dass sie den Eindringling auf der Veranda erst hörte, als die Fliegentür geöffnet wurde.

Sie hielt inne und horchte, während ihr die Tulpengesichter entgegenlachten. Sie nahm die Jacke vom Küchenstuhl, holte ihre Dienstwaffe heraus und streifte dabei einen der Tulpenköpfe.

Sie schlich zur Wohnungstür, ganz behutsam, damit der Holzboden nicht knarrte.

Von draußen war nichts zu hören. Elizabeth kauerte sich vor die Tür. Spannte die Muskeln an. Hielt den Atem an. Kam langsam hoch. Als ihre Augen die kleinen Fenster erreichten, schaute sie wie in einen Spiegel. Nur war das andere Gesicht etwa fünfzehn Jahre jünger. Viel frecher. Sie riss die Tür auf, worauf die Besucherin zusammenschrak.

»Was zum Teufel machen Sie denn hier?«

Jen Spangler ließ sich nicht gern erwischen, vor allem nicht von der älteren Schwester, die sie nie gehabt und nie gewollt hatte.

»Ich möchte etwas abgeben«, entgegnete sie verärgert.

Inzwischen hatte Elizabeth den großen Umschlag entdeckt, der von außen an der Wohnungstür klebte.

»Ihr Wagen steht nicht in der Einfahrt. Ich dachte, Sie wären nicht zu Hause.«

»Ich habe auf der Straße geparkt. Dann kommt man schneller weg.«

Jens Augen ruhten auf dem Umschlag, den Elizabeth jetzt in der Hand hielt. Den Umschlag mit der Mitteilung, die Hewitt unter ganz anderen Umständen hätte erhalten sollen.

»Jetzt habe ich alles verdorben«, sagte Elizabeth versöhnlich, aber noch immer leicht verärgert. »Sie haben sich die Mühe gemacht, es aufzuschreiben, und müssen es mir nun ins Gesicht sagen.«

»Und wenn ich nun gar nichts aufgeschrieben habe? Wenn der Umschlag kompromittierende Fotos von Ihnen und dem Prinzen von Wilmette enthält?«

Elizabeth hatte es immer genossen, als klügster Kopf der Abteilung zu gelten. Noch mehr lag ihr an dem Ruf, die schärfste Zunge zu besitzen. Doch dieser Konter von Jen Spangler war ziemlich eindrucksvoll.

»Nette Idee. Aber leider unmöglich. Mr. Richter und ich haben uns noch nie in einer kompromittierenden Situation befunden. Das heben wir uns für besondere Gelegenheiten auf.«

Jen lächelte entwaffnend. »Darf ich reinkommen? Ich verspreche, es dauert nicht lange.«

»Sicher.« Irgendwie kam sich Elizabeth wie auf dem Präsentierteller vor. Jen Spangler betrat zum ersten Mal ihr Heim, und sie wusste, dass die junge Frau alles genauestens registrieren würde.

Sie begannen die Führung in der Küche.

»Möchten Sie etwas trinken? Ich habe sauren Orangensaft und abgestandene Cola. Der Swiss-Miss-Kakao wurde allerdings heute Morgen frisch eingeflogen.«

»Nein danke. Mensch, was für schöne Blumen. Ich habe Sie wohl beim Auspacken gestört.«

»Ja, der Prinz von Wilmette ist heute romantisch gestimmt«, sagte Elizabeth. »Oder er hat ein schlechtes Gewissen.«

Jen trat näher an den Tisch, um sich die Blumen anzuschauen.

»Ich liebe Tulpen.«

»Sie können sich gern welche mitnehmen.«

»Scheiße.«

Das Wort klang nicht wütend, sondern überrascht und bezog sich eindeutig auf die kleine Karte, die von der Verpackung abgefallen war.

»Die sind ja von meinem Vater.«

Elizabeths Augen wanderten von Jens verwirrter Miene zu den großen, lachenden Tulpen. Jetzt lachten sie über Jen.

»Da steht: *Gratuliere. Ed.*«

Die Worte verrieten Elizabeth zweierlei. Erstens, ihr Chef hatte ihre Verlobung endlich offiziell zur Kenntnis genommen. Typisch Ed Spangler: Er hatte abgewartet, bis sie ein bisschen Zuspruch brauchte. Die Hochzeitsfotos hatten den Ausschlag gegeben. Das war nett von ihm. Noch besser gefiel ihr die Tatsache, dass er die Karte nicht mit den Worten *Alles Liebe, Dad* unterzeichnet hatte.

Für Jen Spangler war es auch so schlimm genug.

28

Sie wunderte sich über ihn. Während sie schilderte, wie ihre Woche abgelaufen war, fragte sie sich, weshalb er ihre Andeutungen einfach so hinnahm. Kein Zweifel, sie war sehr offenherzig geworden. Er konnte es nicht mehr einer zufälligen Gefühlsduselei zuschreiben.

Auch wunderte sie sich, dass er sich so bereitwillig an einem Samstagnachmittag mit ihr verabredet hatte. Ein Einzelgespräch an seinem freien Tag. Den hatte sie vorgeschlagen, nachdem sie den Termin am Freitag abgesagt hatte, aber kaum damit gerechnet, dass er zusagen würde.

Auch jetzt kam es ihr noch seltsam vor. Er saß da und hörte zu, wie er ihr immer zuhörte. Aber er schaute sie anders an. Er taxierte sie in einer Weise, die sie zehn Jahre zuvor aus der Fassung gebracht hätte.

Sie lebte in der Gegenwart. Wenn man dem Tod zehn Jahre näher gekommen war, wartete man nicht mehr ab, bevor man sich ins Leben stürzte.

»Wie läuft denn die Therapie Ihrer Tochter?«, erkundigte er sich und legte sein Notizbuch weg. Das Signal für das Ende der Sitzung.

»Es ist schwierig«, sagte sie. »Ich würde ja gerne sagen, sie mache Fortschritte. Aber damit würde ich uns beide belügen.«

»Das tut mir sehr leid. Dr. Pappas ist ein ausgezeichneter Therapeut.«

»Ganz unter uns gesagt, ich glaube, das Problem bin ich.«

Sie sah, wie sich das entwaffnende Lächeln auf seinem Gesicht ausbreitete, und atmete erleichtert aus.

»Nun, dann ist die Lösung ja ganz einfach. Wir müssen Sie eliminieren, und alles ist prima.«

Typisch Gerry, dachte sie lächelnd.

»Natürlich wäre es eine Tragödie, der Welt eine von Gottes reizendsten Schöpfungen zu rauben.«

»Leider findet meine Tochter diese Schöpfung gar nicht so reizend. Genau darum geht es ja. Es liegt gar nicht an Brooke, sondern daran, wie ich sie sehe. Wenn ich sie anschaue, sehe ich *ihn*. Ich sehe Ian. Sie ist ihm so ähnlich. Vom Wesen her. Sogar mit ihren kleinen Macken. Sie ist ihm so ähnlich und mir überhaupt nicht.«

An der Wand hingen vier Uhren, die bei ihrem ersten Besuch ihre Aufmerksamkeit erregt hatten. Sie waren das einzig Auffällige in seinem ansonsten konventionellen Büro. Die Uhren zeigten die Zeit in Chicago, Paris, Athen und Kalkutta an.

Es gab noch eine fünfte Uhr, die sie immer am meisten interessiert hatte. Sie zeigte keine Zeit an, weil sie keine Zeiger hatte. Darunter stand als Ortsangabe: *Himmel*.

Die Augen von Dr. Gerry Boccachio ruhten auf dem leeren Zifferblatt, als er seinen nächsten Gedanken formulierte.

»Ich nehme an, wir alle wollen so geliebt werden, wie wir wirklich sind. Ebenso wichtig – letztlich vielleicht noch wichtiger – ist aber, dass wir nicht für etwas gehasst werden wollen, was wir nicht sind.«

Sein Blick löste sich von der Uhr ohne Zeiger und wanderte zu ihrem Gesicht. Er schaute ihr jedoch nicht in die Augen, sondern auf eine Stelle dazwischen. Wäre ihr Gesicht ein sechstes Zifferblatt gewesen und sein mitfühlender Blick die Zeiger, hätten diese auf Punkt zwölf gestanden.

Mitternacht oder Mittag, das war die Frage.

»Ich habe furchtbare Angst, mich in etwas Hässliches zu verwandeln«, flüsterte sie tonlos.

»Das brauchen Sie nicht. In dieser Welt gibt es keine hässlichen Schmetterlinge.«

29

Sie ließ sich auf Jens Bedingungen ein, wenn auch möglichst unverbindlich. Ansonsten hätte sie nur ablehnen können, was angesichts der Stimmung, die bei Jens Besuch herrschte, nicht wirklich in Frage gekommen wäre.

»Ich will nicht jammern oder so, aber das hätte ich auch gern mal gehabt.«

Diese Worte hatten den Ausschlag gegeben. Damit hatte Jen einen Hebel angesetzt, dem sich Elizabeth nicht verweigern konnte. Übersetzt hieß das nämlich: Mein Vater hat mir nie Blumen geschenkt. Oder auch, ich wünschte, ein netter junger Mann, vorzugsweise unter dreißig und mit gutem Beruf, der nichts dagegen hätte, eine junge Frau mit Kind zu heiraten, würde mir Blumen schenken. Am liebsten Tulpen.

»Wenn ich ihn geheiratet hätte – Victorias Vater, meine ich –, wäre es vielleicht mal dazu gekommen.«

Elizabeth war sich nicht ganz sicher, was sie damit meinte.

Wollte sie Blumen von einem Ehemann, der sie liebte? Oder von einem Vater, der sie dafür belohnte, dass sie sich an das übliche Beziehungsprotokoll gehalten hatte?

»Aber ich konnte ihn nicht heiraten. Ich konnte keinen Typen heiraten, der immer mit seinen Händen zugange war.«

Jen erklärte nicht, was sie damit meinte. Es war auch nicht nötig. Der Schmerz in ihren Augen zeugte davon, dass diese Hände mehr als einmal zu hart zugegriffen hatten.

Wieder stand ein Problem im Raum. Gewalt. Unter Liebenden. Sie fragte, ob Jen ihrem Vater jemals davon erzählt hatte, obwohl sie die Antwort schon wusste.

»Es war nicht, als hätte er mich angegriffen«, gestand Jen. »Er übertrieb nur manchmal, wenn er betrunken war. Wenn er nicht schnell genug bekam, was er wollte. Geschlagen hat er mich nicht. Eher *gedrückt*. Die Hände. Den Hals.«

»Er hat Sie gewürgt?«

»Manche Leute würden es wohl als härtere Gangart beim Sex einstufen. Und man gewöhnt sich irgendwie daran. Aber manchmal« – sie lachte bemüht – »machte ich mir Sorgen, Sie wissen schon – die Sache mit dem Atmen.«

Plötzlich musste sie an Sting denken.

Every breath you take …

»Es hatte etwas Archaisches, es steckte tief in ihm, und ich dachte, dass eine Beratung nicht viel helfen würde«, sagte Jen.

»Haben Sie noch häufig Kontakt zu ihm?«

»Nein. Er interessiert sich kaum für Victoria. Daher ermutige ich ihn auch nicht. Also bleiben nur ich und Opa, um die Sache zu schaukeln.«

Das war beschissen. Elizabeth verstand jetzt, weshalb die Blumen in ihrer Küche zu einer veritablen Beichte am Samstagnachmittag geführt hatten.

Jens Wimperntusche löste sich auf. Nachdem sie sich entschuldigt hatte und ins Bad gegangen war, las Elizabeth, was Jen für sie geschrieben hatte. Eine einzelne Seite, nett und ordentlich ausgedruckt, auf der sie respektvoll darum bat, Hewitt assistieren zu dürfen, als Praktikantin, als Kakaolieferantin, egal, vorausgesetzt, es habe mit dem Fall der fehlenden Köpfe zu tun.

Als Jen sich wieder hergerichtet hatte und Hewitts Okay erhielt, begannen ihre Augen zu strahlen. Jetzt fehlte nur noch die Zustimmung des Erziehungsberechtigten.

Auf dem Edens Expressway erklärte Elizabeth, begleitet von Jim Halls »Angel Eyes«, ihrem Chef den ersten Einsatz seiner Tochter.

»Ich lasse sie Hintergrundinformationen zu Carlton Ritz sammeln«, sagte sie, während harmonische Blasen aus Jim Halls Gitarre sprudelten.

»Carlton Ritz ist tot«, sagte Ed Spangler. »Ich wusste gar nicht, dass Sie auch noch Zeit für alte ungelöste Fälle haben.«

»Byron Biffle, der Herausgeber des *Mundelein Dispatch*, ist der Sohn von Carlton Ritz.«

Jim Hall füllte das nachfolgende Schweigen mit einem raumgreifenden Arpeggio.

»Vermuten Sie etwa eine Verbindung zwischen den Morden an den entfremdeten Ehepaaren und dem Mord an Carlton Ritz?«

»Nein. Jedenfalls würde ich kein Geld darauf verwetten. Im Augenblick besteht die einzige Verbindung darin, dass Carlton Ritz ebenfalls Opfer eines unaufgeklärten Mordes wurde. Und sein Sohn leitet eine Zeitung, eine der wenigen, die noch Hochzeitsfotos bringen. Natürlich mag das Schicksal eine blühende Phantasie besitzen, aber ich kann mir nicht vorstellen, dass jemand Carlton Ritz tötet und dann zweieinhalb Jahre wartet, bevor er mit seinem Sohn irgendwelche Spielchen treibt.«

Jim Hall ließ »Angel Eyes« ausklingen.

»Also, was soll es dann sein – eine akademische Übung für Jen?«

»Im Wesentlichen schon.«

»Sie setzen sie also auf die Reservebank.«

»Ja, aber von dort aus hat sie die Chance, einen interessanten Fall zu untersuchen und ihren Verstand auf die Probe zu stellen.«

Jim Hall stieg in die Eröffnung von »Round Midnight« ein. Inzwischen war Elizabeth zutiefst davon überzeugt, dass er der ideale Kandidat für eine Jazzversion von »Every breath you take« wäre. Mit Sting am Bass.

»Und was machen wir, wenn sie den Fall Ritz aufklärt?«

Elizabeth zählte ihre Atemzüge, bevor sie antwortete. *Zweieinhalb.*

»Dann müssen Sie sie wohl oder übel einstellen.«

30

In der Luft hing der Geruch von hemmungslosem Sex. Vielleicht hätten sie und Brady noch etwas lernen können. Keine neuen Stellungen, aber definitiv etwas über die geheime Welt der Gleitmittel. An diesem Samstagnachmittag hatten die unverehelichten Eheberater ihre innersten Gefühle erforscht. Bis Elizabeth hereinschneite.

Wäre sie nicht einem älteren Hausbewohner in den Flur gefolgt, hätte das Beratungsteam nicht auf Pause drücken und auf das nachdrückliche Hämmern an der Wohnungstür reagieren müssen. Sie hätten nicht ihre Bademäntel überwerfen müssen, und ihnen wäre vielleicht sogar Zeit geblieben, um das Sortiment von Hilfsmitteln aufzuräumen, bevor der Besuch ins Zimmer trat.

Elizabeth stand mitten im offenen Wohnraum und wartete darauf, dass Eric Hubertus oder Autumn Fournier sich zu der Nachricht äußerten, dass ein weiteres zu ihrem Kundenstamm gehörendes Paar tot aufgefunden worden war. Und zwar im gleichen erbarmungswürdigen Zustand wie ihre Vorgänger.

Hubertus und Fournier waren gebildete, geradezu hypergebildete Menschen. Sie waren darauf trainiert, Probleme zu lösen, Wahrscheinlichkeiten zu bestimmen und Möglichkeiten abzuklopfen. Elizabeth spürte förmlich, wie ihre Intelligenz den Schock augenblicklich verdrängte. Es war, als stiege die Temperatur im Raum, weil zwei Superhirne die Rechner anwarfen. Diese Beobachtungen lenkten sie vorübergehend von der Duftspur des samstäglichen Stelldicheins ab.

»Tut mir leid, dass ich Ihnen eine so unerfreuliche Neuigkeit überbringen muss«, erklärte Elizabeth. »Der Rest der Welt wird es bald herausfinden. Ich dachte, Sie wüssten es gerne vorher.«

Gerade fickt man noch, als gäbe es kein Morgen, und dann gibt es wirklich kein Morgen mehr.

Kein Zitat von Hubertus oder Fournier, sondern von Elizabeths innerer Stimme. So unpassend die Wortwahl auch sein mochte, harmonierte sie wunderbar mit ihrem Mienenspiel.

»Mein Gott«, sagte Hubertus.

Das war doch mal eine passende Reaktion.

»Ich kann nicht glauben …«

Elizabeth wartete, dass Fournier den Satz vollendete. Als sie schwieg, zählte Elizabeth im Geiste mögliche Varianten auf.

… dass so etwas Leuten zugestoßen ist, die wir kennen und mögen.

… dass uns so etwas passiert.

… dass mir so etwas passiert.

… dass Sie dafür meinen Orgasmus der Kategorie fünf unterbrochen haben.

Autumn Fournier fehlten wohl die Worte. Sie stieß nur einen Seufzer aus, der die reifen Früchte in ihrem Bademantel erbeben ließ.

»Wir sind zutiefst …« Eric Hubertus schaute seine Partnerin an, als wollte er ihre Erlaubnis einholen. Fournier zuckte mit den Wangen wie eine Katze mit den Schnurrbarthaaren, »… erschüttert.«

»Wir fühlen mit den Menschen, die ihr Leben verloren haben. Und mit ihren Familien. Aber auch mit unserer Familie, mit Dennis und Lourdes.«

Elizabeth spürte, wie sich ihre Nackenhaare sträubten. Das rührte nicht nur daher, dass sie einem weiteren Paar den Samstagnachmittag verderben musste. Nein, sie scheute zurück vor einem erneuten Ausflug in die Intimsphäre zweier Therapeuten.

31

Sie war noch nie auf einem Schreibtisch durchgebumst worden. Natürlich hatte sie daran gedacht. Oft sogar. War das eine Sexphantasie für die Titelseite? Wohl kaum. Aber sie war in genügend Büros gewesen, in denen eine eindeutig sexuelle Spannung zwischen dem Stuhl dahinter und dem Stuhl davor geherrscht hatte, und gönnte sich die kleine geistige Erfrischung.

Durchgebumst war vielleicht nicht der richtige Ausdruck. Es hatte auch andere Berührungen gegeben – zärtlich, galant –, so dass man zu Recht sagen konnte, dass sie sich auf der Schreibtischplatte geliebt hatten.

Von den sprachlichen Feinheiten einmal abgesehen, war das Resultat durchaus nicht unerwünscht. Im Rückblick wusste sie gar nicht genau, wann ihre Therapiesitzungen diese Wendung genommen hatten. Dafür gab es keine Muster, keine Schablone. Es war eher ein Aquarell. Hier und da ein blauer Tupfer, der irgendwann zum Himmel zusammenfloss.

Heute war der Himmel strahlend blau. Sie hatte den Kopf an die Nackenstütze gelehnt und genoss den Blick durch das Glasdach des Chrysler Pacifica. Zum ersten Mal, seit sie Gerrys Praxis verlassen hatte, versuchte sie sich zu entspannen.

Gerry. Jetzt nannten sie einander definitiv beim Vornamen. Sie hatte ihn schon beim ersten Besuch darum gebeten, sie Laura zu nennen. *Mrs. Pennington* hatte es nie gegeben. Aber so wollte sie auch um nichts in der Welt heißen.

Jetzt war sie Laura. Sie würde für immer Laura sein und zum Club der Schreibtischbumser gehören. Auch gut. Damit konnte sie leben. Herrgott nochmal, zum ersten Mal seit einem Jahr kein Do-it-yourself-Orgasmus.

Herrgott nochmal. Diesen Aspekt gab es natürlich auch noch. Eine psychiatrische Praxis, die ihre katholische Weltsicht nicht verhehlte. Sie wirkte nicht aufdringlich, war aber deutlich spürbar. Unsichtbar, aber immer zugegen. Wie Gott. Ausgerechnet sie als gefallene Katholikin …

Nun war sie noch tiefer gefallen. Und er war dabei gewesen. Wie zwei Fallschirmspringer, Lehrer und Schüler. Sie fielen gemeinsam, einer auf den anderen. Na ja, sie waren auf einem ordentlichen Schreibtisch gelandet und unverletzt geblieben. Ob sie seelischen Schaden genommen hatten, mochte der liebe Himmel wissen.

Jetzt stellte sich natürlich die Frage, wie es weitergehen sollte. War der Schreibtisch Anfang, Mitte oder Ende? Sie wollte die Aquarellfarben des Himmels nicht mit solch banalen Kleinigkeiten beschmutzen.

»Was machst du da?«

Die vierzehnjährige Stimme klang wie immer vorwurfsvoll.

Sie drehte sich zu ihrer Tochter um, die gerade von der Tennisstunde kam. Sporttasche über der Schulter. Total genervt.

»Die Leute gucken schon. Als wärst du betrunken oder so.«

Ich habe mich gerade richtig nageln lassen. Was möchtest du zum Abendessen? Hätte sie es doch nur laut aussprechen können.

»Es ist ein schöner Tag. Ich wollte ihn einfach mal genießen.«

Ihre Tochter stieg ins Auto und warf die Sporttasche auf den Rücksitz.

»Es mag ein schöner Tag sein, solange es einem egal ist, was andere Leute denken. Andere Leute, die nicht alles so schön finden wie du.«

Laura Pennington startete den Motor, fuhr die Fenster hoch und schloss das Glasdach.

»Angeblich liegt Schönheit im Auge des Betrachters«, sagte sie zu ihrer Tochter. »Wenn du etwas Schönes sehen möchtest, siehst du es auch. Wenn nicht, dann nicht.«

»HALT DIE KLAPPE!«, kreischte das Mädchen.

Irgendein Mann würde das eines Tages ertragen müssen. Das war nur gerecht. Immerhin hatte ihre Tochter es von einem Mann gelernt, der es wiederum von seiner Mutter gelernt hatte. Sollte ihre Tochter jemals einen Sohn gebären, würde sie es an ihn weitergeben.

Wo zum Teufel sollte das nur enden? Was konnte man tun, um diese fatale Kette zu durchbrechen?

»Ich habe mich gerade richtig nageln lassen«, sagte sie leise. »Was möchtest du zum Abendessen?«

32

Die Wohnung von Dennis und Lourdes Fassbender war ein Südsee-Klischee der Extraklasse. Elizabeth war, als hätte sie sich in ein Hollywoodstudio verirrt, und sie fühlte sich an den *Hawaiian War Chant* in der Version von Ella Fitzgerald erinnert.

Wie schon am Telefon entschuldigte sich Lourdes Fassbender, dass ihr Mann auf Exerzitien sei und daher nicht zur Verfügung stünde.

In Anbetracht ihres Vornamens war anzunehmen, dass Mrs. Fassbender einer katholisch-hispanischen Familie entstammte. Als sie sich auf den in Limettengrün und Kaffeeschwarz gehaltenen Polstersesseln im Wohnzimmer niederließen, sah Elizabeth die Flammen eines tiefen Glaubens in Lourdes Fassbenders Augen lodern, obwohl ihr Beruf, ihre Berufung, ihr ganzes Leben von einer kranken Seele bedroht wurde.

»Ted und Naomi Nelson waren Ihre Klienten«, begann Elizabeth. »Wenn ich Ihre Vorgehensweise recht verstehe, haben Sie viel Zeit allein mit Mrs. Nelson verbracht.«

Die Kerzen erloschen. Irgendein Gedanke hatte sie erstickt.

»Wenn Sie mich kurz entschuldigen würden. Ich möchte etwas holen, das Ihnen vielleicht weiterhilft.«

Elizabeth sah ihr nach. Sie war so klein, dass ihr gigantischer Ehemann sie vermutlich wie ein Kind auf dem Arm tragen konnte. Und obwohl sie Mitte dreißig sein musste, wirkte ihr ganzes Gesicht, als würde sie ewig sechzehn sein.

Lourdes Fassbender kam mit einem Foto zurück. Sie setzte sich hin und legte das Foto auf den Bambustisch mit der Glasplatte. Es war schon eine ganze Weile her, seit Elizabeth bei der Arbeit vor Schreck zusammengezuckt war.

»Wir bitten die Paare stets darum, ihr liebstes Hochzeitsfoto mitzubringen.«

Elizabeth sah, wie die winzigen, zierlichen Hände das Foto nahmen und gegen das Mittelstück des Tisches lehnten – einen steinernen Südseegott. Welcher Gott das sein sollte, wusste sie nicht.

»Sobald wir die Richtung der Therapie festgelegt haben, benutzen wir das Foto als eine Art Anker. Damit wollen wir dem Paar mehr Klarheit verschaffen. Wir bitten beide, den Hochzeitstag aus der Erinnerung heraus zu beschreiben. Was sie dabei empfunden haben. Was sie gehofft haben. Und, am wichtigsten, welche Sorgen sie hatten.«

Völlig undenkbar, dass Theodore und Naomi Nelson an jenem Tag, an dem sie lächelnd vor der Kirche gestanden hatten, auch nur im Entferntesten befürchtet haben könnten, dass ihre abgetrennten Köpfe auf einer gespenstischen Fotomontage landen würden.

»Ich finde es hilfreich, ein Bild von Naomi und Ted vor Augen zu haben, während wir uns über sie unterhalten. Damit wir Gesichter und nicht nur Namen haben.«

Falls Lourdes Fassbender etwas zu verbergen hatte und Elizabeth auf diese Tour ablenken wollte, legte sie eine Vorstellung der Extraklasse hin. Aber nein, sie konnte nichts von dem Foto wissen, außer Byron Biffle hatte sein Versprechen gebrochen und sein Wissen an Big Shoulders weitergegeben. Großhirn und Instinkt taten sich zusammen und beschlossen, dass es unmöglich sei.

»Dürfte ich fragen, woher die Praxis rührt, Hochzeitsfotos bei der Therapie einzusetzen?«

Die Kerzen in Lourdes Fassbenders Augen flammten auf. Nicht vor Angst, sondern eher vor Stolz.

»Das hat Dennis vor einigen Jahren eingeführt. Bevor wir unsere Zusammenarbeit begonnen haben. Ich habe ihn ermutigt, es zum festen Bestandteil der Therapie zu machen. Aber die Idee als solche stammt von ihm.«

33

Wenn man nach »Carlton Ritz« googelte, kamen die meisten Meldungen von einer kostspieligen Hotelkette. Daher fügte Jen Spangler noch das Wort »Mord« hinzu, was die Zahl der Suchergebnisse beträchtlich reduzierte.

Ihr Vater hatte ihr mitgeteilt, dass sie am Montag die Akte des Falles im Originalzustand samt Ketchup-, Mayo- und Kaffeeflecken erhalten würde, doch das kam ihr wie eine Ewigkeit vor. Ihre Tochter war früh eingeschlafen. Und ihr Vater trieb entspannt in der Badewanne. Falls sie nicht in der nächsten Stunde um ein Rendezvous gebeten wurde, hätte sie den ganzen Samstagabend zur freien Verfügung.

Im Kühlschrank lag eine Salamipizza. Nicht ganz so frisch wie beim Italiener, aber mit viel Käse, würziger Tomatensauce und genügend scharfer Salami, um ihre Geschmacksknospen zum Leben zu erwecken.

Als Bürgerin von Chicago und Tochter eines Polizisten waren ihr einige Aspekte des Falles Ritz bekannt. Weitere Einzelheiten fanden den Weg in ihr Notizbuch, während sie im Internet recherchierte.

Carlton Ritz, ein preisgekrönter Kriminalreporter der *Tribune*, war einem Mord zum Opfer gefallen. Daran bestand kein Zweifel, obwohl man seine Leiche eineinhalb Kilometer nördlich der Union Station neben den Bahngleisen verteilt gefunden hatte. Zunächst war man von einem furchtbaren Unfall ausgegangen, den er im Zuge seiner Recherchen erlitten hatte. Die Story: der ungeklärte Mord an Loreena White, einer Zwanzigjährigen, deren Leiche man fünf Monate zuvor an dieser Bahnstrecke gefunden hatte. Sie war allerdings nicht von einem Zug erfasst worden.

Wie üblich hatte Carlton Ritz ungewöhnliche Wege eingeschlagen und sich derart in die Story verrannt, dass er sie auch weiterverfolgte, nachdem die polizeilichen Aufklärungsversuche gescheitert waren. Frühere Berichte über seinen Tod deuteten an, er habe nach Beweisen gesucht und dabei einen Herzinfarkt erlitten oder sei vor einen heranfahrenden Zug gestürzt. Also musste zunächst geklärt werden, ob er noch gelebt hatte, als ihn der einlaufende *Hiawatha*-Express aus Milwaukee erfasste.

Der Gerichtsmediziner gelangte zu dem Schluss, dass Carl »Carlton Ritz« Biffle bei seinem Zusammenstoß mit dem Zug bereits tot gewesen war. Und sein Tod hatte keine natürliche Ursache gehabt. Man hatte dem Reporter durch wiederholte Einwirkung mit einem stumpfen Gegenstand den Schädel eingeschlagen. Das konnte selbst der Zusammenprall mit dem Zug nicht überspielen.

Jen hörte ein glucksendes Geräusch, als ihr Vater den Stöpsel aus der Wanne zog. Ihr erster Interviewpartner saß praktischerweise nur wenige Meter entfernt in der Badewanne und vollzog sein übliches Baderitual, indem er in seiner ganzen glorreichen Nacktheit sitzen blieb, bis der letzte Tropfen Wasser abgelaufen war. Jen konnte ihn gut verstehen. Diese drei oder vier Minuten waren kostbare Zeit, die er ganz für sich hatte. Zeit zum Nachdenken. Zur Kontemplation des menschlichen Zeitbegriffs und der eigenen Lebensdauer. Gab es dafür einen besseren Zustand, als nackt wie bei der Geburt in der Wanne zu liegen?

Wozu ein Rebirthing-Erlebnis in einem sündhaft teuren Wellnesszentrum, wenn man das Gleiche in der klassischen Porzellanwanne eines Chicagoer Vororts haben konnte?

Zweifellos kannte Ed Spangler Einzelheiten der damaligen Ermittlungen, so kalt die Spur auch sein mochte. Doch wenn sie ihn jetzt fragte, musste sie ihn in ihre Arbeit mit einbeziehen und ihn auf dem Laufenden halten. Und das wollte sie nicht.

Wenn sie ihn jetzt fragte, würde er die Führung übernehmen. Aber das hier war kein Hochzeitswalzer. Dieser Tanz gehörte ihr allein. Sie konnte sich die Schritte ohnehin nicht merken.

Irgendetwas stimmte nicht mit Carlton Ritz. Schon äußerlich. Sie hatte ein Foto aus dem Archiv der *Tribune* aufgerufen. Vielleicht lag es an seinen Augen, sie wirkten so unkonzentriert. Nein, das war es auch nicht. Nicht unkonzentriert, sie konzentrierten sich nur nicht auf dasselbe Ziel. Ein Auge richtete sich auf die Kamera, doch das andere schien auf etwas dahinter zu blicken. Ganz am Ende des Zimmers, vielleicht am Ende der Welt.

Nun aber richteten sich zwei Augen auf sie. Sie spürte sie im Nacken, auf ihren Schultern. Ein Kribbeln verriet es ihr. Das und der Duft Marke Irischer Frühling.

»Du kannst dich wirklich gut anschleichen«, sagte sie, bevor sie sich umdrehte und ihn in seinem alten blauen Bademantel hinter sich stehen sah.

»Nicht ganz so gut wie manche da draußen«, lautete die Antwort.

Im Klartext: *Mir gefällt noch immer nicht, was du machst, aber wenn du darauf bestehst, pass auf deinen Arsch auf. Und zwar besser als je zuvor.*

»Vielleicht könntest du mir noch einen Gefallen tun«, wagte Jen sich vor.

»Wenn es etwas Vernünftiges ist, nur zu.«

»Es geht um die Akte der Frau, die damals in der Nähe der Union Station ermordet wurde. Loreena White. Carlton Ritz hat den Fall untersucht. Die Akte würde ich mir gerne anschauen.«

34

In seiner Erinnerung ist es immer ein Spätsommertag. Der Geruch des Augustes, der Geruch des Sommers, der seinen Höhepunkt schon überschritten hat. Das Gefühl, dass die Blumen und Bäume ihr Leben schon gelebt haben. Das fieberhafte Wachstum von Juni und Juli ist Vergangenheit.

Das findet der junge Mann irgendwie traurig. Der ältere Mann, der ihn aus der Zukunft beobachtet, findet es irgendwie tragisch. Das Schwinden des Sommers. Das Verblassen von etwas, das man nie wieder so erleben wird.

Der junge Mann, eigentlich noch ein Junge, steht in der Garage vor den beiden Mülltonnen aus Metall. Die Entscheidung war nicht einfach gewesen. Für einen zwölfjährigen Jungen sind Entscheidungen selten einfach.

Für diese hat er mehrere Tage gebraucht. Für die Entscheidung, das Buch zurückzuholen. Das Leben war weitergegangen, nachdem er das Buch weggeworfen hatte, auch wenn das Leben zerstört war. Auch der Müll ist weiter angewachsen, wie er es immer tut, ein endloser Strom verbrauchter, aufgezehrter, weggeworfener Dinge, die vor sich hin faulen.

Er kann ihn riechen. Den Geruch eines Lebens, das schon gelebt, das schon verdorben ist.

Zum Glück kommt morgen die Müllabfuhr. Dann verschwindet der Geruch. Für ihn aber heißt das: Wenn er das Buch haben will, muss er es jetzt holen. Solange er Gelegenheit dazu hat. Solange seine Eltern weg sind. Natürlich wäre es einfacher, wenn sie nicht zurückkämen. Wenn sie für immer wegblieben. Aber er ist ja kein Kind mehr. Kein kleiner Junge. Ihnen den Tod zu wünschen ist reine Zeitverschwendung.

Wenn er das Buch zurückholt und sie es herausfinden, wird er sich vielleicht wünschen, *er* wäre tot. Nichts könnte seine Eltern wütender machen, als wenn er das Buch zurückholt.

Was würden sie wohl dazu sagen? Was würden sie tun? Das möchte er lieber gar nicht wissen. Am besten, er lässt das Buch in der rechten Tonne liegen, unter den Einkaufstüten aus Papier, dem Leben, das seine Haltbarkeitsdauer überschritten hat.

In seiner Erinnerung ist es immer jener Tag im August. Und der ältere Mann sieht, wie der junge Mann den ersten Schritt zur Mülltonne macht. Den ersten unwiderruflichen Schritt. Er sieht, wie die Hände nach dem Deckel greifen, die Finger sich um das Metall schließen wie die eines Blinden, der ein Gesicht abtastet.

Die Hände legen sich um den Griff und heben den Deckel an.

Ein leichtes Zögern. Als spielte der junge Mann mit dem Gedanken, den Deckel zu schließen und das nachfolgende Massaker zu verhindern. Doch der ältere Mann weiß, dass er nur innehält, um zu entscheiden, wohin er den Deckel legen soll. Am besten auf die andere Mülltonne. Wie Zwillinge fügen sie sich perfekt ineinander. Er legt ihn dort ab und horcht auf die Worte, mit denen sein Verstand den Geruch beschreibt, der in die traurige Augustluft aufsteigt.

Die Papiertüten sind durchweicht von Fäulnis. Er muss sie behutsam herausholen, eine nach der anderen, und auf den Betonboden stellen. Insgesamt sechs Tüten. Dann liegt nur noch das Buch ganz unten in der Tonne. Das Buch, das nie wieder jemand sehen sollte. Mit dem verschmutzten weißen Stoffeinband. Darauf in goldenen Buchstaben die Namen der Frau und des Mannes und der Tag, an dem sie eins wurden.

35

Selten hatte Elizabeth einen Mann so lange pinkeln hören wie Dennis Fassbender. Sie hatte in ihrem Leben Väter, Freunde, Kollegen und den einen oder anderen Verlobten gehört. Und dieses Exemplar musste ein Aquarium als Blase haben.

Zielpersonen befragte man am besten, wenn sie es am wenigsten erwarteten. Besser gesagt, mit heruntergelassener Hose. Doch Elizabeth wartete höflich, bis Fassbender im bleichen Licht des Halbmonds aus dem Gebüsch trat.

»Mr. Fassbender?«

Er fuhr herum wie ein aufgeschreckter Bär. Wie sie so auf dem Wanderweg zwischen den Bäumen stand, kam Elizabeth sich plötzlich wie eine mögliche Beute vor.

»Anscheinend kennen Sie nicht die Bedeutung des Wortes *Exerzitien*«, verkündete Dennis Fassbender mit einem Bärengrollen.

»Tut mir leid, aber ich habe schlimme Neuigkeiten.«

Sie beobachtete, wie er sie studierte, die Situation analysierte. Teile zusammenfügte. Dass ihr Wagen in der Nähe parkte. Dass sie ihn vermutlich in seiner Rolle als Leiter der Exerzitien beobachtet hatte, bis er in die Büsche ging, um zu pinkeln.

»Lourdes hat mich angerufen«, sagte er. Sie waren etwa drei Meter voneinander entfernt. Das reichte.

Dennis Fassbender drückte seine tiefe Erschütterung und Sorge im üblichen Therapeutenstil aus. Erschütterung und Sorge schwangen auch in seiner Stimme mit, zeigten sich aber nicht in seinem Gesicht.

»Können wir uns irgendwo hinsetzen und ein paar Minuten reden? Dies ist nicht gerade der ideale Ort dafür.«

»Die Exerzitien sind nur für Männer bestimmt.«

»Falls das heißen soll, dass Frauen der Zutritt verboten ist, müssen Sie schon ein Schild aufhängen.«

Etwa dreißig Meter vom Kreis der Männer entfernt brannte ein weiteres kleines Lagerfeuer. Dennis Fassbender warf einige Holzstücke darauf, stocherte und pustete mit aller Kraft. Auf diese Weise ließ der Therapeut sie an seine Gruppe heran, ohne sie wirklich einzubeziehen. Elizabeth war das völlig egal. So wie die entfremdeten Ehemänner sie anstarrten, hätte man sie auch nackt an einem Spieß über dem Feuer braten können.

Während des Plauderstündchens mit Dennis Fassbender fragte sie sich mehr als einmal, ob sie nicht wirklich über dem Feuer enden würde. Ein Trupp unglücklicher Ehemänner, ein Lagerfeuer, leise Trommeln und finstere Rituale in der Dunkelheit. Dazu eine vestalische Jungfrau, die vom Himmel gefallen war. Also kein Grund zur Sorge, eine Jungfrau war sie nun wirklich nicht.

Zunächst stellte sie die üblichen Fragen. Hintergrundinformationen zu den beiden Opfern. Ein Überblick über den Verlauf der Therapie. Es gab nichts, das ihren Argwohn erregte.

»Nun ja, wir müssen uns der Möglichkeit stellen, dass jemand es auf Sie, auf einen Ihrer Kollegen oder Ihre Praxis abgesehen hat. Oder auf alles zusammen.«

Dennis Fassbenders Blick verriet ihr, dass ihm dieser Gedanke auch schon gekommen war.

»Aber das könnte jeder sein. Zusammen haben wir Hunderte, wenn nicht Tausende von Klienten. Berufliche und persönliche Beziehungen. Wir alle haben Artikel verfasst und sind in den Medien aufgetreten.«

Er hielt inne und starrte in die Flammen. »Dann wäre da natürlich noch Mayas Buch.«

Mayas Buch? Warum war dieses Buch nicht bei ihren Recherchen aufgetaucht? Sie hätte bei der Internetsuche darauf stoßen müssen.

»Es ist fast fünfzehn Jahre her«, fügte Dennis Fassbender hinzu. »Außerdem hat sie es unter Pseudonym veröffentlicht.«

Elizabeth war beruhigt, selbst angesichts der Lagerfeuer und der entfremdeten Ehemänner im Wald.

»Dürfte ich fragen, wie dieses Pseudonym lautet?«

»Amanda Lilliput.«

Der Name sagte ihr gar nichts.

»Ich erwähne es nur, weil ich Ihnen helfen möchte«, fuhr Dennis Fassbender fort. »Irgendwann hätten Sie es ohnehin herausgefunden. Es ist nicht geheim. Allerdings, wenn Maya könnte, wie sie wollte …«

Drei Minuten später wusste Elizabeth, warum Maya Macy das Buch gern aus dem Verkehr gezogen hätte. Der Titel lautete nämlich *Entdecke die Hure in dir*. Der Witz dabei war, dass Elizabeth nicht nur davon gehört, sondern das Buch selbst in der Hand gehalten hatte. In einer Buchhandlung hatte sie es durchgeblättert. Um ein Haar sogar gekauft. Hatte sich aber nicht an der Kasse blamieren wollen.

Überraschungen gab es immer wieder. Sie hätte nie und nimmer erwartet, ausgerechnet bei einem Männergesprächskreis an *Entdecke die Hure in dir* erinnert zu werden.

»Sie haben also davon gehört?«

Nun würde sie das verfluchte Buch wohl doch kaufen müssen.

»Ich habe es mal gesehen.« Dennis Fassbender war ein scharfer Beobachter, sie brauchte ihm nichts vorzumachen.

»Haben Sie es auch gelesen?«

»Durchgeblättert.«

»Gekauft?«

»Nein.«

»Sie wollten so etwas nicht im Hause haben?«

Bei dieser Frage schaute er sie nicht an, sondern schien in den Flammen des Lagerfeuers zu lesen. Er wartete offenkundig auf eine

Reaktion. Warum, wusste sie nicht. Am liebsten hätte sie ihm einen Stock mit gegrillten Marshmallows ins Gesicht gebohrt.

Elizabeth versuchte, ihre Gefühle zu zügeln. Mit einem kühlen Kopf kam man weiter. Doch die Vorstellung, einem Gegner glühend heiße Marshmallows ins Gesicht zu reiben, besaß einen gewissen Reiz. Nicht dass Dennis Fassbender ihr Gegner gewesen wäre, aber seine Fragen zum Buch waren für ihren Geschmack zu privat gewesen.

»Und wie haben Sie sich gefühlt, als Sie das Buch gelesen haben?«, fragte Elizabeth.

»Das musste ich nicht. Ich hatte das Vergnügen, mit der Autorin zusammenzuleben.«

Ein Lächeln huschte über sein Gesicht und schien ein Geständnis anzukündigen.

»Wir waren gerade erst zusammen, als es erschien. Anfangs ist es cool, wenn jemand, den man kennt, derart abhebt. Aber dann mischt sich die Außenwelt ein. Und das ist oft wenig erfreulich. Aber das muss ich Ihnen nicht sagen, oder?«

Er hob den Blick vom Feuer und ließ ihn an Elizabeths Gesicht abkühlen. Sie sagte lieber nichts, sondern holte ein gerahmtes Foto aus der Tasche. Dennis Fassbenders sehnsüchtiger, beinahe lustvoller Blick und die Hände, die unruhig auf den Knien zuckten, verrieten, wie begierig er war, das Foto zu sehen.

»Eins wüsste ich gern«, sagte sie, bevor sie ihm das Hochzeitsfoto ihrer Eltern reichte.

Er schaute es an und stieß ein seufzendes Lachen aus.

»Ich wüsste gern, was Ihnen zu diesen beiden Leuten einfällt.«

Sein Superhirn analysierte das Foto in wenigen Sekunden.

»Ich sehe zwei sehr glückliche menschliche Wesen, die irgendwann eine überaus neugierige und dreiste Tochter großziehen werden.«

36

Sie tanzt mit ihrem Vater, weiß aber zunächst nicht, wo. Oder warum.

Sie hat nur wenige Male mit ihrem Vater getanzt. Doch sie weiß, wie er tanzt. Und das hier muss er sein. Sie weiß, wie er sich bewegt, wie sich sein Körper anfühlt. Er war nie ein sonderlich guter Tänzer. Er kennt die Schritte, aber sein Oberkörper bewegt sich zögernd, als wollte er sich bei seiner Partnerin entschuldigen. Zaghaft hält er seine tanzende Tochter im Arm.

Sie tanzen zum letzten Mal miteinander. Die Erkenntnis trifft sie wie ein Schlag. Die Angst lässt ihre Haut ganz kalt werden und ihre Nerven Amok laufen.

Es ist, als würde sie fallen. Als würde ihr Vater sie fallen lassen. Ihre Befürchtungen werden sich erfüllen.

Wenn sie fällt, wird es keinen Boden geben, der sie aufhält. Sie hat das Gleichgewicht verloren. Ihre Beine suchen nach einem Halt. Ihr Körper, ihr ganzes Selbst wird abwechselnd heiß und kalt.

Die Welt, der Traum, alles wird weiß, als sie fällt. Doch als der weiße Ozean über ihr zusammenschlagen will, spürt sie seine starken Hände an ihren Oberschenkelknochen.

Wie können seine Hände ihre Knochen greifen? Sie spürt es ganz deutlich. Seine Hände halten sie nicht an Haut und Muskeln, sondern an den Oberschenkelknochen.

Aus diesem Griff heraus fügt ihr Vater ihren Körper, Becken, Wirbelsäule und Kopf wieder zusammen. Und sie ist bei ihm, in seinen Armen, ihr Gesicht an das seine geschmiegt.

Doch sie muss für ihre Rettung, ihre Erlösung bezahlen. Das liest sie in dem Gesicht, das sie anschaut, das sie zum ersten Mal im Traum erblickt.

Sie begreift. Nur eines seiner Augen kann sie sehen. Das weiß sie intuitiv. Sie sieht, dass das linke Auge sich mit ihr bewegt, auf sie reagiert, mit ihr kommuniziert. *Ich halte dich, solange ich kann.* Sie hört den Gedanken, ihren Gedanken, mit seiner Stimme, aber es ist, als hätte er mit dem Auge gesprochen. Dem linken. Und sie versteht, dass sie das andere Auge anschauen muss. Das tut sie auch. Und Jen Spangler sieht, was sie längst schon weiß.

Sein rechtes Auge ist blicklos, leer. Sein rechtes Auge ist schon tot.

37

Elizabeth hatte nie sehr viel von Weihrauch gehalten. Angesichts der Gerüche, denen sie bei Autopsien begegnete, duftete das übrige Leben im Allgemeinen gut genug und bedurfte keiner künstlichen Verbesserung.

Mit diesem Weihrauch sah es allerdings anders aus. Er hatte nicht die psychedelische Süße der Räucherstäbchen aus dem Esoterikladen. Nein, dies war ein ganz besonderer Weihrauch. Er roch zart und ehrfürchtig. Der Weihrauch Gottes.

Elizabeth wusste noch, wie sie ihn das erste Mal als Kind bei einer katholischen Hochzeit gerochen hatte. Sie hatte zwischen ihren Eltern gesessen und hingerissen beobachtet, wie die katholischen Gläubigen die Kirche betraten, die Finger in das kleine Weihwasserbecken tauchten und ihre Stirn benetzten. Einige Ältere hatten das Knie gebeugt. Und auch beim Gebet hatten sie gekniet. Allerdings nur die Katholiken. Leute wie Captain Ed Spangler. Seine Tochter, das ehemalige Chormädchen mit der hübschen Stimme, dessen Vater bei der Erinnerung heute noch Tränen in die Augen traten. Und natürlich Mr. Brady Stephen Richter, der ehemalige Messdiener.

Der Weihrauch, den sie damals gerochen hatte, war ihr wie Allgemeingut vorgekommen, und als sie nun an diesem Sonntagmorgen in der drittletzten Kirchenbank saß, hätte sie gern einen Vorrat davon für zu Hause gehabt. Er roch so gut. So *rein*. Inzwischen hatte sich der Geruch verzogen. Die Lesung war vorüber. Father Brian Wilson hatte sich von seinem reichgeschnitzten Stuhl erhoben und war an den Altar getreten, um die Predigt zu halten.

»Die meisten von euch werden wissen, dass St. Sebastian einen schweren Verlust erlitten hat.«

Während des Sprechens hielt er den Kopf auf den glänzenden Marmorboden gesenkt. Jetzt schaute er hoch. Atmete tief ein und drückte die Schultern durch. Stille durchflutete die Kirche, selbst ein unruhiges Baby und einige Kleinkinder verstummten.

»Joseph und Rita Vandermause. Ihr wisst sicher davon. Wie könntet ihr nicht? Als ich diese Predigt vorbereitet und über Joe und Rita nachgedacht habe, musste ich zunächst entscheiden, mit welchen Worten ich ihren Tod beschreiben will.«

Father Brian Wilson gehörte zu jenen Rednern, die ihre Blicke durch einen großen Raum schweifen lassen und jedem Einzelnen das Gefühl vermitteln, angeschaut zu werden. Zu Beginn der Messe hatte Elizabeth mehrfach geglaubt, sie sei persönlich gemeint. Aber sie saß zu weit hinten, und es gehörte wohl zu seiner üblichen Methode.

Diesmal jedoch ruhte sein Blick länger auf ihr. Es war, als wäre sie im Scheinwerferlicht gefangen. Die nachfolgende Pause war so dramatisch und der Blick so durchdringend, dass die kleine Protestantin in ihr schon fürchtete, aufgerufen zu werden.

»Wie sollen wir einen solchen Tod beschreiben?«, schien er Elizabeth persönlich zu fragen. »Oft wird der Tod als Dahinscheiden bezeichnet. Gut, wir könnten sagen, Joe und Rita Vandermause seien dahingeschieden. Aber wer würde das wirklich glauben? Würde irgendjemand diese Beschreibung als zutreffend akzeptieren?«

Seine Augen wanderten über die ersten Bankreihen. Das Baby jammerte wieder. Ansonsten hörte man nur den Atem Hunderter bedrückter Seelen.

Auch Elizabeth war eine dieser bedrückten Seelen. Bedrückt und ein wenig verblüfft. Verblüfft über die eindringliche Ausstrahlung des Priesters. Verblüfft über die brutale Ehrlichkeit seiner Gedanken. Elizabeth fand sie umso fesselnder, als sie vermutete, dass Father Brian Wilson nie zuvor solcher Brutalität begegnet war.

»Ich habe darüber nachgedacht, wie ich heute ehrlich und zutreffend darüber sprechen soll. Denn in dieser Kirche und in dieser Gemeinde, zwischen euch und mir und Gott, wird es kein anderes Thema geben, bevor wir nicht darüber gesprochen haben.«

Wieder hielt er Elizabeth in seinem Scheinwerferlicht gefangen – bei den Worten *euch und mir und Gott.*

»Joe und Rita Vandermause sind nicht dahingeschieden. Joe und Rita Vandermause sind nicht hinübergeglitten. Joe und Rita Vandermause haben diese Welt nicht einfach verlassen.«

Er holte tief Luft, nicht nur für sich, sondern für alle in der Kirche.

»Joe und Rita Vandermause haben ihr Leben verloren.«

So wie er es sagte, wurde deutlich, dass sie nicht einfach vom Weg abgekommen waren und sich verirrt hatten. Nein, man hatte sie auf furchtbare Weise angegriffen, weggezerrt und in den Abgrund gestürzt.

»Gekreuzigt, gestorben und begraben.«

Father Brian Wilson ließ die Worte in der Sonntagmorgenluft schweben. Erst Sekunden später sprach er weiter, ungewöhnlich hoch und mit einem Bruch in der Stimme.

»Hinabgestiegen in das Reich des Todes!«

Die folgende Pause war so lang, dass es den Organisten in den Fingern gejuckt haben musste, eine Taste anzuschlagen.

»Hinabgestiegen in das Reich des Todes!«

Noch lauter und gefühlvoller.

»Wir sprechen diese Worte. Wir sprechen sie, wann immer wir uns hier zusammenfinden. Doch wer von uns, der Mann am Altar eingeschlossen, hat jemals das volle Gewicht dieser Worte, ihre ganze Tiefe ausgelotet?«

Seine Augen richteten sich wieder auf den Boden.

»Und manche von uns, der Mann am Altar eingeschlossen, mögen sich fragen: Weshalb sollte Gott so etwas zulassen?« Er schaute hoch und sprach die ganze Gemeinde an. »Wie konnte Gott es zulassen, dass sein eigener Sohn auch nur eine Stunde in der Hölle verbrachte? Wie konnte Gott es zulassen, dass zwei Mitglieder dieser Gemeinde auch nur eine Minute in den Händen eines Mörders verbrachten?«

Ein kollektives Rascheln erhob sich in der Kirche. Körper, die auf den Bänken rutschten. Den Leuten wurde unbehaglich, und sie spürten, dass es noch schlimmer kommen würde.

»Manche von uns glauben, es gäbe keine Antwort auf diese Fragen, auf Fragen dieser Art. Früher hat auch der Mann am Altar das geglaubt. Heute aber bin ich bereit, euch meine Antwort zu geben. Und das tue ich um Jesu Christi willen. Um Johannes des Täufers willen. Um unzähliger christlicher Seelen willen. Um Joseph und Rita Vandermause' willen.«

Mitten in den Worten hob der Priester den Blick und schaute über die Gemeinde hinweg. Elizabeth ahnte, wohin er schaute.

Sein Gesichtsausdruck verriet, dass er Gott ins Gesicht sah. Aber er wollte nicht Gottes Erlaubnis für seine nächsten Worte einholen, nein, er wollte ihn warnen.

»Es muss eine Antwort geben«, sagte er zum höchsten Wesen und dann zu den Mitgliedern und Gästen seiner Gemeinde. »Verdienen die Seelen aller, die vorangegangen sind, und die Seelen von Joe und Rita keine Antwort?«

Ein Luftzug drang durch die offenen Fenster, den Elizabeth kühl an ihren feuchten Handflächen spürte. Als hätte Gott geseufzt und mit den Worten Ed Spanglers gesagt: *Na schön, sie sollen es mit eigenen Augen sehen.*

»Und meine Antwort lautet wie folgt: Gott hat diese Dinge nicht *zugelassen*. Denn Gott hatte nicht die Macht, sie zu *verhindern*.«

Die Gemeinde keuchte auf. Das war eine ungeheuerliche Behauptung. Elizabeths Kopf brummte angesichts der Möglichkeiten, die ihnen dieser heilige Surfer eröffnete.

»Gott hatte nicht die Macht, denn damit hätte er gegen ein universelles Prinzip verstoßen, das einzuhalten er sich verpflichtet hat. Das Prinzip der Gegensätze. Eine Kraft, die ihr Gegenteil gebiert. Es gibt kein Licht ohne Dunkelheit. Kein Gut ohne Böse. Keinen Gott ohne sein Gegenteil.«

Elizabeth spürte den nächsten Seufzer an ihren Händen, doch diesmal war es ihr eigener.

»Hegel«, dachte sie bei sich. Dann formten ihre Lippen die Worte. »*Scheiß-Hegel.*«

38

Scheiß-David-Byrne. Jedenfalls als Sänger der Talking Heads. Sein Song »Life in Wartime« hatte Elizabeths Hirnanhangdrüse in eine glitzernde Discokugel verwandelt. In ihrem Kopf hämmerten stampfende Rhythmen. Natürlich war »Life during Wartime« keine Discomusik. Aber zum Tanzen gedacht, ganz eindeutig. Und den Text, der das Stampfen und Mahlen des Geistes begleitete, konnte Elizabeth im Augenblick gar nicht vertragen.

This ain't no party, this ain't no disco, this ain't no fooling around.

Elizabeth konnte davon ausgehen, dass kein katholischer Priester jemals diesen Text benutzt hatte, um die Schlacht zwischen Gut und Böse zu beschreiben. Jedenfalls nicht an diesem Sonntag. Aber ein nettes protestantisches Mädchen in der hinteren Bank hatte die ungewöhnliche Verbindung hergestellt.

Eigentlich wäre es nicht weiter schlimm gewesen, dass ihr der Song nicht mehr aus dem Kopf ging. Sie hätte ihn einmal oder zweimal oder auch hundertmal auf ihrer geistigen Musikbox abgespielt. Doch sie musste, wie es ihrem Modus Operandi entsprach, den passenden Jazzmusiker dazu finden.

Dabei hatte sie eine Menge anderer Dinge zu tun. Zum Beispiel die Fassung bewahren und aussehen, als gehörte sie in die Reihe der Kommunizierenden. Immerhin war es tröstlich, dass sie den äußeren Schein wahren konnte. Father Brian Wilson hatte es vor der Eucharistie sehr deutlich erklärt.

»Alle Besucher, die nicht katholisch sind, dürfen gerne mit gekreuzten Armen vortreten und einen besonderen Segen empfangen.«

Nur noch fünf Leute vor ihr. Der ältere Mann, der sie die ganze Zeit über misstrauisch betrachtet hatte, nahm Wein und Hostie entgegen, bekreuzigte sich und zog seiner Wege.

Noch vier, und noch immer hatte der Priester sie nicht erkannt. Andererseits war es nicht seine Aufgabe, die Reihe der Wartenden im Blick zu haben. Er musste sich auf denjenigen konzentrieren, der vor ihm stand, und ihm den Leib Christi reichen.

Noch drei. Sie konnte seine Stimme schon deutlich hören.

»Der Leib Christi.«

Zwei …

»Der Leib Christi.«

Als er die Hostie hob, trafen sich ihre Blicke flüchtig. Ein Eindringling wie sie würde ihn nicht davon abhalten, einem verdienten Gemeindemitglied den Augenblick mit Vater, Sohn, Heiligem Geist und vielbeschäftigtem Priester zu gönnen.

»Der Leib Christi.«

Elizabeth trat vor und bildete mit den Armen ein X.

Sie beobachtete ihn genau. Schaute in die wässrigen Brunnen seiner Augen. So eindringlich würde sie ihn auch anschauen, wenn sie einander das nächste Mal begegneten. Wenn es nach ihr ging, sehr bald.

39

Jen Spangler war allein im Haus und allein mit ihren Gedanken. Sie fühlte sich besonders allein, da sie in diesem Haus aufgewachsen und ihre Mutter gestorben war und ihr Vater sie im Traum aus einem starr aufgerissenen Auge angeschaut hatte.

Sie biss in ihren Toast. Das Traubengelee schmeckte tröstlich, genau wie damals, als sie ein Kind gewesen war. Ihr Vater war mit ihr in den Park gegangen und hatte die Mutter mit ihren Gedanken allein gelassen.

Der Trost durchflutete sie. Die Einsicht, dass man nie wirklich allein war. Nicht solange man Traubengelee im Haus hatte. Oder Gott. Aber Gott machte mehr Arbeit. Verlangte Kompromisse. Vor allem, wenn man Auge um Auge starb. Sie wusste, dass der Mann im Traum nicht wirklich ihr Vater gewesen war. Darum hatte sie die meiste Zeit sein Gesicht nicht sehen können.

Sie stand auf und ging zur Kaffeemaschine, die sie im üblichen Zustand vorfand.

Achteinhalb Tassen abgestandener Kaffee. Ihr Vater bereitete immer zehn Tassen zu – als wollte er sich nicht eingestehen, dass seine Frau, die Mutter seiner Tochter und Großmutter seiner Enkelin, nie wieder eine Tasse Kaffee mit ihm trinken würde. Also zehn minus der einen Tasse, die er zum Frühstück trank, und der halben, die er mit ins Auto nahm.

Jen schenkte sich eine Tasse ein und kehrte zu Traubengelee und Carlton Ritz zurück. Sie kannte ihn. Er war der Mann in ihrem Traum gewesen. Zuletzt hatte ihr Unterbewusstsein ihn als Vater getarnt, doch der Mann mit dem toten Auge war der tote Carlton Ritz alias Carl Biffle. Jen bedauerte, dass sie den Traum ab dann leider völlig versaut hatte.

Es war eindeutig ein Albtraum gewesen. Und in Albträumen drängte sich das Verstörende dreist nach vorn. Das Licht war auf das leblose, das tote Auge gefallen. Und weil es tot war, hatte sie nichts mehr darin lesen können.

Darum hatte sie den Traum auch versaut. Was hatte es zu bedeuten, dass nur ein Auge tot war? Natürlich, dass das andere Auge noch lebte. Verdammt, Sherlock. Das andere Auge lebte und hatte eine Geschichte zu erzählen. Was es in jenen letzten verrückten Stunden noch gesehen hatte. Mehr noch, was es in den Tagen oder Wochen vor jenen verrückten letzten Stunden noch gesehen hatte. Denn das hatte Carlton Ritz auf seine Einbahnstraße in die Ewigkeit geschickt.

40

»Warum haben Sie mir nicht erzählt, dass Rita Vandermause Ihre Patientin war?«

Dr. Gerry Boccachio hatte einen Spaziergang vorgeschlagen und sich einen Donut als Proviant mitgenommen. Angeblich wollte er nach eineinhalb Stunden in der Kirche frische Luft schnappen und sich die Füße vertreten. Elizabeth war sich allerdings sicher, dass er gleichzeitig den neugierigen Blicken der Gemeindemitglieder entfliehen wollte.

Elizabeth hatte den angebotenen Donut dankend abgelehnt. Während sie zuschaute, wie ihr Begleiter seinen genüsslich vertilgte, überdachte sie noch einmal ihre Entscheidung. Ein Donut war vielleicht nicht das Richtige gewesen, aber zu einem Bananen-Nuss-Muffin hätte sie nicht nein gesagt.

»Schweigepflicht«, sagte er kauend. »Respekt gegenüber der Verstorbenen.«

Letzteres kaufte Elizabeth ihm sogar ab. Um die Schweigepflicht in den Ring zu werfen, war es allerdings ein bisschen zu früh.

»Wir sind eine kleine Gemeinde. Und Chicago mag zwar die drittgrößte Metropole im Land sein, ist aber trotzdem eine Kleinstadt.«

Seine braunen Schnürschuhe klackten rhythmisch auf dem Gehweg, wobei der linke ein bisschen nachschleifte. Das reichte aus, um in Elizabeths eingebauter Musikbox wieder einmal »Life during Wartime« erklingen zu lassen.

»Fahren Sie mal nach Disney World. Da singen Ihnen tausend Comicfiguren vor, wie klein die Welt doch ist«, warf Elizabeth ein. »Und sie wird noch kleiner, wenn Sie uns Dinge vorenthalten, die Rita Vandermause bei ihren Sitzungen erwähnt hat und die es uns ermöglichen könnten, weitere Morde zu verhindern.«

Sein linker Fuß fiel in den Rhythmus ein.

»Ich würde nicht sagen, dass ich Ihnen Dinge vorenthalten habe.« Auch seine Stimme hatte sich etwas beschleunigt. »Man hat mich nur nicht danach gefragt.«

Elizabeth begriff, dass er zu jenen Männern gehörte, die sich für oberschlau hielten.

»Wenn Sie als Christ, als Katholik, etwas Nützliches wissen, können Sie es uns doch sagen.«

Der linke Schuh wurde langsamer, dann auch der rechte, bis schließlich beide stehen blieben.

»Falls es solche Informationen gibt, könnte man nur dann weitere Morde verhindern, wenn ich selbst der Mörder wäre.«

Auf einmal nahm Elizabeth den Gesang der Vögel wahr. Er klang wilder und lauter als zuvor und löste ganz plötzlich eines ihrer Sonntagmorgenprobleme.

Coltrane. Fast hätte sie es laut ausgesprochen.

»Offenbar denken Sie genau das«, sagte er anklagend. »Sie sind ja wohl kaum an einem Sonntagmorgen hergekommen, um Father Wilsons Predigt zu hören.«

»Die Predigt war der Hammer, was?«

Dass sie nicht auf seine Unterstellung einging, schien ihn einzuschüchtern.

»Ich meine, Sie müssen zugeben, dass ein Priester nicht jeden Tag Gott derart auf die Füße tritt.«

Er schien ein wenig in sich zusammenzufallen.

»Er ist zornig«, sagte der Psychiater mit der salbungsvollen Stimme des Diakons. »Unschuldige Menschen wurden brutal ermordet. Das kann einige Leute ziemlich aus dem Gleichgewicht bringen.«

Er verlagerte sein Gewicht nach vorn und kam langsam auf Elizabeth zu. Die Botschaft war eindeutig. Sie ließ es zu. Sie würde nicht mit ihm um ein Fleckchen Gehweg streiten. Noch nicht.

»Sie möchten wissen, ob ich so sehr in Rita Vandermause verliebt war, dass ich sie getötet habe.«

Bei einem echten Westernduell hätte er womöglich schneller gezogen. Er wirkte agil und verschlagen. Er mochte nicht der Schlaueste sein, besaß aber durchaus die Fähigkeit, es seinem Gegenüber vorzugaukeln.

»Ich ziehe erst dann meine Schlüsse, wenn ich sie auch begründen kann. Die Gesellschaft, für die ich arbeite, erwartet leider ziemlich viele Schlussfolgerungen von mir. Etwa alle fünfzehn Sekunden.«

»Und welchen ziehen Sie gerade jetzt?«

»Wenn Sie nicht weitergehen, werden die Leute am Fenster des weißen Hauses da drüben glauben, dass wir eine Affäre haben.«

Dr. Gerry Boccachio kapitulierte schweigend und ging weiter, einen Schritt voraus, so dass Elizabeth flüchtig darüber nachdenken konnte, ob John Coltrane die richtige Auswahl für den Song von David Byrne war. Es gab keinen anderen. So wie niemand sonst in den sechziger Jahren ein Lied aus *Meine Lieder, meine Träume* in ein Meisterwerk des Jazz hätte verwandeln können. Zwar besaßen »My Favorite Things« und »Life during Wartime« nicht die geringste Ähnlichkeit, hatte die Nonne Julie Andrews nichts gemein mit dem Punk David Byrne, doch Elizabeth gelang es, die beiden an einen Tisch zu bringen. Und daraus würde etwas Neues entstehen, ein Kind der Liebe.

»Es gibt einen Typ Mann, dem Sie sehr gefallen würden«, erklärte der schlendernde Seelenklempner in wissenschaftlichem Ton. Es klang herablassend, als bestünde noch eine vage Erfolgsaussicht für Elizabeths weiteres Leben.

»Dann hoffe ich, es ist der Märchenprinz auf dem wunderschönen Pferd.«

Dr. Gerry Boccachio drehte sich zu ihr um. Er sah aus, als würde er sie einen Moment lang als gleichwertigen Menschen anerkennen.

»Sehen Sie. Genau das meine ich. Dieser ätzende Witz. Die rasiermesserscharfen Zähne. Es soll Männer geben, die sich zu einer Bilderstürmerin wie Ihnen hingezogen fühlen. Die Risiken eingehen.«

»Männer, die keine Angst vor Bissspuren in ihrem Ego haben«, versetzte Elizabeth. »Hauptsache, der Job wird erledigt.«

»Sie begreifen schnell«, sagte er mit verhaltenem Grinsen. »Sie kennen kein Erbarmen. Außer jemandem gelingt es, Ihr Herz anzurühren. Dann bekommt er den Schlüssel zum Verlies.«

»Das klingt sehr poetisch. Ich frage mich nur, ob die Antwort auf meine nächste Frage ebenso lyrisch ausfallen wird. Haben Sie jemals mit Theodore oder Naomi Nelson gearbeitet?«

Er kannte die Namen. Das merkte sie sofort. Leider wusste sie nicht, ob er sie aus persönlicher Erfahrung oder von den zahllosen Berichten im Lokalradio kannte. Er erklärte, Letzteres sei der Fall.

»Sie können sich gerne meine Patientenkartei anschauen. Ich weiß, wer die beiden waren. Und es tut mir leid, was ihnen zugestoßen ist. Ob diese Antwort poetisch ist, kann ich nicht sagen.«

»Ist auch egal«, erwiderte Elizabeth. »Darauf war ich gar nicht aus.«

41

In Chicago führten alle Wege letztlich zur Union Station. Als Jen einen Zettel für ihren Vater hinterließ, auf dem sie ankündigte, sie wolle in der Unibibliothek recherchieren und er solle bitte noch ein paar Stunden auf Victoria aufpassen, war das streng genommen nicht gelogen. Die Union Station lag mehr oder weniger auf dem Weg. Na gut, eher weniger als mehr. Aber so genau musste sie es ja nicht nehmen. Wie üblich erntete sie neugierige Blicke, besser gesagt, ihr Wagen. Wenn sich die Leute die Frau hinter dem Steuer genauer anschauten, wurde das Interesse meist noch größer.

Man sah schließlich nicht jeden Tag eine Zweiundzwanzigjährige, die ein ehemaliges Polizeiauto fuhr. Andererseits bekam man auch nicht jeden Tag von seinem Vater das Supersonderangebot, einen ausgemusterten Streifenwagen zu kaufen. So war der graue Crown Victoria mit dem typischen Scheinwerfer am Seitenspiegel zu ihrem inoffiziellen Dienstausweis geworden. Drinnen gab es allerdings keinen Polizeifunk, sondern einen Jazzsender, den sie sehr schätzte. Sie mochte Cocktail-Jazz. Elizabeth hätte vermutlich nur Verachtung dafür übrig gehabt. Ihr aber gefiel die Musik. Sie konnte sich dabei gut entspannen. Ganz anders als bei dem angeblich echten Jazz, den Elizabeth hörte. Das Zeug war manchmal zu wild für Jens Geschmack. Genau wie sein größter weiblicher Fan.

Als sie durch die Gegend nördlich der Union Station fuhr, war Jen ganz froh über ihren eindrucksvollen Wagen. Nachdem sie ausgestiegen war, wurde sie wieder zur kleinen Kriminalistikstudentin auf Abwegen. Sie hatte sich dagegen entschieden, den Revolver ihres Vaters mitzunehmen. Kriminalistikstudentinnen mit Vitamin B und Revolver hatten beste Chancen, es in die Abendnachrichten zu schaffen.

Das mit dem Vitamin B konnte sie nicht ändern. Sie trug zwar kein Schild um den Hals, auf dem um besondere Rücksicht für die Tochter von Captain Spangler gebeten wurde, doch er warf einen langen Schatten. Andererseits – sie hatte zwei Füße und einen Schrank voller Schuhe, um ihre eigenen Wege zu gehen. In diesem Fall waren es die Laufschuhe von Diesel.

Aus den Zeitungsartikeln wusste sie, wo ungefähr die Leiche des Reporters gefunden worden war. Angesichts der Tatsache, dass sie von einem Zug erfasst worden war, konnte man die Fundstelle nicht genau eingrenzen. Der weiße Umriss wäre ganz schön groß gewesen.

Die Gleise waren auf beiden Seiten von einem hohen Maschendrahtzaun umgeben. Jen wusste, dass jeder Maschendrahtzaun eine von Menschenhand gemachte Öffnung besaß. Das war ein Naturgesetz. Mit einer Drahtschere kam man überall durch. Fragte sich nur, warum jemand unbedingt auf die Gleise wollte. Egal, vielleicht hatte er einfach etwas gegen Maschendrahtzäune, die einen am freien Umherschweifen hinderten.

Na bitte, da war schon das Loch. Sekunden später war sie auf der anderen Seite. Im hohen Gras summten zahllose Insekten. Keine Grashüpfer, nein, das waren eher Grasflieger.

Jen stieg gerade die Böschung hinunter, als ihr das erste Vieh ins Gesicht flog. Nicht mit böser Absicht, es folgte nur seinem Instinkt. Schoss aus dem Gras hoch und flog umher, um zu sehen, was da vor sich ging.

Am Fuß der Böschung schreckte sie eine ganze Legion gewöhnlicher Grashüpfer auf. Die meisten hatten schon den Rückzug angetreten, als ein weiterer Flieger zum Angriff auf ihr Gesicht startete. Sie beugte sich vor und schloss die Augen. Hörte noch den Schlag, bevor die Übelkeit in ihr explodierte. Sie dachte nur noch, dass sie umkippen würde, bevor sie sich übergeben konnte.

42

Elizabeths Hand flog. Es war ungemein befreiend. Sie ließ ihre Hand nicht zum ersten Mal im Wind flattern. Das hatte sie schon oft gemacht. Aber es war eine Weile her. Beim ersten Mal hatte sie im Wagen ihrer Eltern gesessen. Einem Buick Kombi. Sie saß wie immer hinter ihrem Vater auf dem Rücksitz. Mit zehn Jahren kommt man schon mal auf die Idee, das Fenster herunterzukurbeln und die Hand in der Luft flattern zu lassen. Auch noch mit achtunddreißig. Mit einem brandneuen Ring am Finger. Einem Diamanten, der nur für einen selbst geschliffen worden war. Denn man war eine Prinzessin, verdammt nochmal. Selbst wenn die Eltern nicht mehr da waren, um es einem zu sagen.

Elizabeth mochte zwar ohne ihre Eltern im Auto sitzen, allein war sie dennoch nicht. Die zusammengewürfelte Gruppe, ihre jüngste Fall-Familie, die in ihr Leben gepoltert war, nachdem Captain Spangler den ersten fehlenden Kopf gemeldet hatte, begleitete sie.

Die Fall-Familie bestand aus mehreren Gruppen. Da waren einmal die Familientherapeuten, die sich nach außen hin von ihrer besten Seite zeigten, wie auf einem traditionellen Familienfoto. Doch Elizabeth steckte bis über beide Ohren in dem Drama drin, das sich innerhalb dieser Familie abspielte. Leider hatte sie noch keinen Punkt gefunden, an dem sie ansetzen konnte.

Das Therapeuten-Sextett hatte sich hilfsbereit und entgegenkommend gezeigt, doch niemand hatte signalisiert: *Ich weiß, wir sind alle faszinierend, aber wenn Sie etwas wirklich Geheimes erfahren wollen, sollten Sie sich mal mit mir unterhalten.*

Allerdings hatte sie bei dem einen oder anderen gestutzt. Vor allem, als sie von Dennis Fassbenders kreativer Arbeit mit den

Hochzeitsfotos hörte. Aber reichte das schon für einen begründeten Verdacht? Gegen ihn oder die ganze Gruppe?

Ganz und gar nicht.

Und doch gab es etwas, das ihr keine Ruhe ließ. Etwas in ihrer gemeinsamen Haltung, ihrer Gruppenkultur, dem wohlwollenden Lächeln, unter dem etwas Beunruhigendes schwelte.

Nun ja, die kleine Recherche am Sonntagnachmittag würde Licht ins Dunkel bringen. Ihr Ziel war noch fünf Minuten entfernt. Das genügte, um sich ein paar Gedanken über die anderen Zweige ihrer Fall-Familie zu machen.

Der nächste Kandidat war auf den ersten Blick am widersprüchlichsten. Ein tiefsinniger, gottesfürchtiger, seelenklempnernder, Eucharistie spendender Hirte. Und gleichzeitig ein tiefsinniger, seelenklempnernder, Eucharistie spendender Coach junger Männer, die ihre anmutigen Körper in chlorhaltigen Schwimmbecken verschönerten.

Von allen Darstellern ihres Dramas war die Dreifaltigkeit aus Psychiater, Diakon und Schwimmtrainer am faszinierendsten. Ein Widerspruch in sich selbst. Ein frommer Psychiater. Ein Wissenschaftler des Verstandes, der sich in einer Welt aus Mystik, Ritual und Glauben bewegte. Ein Doktor der Medizin und Mitglied der American Psychiatric Association, der sich inmitten einer schwierigen Therapie vielleicht fragte: *Was hätte Dr. Jesus getan?*

Die Durchsuchung des Hauses von Ted und Naomi Nelson hatte keinerlei Hinweise auf eine Verbindung zu dem Psychiater erbracht. Am Montagmorgen würde sie Megna losschicken, um sich die Patientenkartei des Arztes anzuschauen. Angesichts der Tatsache, dass Boccachio Rita Vandermause sowohl beruflich als auch privat gekannt hatte und auf dem Spaziergang nach der Messe nicht darüber hatte sprechen wollen, musste Elizabeth sich fragen: *Was hätte der Kriminalbeamte Jesus getan?* Zweifellos hätte er Dr. Gerry Boccachio rund um die Uhr beschatten lassen. Sollte der gute Doktor noch keinen unsichtbaren Freund haben, bekäme er ihn jetzt. Dafür würde Elizabeth sorgen. Wohin das führte, mochte der Himmel wissen.

Womit sie bei ihrer letzten Gruppe landete. Der kleinsten und kaputtesten Familie von allen. *Den Biffles.* Einer Vater-Sohn-Familie, die sich erst im Jenseits wiedersehen würde. Dann könnten sie auch die Mutter, Stephanie Biffle, hinzubitten, die schon auf sie wartete, seit sie vor sieben Jahren an einer Gehirnblutung gestorben war.

Scheiße. Eins hatte sie völlig vergessen: Jen Spangler, ihre Beinahe-Schwester, die sie zu ihrem eigenen Besten ins Seitenaus geschoben hatte. Sie müsste aus Höflichkeit mal nachhören, wie es bei ihr lief.

Elizabeth parkte und betrat die Buchhandlung. Ihr Blick fiel auf eine Frau in mittleren Jahren, die einen Ehering mit Diamant trug – Herrgott, das wurde zur fixen Idee! – und die Aura einer Mutter verströmte, deren Junge flügge geworden waren und die nun arbeiten ging, um das Nest wieder auszupolstern.

»Womit kann ich Ihnen helfen?«

»Sie hatten ein Buch für mich zurückgelegt.«

Anscheinend arbeitete die Frau noch nicht lange im Laden, da sie den jungen Mann, der neben ihr stand, hilfesuchend anschaute.

»Es ist für Hewitt.«

Der junge Mann musterte sie eingehend, und Elizabeth erwiderte seinen Blick. Er wirkte unheimlich trendy, nur die Bürgerkriegskoteletten passten nicht so ganz dazu. Andererseits, dachte Elizabeth, waren die vielleicht auch unheimlich trendy, und sie hatte es nur nicht mitbekommen.

Mr. Vom Winde verweht gab ihr durch sein Zögern zu verstehen, dass er schon auf sie gewartet hatte. Nicht auf sie persönlich, sondern auf denjenigen, der das letzte Exemplar *dieses* Buches kaufen wollte. Dank Elizabeths großer Chanel-Sonnenbrille erkannte er sie nicht – vielleicht hatte er auch keine Nachrichten gesehen, weil er damit beschäftigt war, seine Garderobe auszuwählen und sich Koteletten wachsen zu lassen.

Dreist fand sie dann allerdings den Blick, den er mit der Matrone hinter der Theke wechselte, obwohl sie nicht gerade wie Komplizen aussahen. Sie hätte gut und gerne seine Mutter sein können. Nun, da Elizabeth die Frau genauer betrachtete, entdeckte sie auch bei ihr Ansätze ganz passabler Koteletten.

Offenbar hatten sie schon über das Buch geredet. Darüber spekuliert, wer es kaufen wollte. Welcher Mensch ihren Laden betreten und mit einem Exemplar von *Entdecke die Hure in dir* hinausmarschieren würde.

Der junge Typ kassierte, und danach gab es das übliche *Dankeschön* und *Haben Sie schon unsere Kundenkarte?* Elizabeth steuerte das ebenso übliche *Danke, ich brauche keine Tüte* bei.

Als sie nach dem Buch griff, wurde ihr klar, wie seltsam dieser Kauf wirken musste.

Rhett Butler entdeckte den Verlobungsring zuerst. Aber es war seine mütterliche Kollegin, die ihn erbarmungslos anstarrte, während sich die Missbilligung über ihr ganzes Gesicht ausbreitete. Und Elizabeth verließ die Buchhandlung nicht als zukünftige Braut, sondern als errötende Hure in spe.

43

Sie kitzelt ihr Gesicht. Victoria kitzelt ihr Gesicht. Doch ihr Kopf schmerzt zu sehr, um die Augen zu öffnen, um sich zu rühren. Die Sonne scheint. Es ist taghell. Viel zu hell.

Sie spürt, dass sich ihre Augenlider öffnen wollen, doch bei jedem Versuch schmerzt ihr Kopf noch schlimmer.

Jetzt kitzelt Victoria sie an der Augenbraue. Sie zwinkert, und das Auge öffnet sich. Blickt in die grelle Sonne. Beide Augen blicken der grellen Wahrheit ins Gesicht. Nur dass sich die sanften, forschenden Finger ihrer Tochter in harte Insektenbeine verwandelt haben.

Sie zieht die Knie an, rollt sich auf die Seite, würgt. Aber es kommt nichts. Sie schaut zu der Stelle, an der ihr Mageninhalt liegen sollte, sieht aber nur die Grashüpfer, die von ihrem Gesicht gefallen sind. Als hätte sie die Tiere erbrochen.

Sie befühlt ihre Taschen. Findet die Schlüssel. Das Portemonnaie.

Was hat man ihr gestohlen?

Eis überzieht ihre Haut, trotz der Sommerhitze. Sie tastet unter ihrem Rock nach ihren Genitalien. Nicht mit den Fingern, nur im Geiste. Eine rasche Bestandsaufnahme. Alles fühlt sich trocken an. Keine Vergewaltigung. Gott sei Dank.

Dann tastet sie nach ihrem Rock, der Unterhose. Alles noch da.

Sie holt das Portemonnaie heraus. 26 Dollar in bar. Ihre einzige Kreditkarte. Auch noch da.

Nachdem sie sich davon überzeugt hat, explodiert die Bombe in ihrem Schädel. Der Hinterkopf. Dort hat man ihr Gewalt angetan. Sie tastet nach der Wunde, findet aber kein Blut. Und keinen Knoten, nur eine Schwellung. Als hätte man sie nicht mit einem Pistolenlauf oder einer Keule, sondern mit einem flachen Gegenstand geschlagen. Einem Brett. Einem schweren Buch.

Sie setzt sich hin. Nachdem sie ihren Kopf untersucht hat, untersucht sie jetzt den Tatort und begreift, dass dies ihr erster Schritt hätte sein müssen, um sich zu vergewissern, dass der Täter nicht mehr in der Nähe ist.

Sie braucht einen Moment, um das Kreiseln im Innenohr zu überwinden. Sie findet das Gleichgewicht wieder, ihre Kraft.

Was zum Teufel ist passiert?

Der näher kommende Zug liefert die Antwort. Oder rumpelt es nur in ihrem Kopf? Haben die Grashüpfer und die Gras-Flieger gleichzeitig den Motor angeworfen, um eine Massenattacke zu starten?

Jen Spangler steht allein auf der falschen Seite des Maschendrahtzaunes. Der Zug kommt näher. Erbarmungslos, unaufhaltsam, mit ganzer Energie und Kraft. Ihr Kopf schmerzt höllisch. Und das Vibrieren des Zuges macht es nicht besser.

Aber es gibt auch eine gute Neuigkeit. Und wie. Sie wurde überfallen, aber nicht vergewaltigt. Sie wurde verletzt, aber nicht schwer.

Niemand braucht es zu erfahren. Niemand. Vor allem er nicht. Ihr Vater braucht es nicht zu erfahren. Sie wird es nicht vergessen. Aber es lässt sich verdrängen, ein bisschen, vielleicht auch ganz.

Wie der Zug, der jetzt kommt. In ein oder zwei wahnsinnigen, alles entscheidenden Minuten.

Gleich ist er da. Sie kann schon das lange silberne Skelett des Amtrak erkennen. Wie eine Reihe monströser metallischer Grashüpfer. Er kommt. Immer näher. Dann ist er da.

Alles in Ordnung. *Alles in Ordnung*. Es geht ihr gut. Sie muss nur tief Luft holen, um die Erschütterung durch den Zug aufzufangen. Sie atmet ein, wölbt die Brust unter dem engen T-Shirt. Auf dem Höhepunkt des Atemzuges bemerkt sie, dass doch nicht alles in Ordnung ist.

Sie spürt es, weil sie ihren Körper kennt, ihre Haut, ihre Brüste. Augen sind auf sie gerichtet. Die Gesichter der Passagiere, die vorübersausen. Der stete Rhythmus des Zuges, der abbremst und in die Union Station einfährt.

Sie schauen sie an, die einsame Frau auf der falschen Seite des Maschendrahtzaunes. Als hätten sie gesehen, dass jemand sich die Mühe gemacht hat, ihr den BH auszuziehen und verkehrt herum über den Kleidern wieder anzulegen.

44

Die Welt ist ein guter Ort. Das glaubt er wirklich. Er kann sich nicht vorstellen, dass die Welt von Natur aus schlecht sein soll. Darum ist er auch zu den Hochzeitsalben zurückgekehrt. Den beiden Versionen. Um sich seine Taten noch einmal anzuschauen. Was die Zeit daraus gemacht hat. Um seine Taten als Junge mit seinen Taten als Mann zu vergleichen. Er nimmt sich Zeit für die Alben. Er möchte der Welt Gelegenheit geben, sein wahres Potential zu erkennen und seine wahre Gestalt zu sehen.

Schlechte Menschen sind nicht von Geburt an schlecht. Auch sie werden *gut* geboren. Es liegt an den Dingen, die ihnen zustoßen. An den Dingen, die man geschehen lässt und die das Spiegelbild ins Hässliche verkehren.

Nicht der Spiegel ist schuld daran. Er hat eine Weile gebraucht, bis er das verstanden hat. *Der Spiegel trägt keine Schuld.* Der Spiegel kann die Welt nur so zeigen, wie sie ist. Der Spiegel kann aus etwas Schlechtem nichts Gutes machen. So wie er weiß, dass die Welt nicht die Macht besitzt, das Gute ins Schlechte zu verkehren.

Das erste Album hat er natürlich nicht mehr. Nachdem er den Fehler begangen und es aus dem Müll geholt hatte, war sein Vater schließlich doch darauf gestoßen. Die Prügel waren nicht weiter überraschend. Überraschend war nur der Augenblick, in dem die Prügel aufhörten.

Und jetzt, so lange danach, hat er ein weiteres Album gefunden. Nun sitzt er damit da, öffnet sich den Bildern, wird wieder rein. Wieder unschuldig. Damals war das Ehepaar auf den Fotos ein gutes Paar. Noch war es nicht im Spiegel erschienen.

Es ist ein bisschen komisch. Die Vorstellung, dass er mit den Köpfen aus dem neuen Album das Gleiche machen könnte, was er mit dem ersten gemacht hat. Aber es ist unmöglich. Es gibt keine Veranlassung dazu. Es ist niemand geblieben, um sie sich anzuschauen. Seine Eltern, sein altes Selbst – alles dahin. Die Einzigen, die ihm jetzt noch einen Sinn vermitteln, sind die Leute, die hier bei ihm sind, die Menschen, die kein eigenes Hochzeitsalbum mehr brauchen.

Ein Gedanke schreitet die weiße Treppe in seinem Kopf empor. Er steht vom Schreibtisch auf und nimmt das Hochzeitsalbum, wobei er die erste Seite aufgeschlagen hält.

Er tritt vor den Wandspiegel. Dann hebt er langsam das Album vor den Spiegel. Seine Vermutung bestätigt sich. Nicht der Spiegel ist schuld daran. Der Spiegel sieht nur, was die Welt ihm zeigt.

45

Es war kurz nach Mittag. Elizabeth saß im Auto auf dem Parkplatz des Cafés und gönnte sich einen viel zu heißen Kakao. Sie nippte daran und verzog das Gesicht, während sie das erste Kapitel ihres Hurenhandbuchs studierte. Die Autorin erläuterte ihre These, nach der Sex die höchste und reinste menschliche Kunstform sei. Die Vorstellung besagte, dass jede Handlung, Verschönerung, Äußerung oder Berührung, die über einen reinen animalischen Koitus hinausging, von Natur aus schöpferische Kreativität ausdrücke. Folglich müsse man jene Frauen besonders preisen, verehren und lieben, die ihre Kunst besonders leidenschaftlich ausübten.

Der Anruf von Byron Biffle riss sie aus diesen Betrachtungen, worüber sich die Hungerkünstlerin in Elizabeth, die sich in den Jahren vor Brady mit Käsemakkaroni als Sexersatz zufriedengegeben hatte, durchaus freute. Die Unterbrechung als solche war aber unerfreulich, denn sie und Byron Biffle würden sich nun mit einer schon vertrauten Form von Fotokunst beschäftigen müssen.

Sie fand ihn auf der Veranda seines zweistöckigen Hauses im viktorianischen Stil. Er sah aus wie ein Junge, der auf einen Spielkameraden wartet. Er wusste aus Erfahrung, dass man sich nicht an potentiellen Beweismitteln zu schaffen machte, und hatte den Umschlag so gelassen, wie er ihn vorgefunden hatte. Er lehnte am schmiedeeisernen Geländer der Veranda.

»Ich brauche wohl nicht zu betonen, dass ich überrascht bin«, sagte er, als Elizabeth den Umschlag mit einem Handschuh aufnahm.

Sie war in Gedanken schon beim Inhalt und nahm seine Worte nur flüchtig zur Kenntnis.

»Wann sind Sie zum letzten Mal hier gewesen?«

»Am Freitag. Bis zum Feierabend.«

»Und gestern war niemand hier?«

»Nur derjenige, der das hier abgegeben hat.«

»Könnten wir bitte reingehen?«

Byron Biffle warf einen seltsam zögerlichen Blick auf die Straße. Und als er die Haustür öffnete, sagte er: »Sie werden allmählich zur Gewohnheit. Sie und diese Sendungen.«

Drinnen führte er sie in den Herstellungsraum. Elizabeth bemerkte, dass der zweite Umschlag ebenso sorgfältig etikettiert war wie der erste. Vermutlich hatte der Absender einen Ordnungsfimmel. Sie dachte flüchtig, dass ihre eigene ordentliche Vorgehensweise mit Handschuhen und allem Drum und Dran vermutlich verlorene Liebesmüh war. Bei der ersten Sendung hatte die Spurensicherung keinerlei Hinweise gefunden. Die einzigen Spuren stammten von Byron Biffle, der den Umschlag angenommen und geöffnet hatte. Der Fotograf selbst musste unter äußerst penibler Bedingungen gearbeitet haben.

Im Herstellungsraum legte Elizabeth den Umschlag auf einen Arbeitstisch und trennte mit einem Papierschneider säuberlich die Kante ab.

»Falls das kein weiteres Hochzeitfoto des Grauens ist, dürften wir ganz schön enttäuscht sein, was?«, fragte Biffle.

Da hatte Elizabeth eine plötzliche Eingebung. Der Mann mit der Kamera war James Stewart. In *Das Fenster zum Hof*. Wichtiger aber war Grace Kellys Bemerkung, dass sie furchtbare Menschen seien, weil sie enttäuscht wären, wenn sich der Nachbar von gegenüber doch nicht als Mörder entpuppte.

»Falls ein Foto von Grace Kelly und Jimmy Stewart drin ist, würde ich vor lauter Freude im Vorgarten Purzelbäume schlagen.«

Es schien ihn zu ärgern, dass er den Witz nicht verstand, obwohl er angestrengt nachdachte.

Sie schob die Hand in den Umschlag und tastete. Ein Foto. Keine Purzelbäume, das spürte sie. Doch allein die Vorstellung, die damit verbundene kindliche Unbeschwertheit, setzte etwas in ihr frei. Sie sah Kelly und Stewart förmlich vor sich. Leider waren die Gesichter, die aus dem Umschlag auftauchten, bei weitem nicht so ansehnlich.

Kurz darauf verließ Elizabeth mit ihrem Abschiedsgeschenk das Büro des *Mundelein Dispatch.* Diesmal hatten sie nicht vor Entsetzen aufgestöhnt und gemeinsam um Worte gerungen. Draußen auf der Veranda bot sie Byron Biffle an, das Haus überwachen zu lassen, falls der unheimliche Bote noch einmal auftauchen sollte.

»Das müssen Sie selbst entscheiden«, antwortete er. »Allerdings wage ich zu bezweifeln, dass er ein drittes Mal kommt. Sie nicht?«

»Ich würde sagen, die Wahrscheinlichkeit, dass er es nicht tut, liegt bei hundert Prozent«, sagte Elizabeth. »Außerdem hoffe ich natürlich, dass es keine Veranlassung für eine dritte Lieferung geben wird.«

»Sehr hoffnungsvoll klingen Sie aber nicht.«

»Vier enthauptete Mordopfer können einem so manche Illusion rauben«, versetzte Elizabeth. »Bitte verzeihen Sie mir den Moment der Schwäche.«

46

Es ist nach Mitternacht, und er genießt es, durch die Dunkelheit zu fahren. Er hat seine Termine eingehalten. Seine Mission fürs Erste erfüllt. Er fährt den braunen Cadillac, einen Opa-Wagen. Und er hat sich die Zeit damit vertrieben, einer namenlosen und bislang auch gesichtslosen Frau in einem BMW zu folgen, einer Frau, über die er sich alles Mögliche zusammenphantasiert.

Sie ist verheiratet. Aber nicht glücklich. Er hat den Ring gesehen, als er neben ihr anhielt. Nun, da er hinter ihr an der Ampel stoppt, kann er ihr Gesicht so weit im Rückspiegel erkennen, dass er auf ihre Stimmung schließen kann.

Niemand hat mich je geliebt.

Vor allem du selbst nicht, Schätzchen. Wo steht denn geschrieben, dass die Fähigkeit, *bedingungslos* zu lieben, zu den wichtigsten menschlichen Errungenschaften gehört? Die Geschichte der Menschheit war nicht gerade ein Fest der Liebe. Mehr noch, hätte es nicht einige wenige Lichtgestalten gegeben, wäre das Wort Liebe gar nicht erst erfunden worden. Historisch gesehen verstanden sich die Menschen am besten darauf, ihre biologische Saat auszubringen. An zweiter Stelle folgte das Säen von Intoleranz und Verachtung. Die Welt war kein Mekka der Nächstenliebe. Wer glaubte, die wahre Liebe stünde ihm von Rechts wegen zu, sollte sich ruhig einen Stern am Himmel aussuchen und warten, dass er ihm diesen Wunsch erfüllte. Da würde er ganz schön lange warten müssen.

An der nächsten Ampel schaute die Frau zu ihm herüber. Er studierte ihr Mienenspiel.

Ich hasse mich selbst.

Möglicherweise bist du dir selbst noch nie wirklich begegnet. Bei einer Spezies, die alle, die anders sind als sie selbst, so bereitwillig hasst, wird sich der Hass unweigerlich auch gegen ein verwirrtes, missverstandenes Ich richten.

Er weiß nicht, ob sie seinen Blick spürt oder nur rasch in den Spiegel schauen will, jedenfalls begegnen sich ihre Augen. Sofort setzt er seine unsichtbare Maske auf, seine ausdruckslose Miene. Sie wartet nicht, bis die Ampel grün wird, sondern schießt davon und wirft ihm im Fliehen einen letzten Blick zu.

47

Der Montagmorgen atmete ihr ins Gesicht. Elizabeth quälte sich aus dem Schlaf. Einen Moment lang hoffte sie, Brady läge neben ihr. Sonntagabend war sein Freitagabend. Und obwohl sie offiziell am Montagmorgen zum Dienst antreten musste, ließ sie sich den Ersatzfreitagabend gewöhnlich nicht entgehen.

Sie war aufgewacht, bevor der Radiowecker sein Jazzprogramm starten konnte. Sie musste dem Tag, ihrem Job, der Welt und den bedauerlichen Trennungsgeschichten ins Gesicht sehen.

Bei den Boxenstopps an Mikrowelle und Toaster hatte sie Zeit, sich an ihren Sonntagabend zu erinnern, der diesmal nur aus einsamem Grübeln und Seelenforschung bestanden hatte.

Brady hatte es an ihrer Stimme gehört, als sie telefonierten. Vielleicht hatte er befürchtet, sie wolle auch seine Seele erforschen, und hatte sich ebenfalls mit einem einsamen Abend bei Pizza und Wein begnügt. Eher noch mit Cola, da er meist nur dann eine Flasche Wein öffnete, wenn er sich etwas davon versprach.

Nachdem Elizabeth es sich am Abend in einem Sessel bequem gemacht hatte, startete sie ihre Überlegungen bei der These, die die Autorin im zweiten Kapitel von *Entdecke die Hure in dir* aufgestellt hatte. Nämlich der für eine frisch verlobte Frau unerfreulichen Behauptung, dass Männer genetisch auf Untreue programmiert und nicht als Schoßhündchen zu gebrauchen seien. Weiterhin erklärte die Autorin, es gebe wissenschaftliche Beweise dafür, dass Männer darauf geeicht seien, *die Herde* zwecks Fortpflanzung nach geeigneten Weibchen abzusuchen.

Allerdings waren auch Frauen keine Hüterinnen der Monogamie. Es sei ihnen von der Natur vorherbestimmt, die genetisch beste Wahl zu treffen, um möglichst fähige Nachfahren zu zeugen. In einer Gruppe von Primaten, deren Anführer daran zu erkennen war, dass er die anderen Männchen besiegen oder in die Flucht jagen konnte, mochte das funktionieren. In der komplexen Welt der Menschen war es weitaus schwieriger, den genetischen Märchenprinzen zu finden. Und darauf schienen es auch moderne Frauen durchaus anzulegen.

Gut und schön, so viel zum Thema Affen. Was aber war mit der Achse von Herz und Hirn? Mit der verdammten Elizabeth Barrett Browning? Oder mit Romeo und Julia, den Messerstechern und Gifttrinkern? Und mit Nat King Cole?

L is for the way you look at me …

Und was war mit Gabriel García Márquez? Mit *Die Liebe in den Zeiten der Cholera*?

Ihre Dienstleitung klingelte. Elizabeth meldete sich und nahm die neuesten Informationen von Captain Spangler entgegen. Er lieferte ihr den Nachnamen der Opfer. *Pennington.* Das klang irgendwie königlich, passte wunderbar auf Einladungen, Streichholzbriefchen und Danksagungen. Nun würde der Name auf den Sterbeurkunden erscheinen.

Man hatte die Opfer an zwei verschiedenen Stellen im Dorf Glen Ellyn gefunden. Das waren die ersten Punkte auf Elizabeths Tagesprogramm. Doch es gab noch einen dritten wichtigen Ort, wo immer er liegen mochte – und zwar den, an dem sie die literarische Exhure und ihren derzeitigen Geschäfts- und Sexpartner festnageln würde.

»Tun Sie mir bitte einen Gefallen«, sagte Spangler. »Rufen Sie Jen an, wenn sich die Sache etwas beruhigt hat. Sie ist vollkommen von der Rolle wegen dieser Carlton-Ritz-Geschichte. Ich glaube, sie kniet sich ein bisschen zu sehr hinein.«

»Sie will Ihnen doch nur etwas beweisen. Darum geht es bei der ganzen Sache.«

»Bislang hat sie mir noch gar nichts bewiesen«, seufzte Spangler. »Und erzählt hat sie mir noch weniger.«

Elizabeth erklärte sich einverstanden und hängte ein. Sie würde Jen anrufen, aber das hatte Zeit. Wichtiger war die Nachfrage bei ihren Kollegen Kaya Schiffman und Glen Kurkewicz, die Dr. Gerry Boccachio rund um die Uhr beschatteten. Detective Schiffman meldete sich, als hätte sie schon mit Elizabeths Anruf gerechnet. Bei der State Police waren die jüngsten Morde Thema Nummer eins.

Elizabeth hörte sich an, was Dr. Boccachio in den vergangenen Stunden getrieben hatte.

»Gestern um sechs hat er sich auf der Terrasse ein Steak gegrillt. Dann ist er reingegangen. Etwa eine Stunde später hat er einen zwanzigminütigen Spaziergang unternommen. Danach ist er im Pool geschwommen, als ginge es um olympisches Gold. Dann ging er ins Haus. Seitdem haben wir ihn und seine rote Badehose nicht mehr gesehen.«

»Sind Sie sich ganz sicher, dass er das Haus nicht verlassen hat?« Elizabeth konnte sich die dumme Frage nicht verkneifen.

»Wir hatten das Haus die ganze Zeit im Blick«, entgegnete Schiffman.

»Und Sie sind sich wirklich ganz sicher, dass er die ganze Nacht über dringeblieben ist?«

»Todsicher. Oder er müsste ein unsichtbarer und völlig lautloser Schlafwandler sein.«

48

Als der Kurierdienst die alten Akten brachte, lag Jen gerade mit einem Sponge-Bob-Badetuch über dem Kopf auf dem Boden. Um neun Uhr am Montagmorgen klingelte nur der Kurierdienst oder Jehova persönlich.

Die Akten wurden in einem überdimensionalen Polsterumschlag abgeliefert. Sie öffnete ihn auf dem Boden des Wohnzimmers, wobei sie auf dem Sponge-Bob-Badetuch Platz nahm, während ihre Tochter mit ihr Tauziehen um den Umschlag spielte. Nachdem sie die Akten herausgeholt hatte, überließ sie Victoria die Verpackung, damit sie selbst einige ungestörte Minuten hatte, in denen sie sich die archivierten Überreste von Carlton Ritz und Loreena White anschauen konnte. Solange diese papierenen Knochen existierten, waren die beiden untrennbar miteinander verbunden.

Bei der ersten Akte interessierte sie sich nur für das Gesamtergebnis, nicht für die Einzelheiten.

Jede Fallakte besaß einen gewissen Grundtenor, eine Art Quintessenz, die man fand, wenn man aufmerksam las.

Sie war nicht sofort darauf gekommen. Es hatte eine Weile gedauert, bis ihr Verstand die verrückte Idee zusammengepuzzelt hatte. Hätte ihr Hinterkopf nicht so furchtbar gepocht, wäre der Groschen vielleicht schon früher gefallen.

Der Hinweis musste irgendwo in den Unterlagen stecken, die vor der Autopsie erstellt worden waren. Dort, wo der Zustand der Leiche zum Zeitpunkt der Entdeckung beschrieben war. Falls jemand es bemerkt hatte. Falls es überhaupt etwas zu bemerken gegeben hatte.

Als sie aufblickte, prüfte Victoria gerade den Umschlag mit dem Mund auf seinen Zuckergehalt, wobei sie ebenso konzentriert vorging wie ihre Mutter mit den Akten.

»Nein, Vicky. Nicht in den Mund stecken, Liebes.«

Mit der linken Hand zog sie den Umschlag aus dem Mund ihrer Tochter und blätterte mit rechts in der Akte zurück. Suchte nach dem fraglichen Dokument.

Es war eine einzelne Fotokopie des ursprünglichen handschriftlichen Berichts. Sie sog ihn förmlich in sich auf, kehrte im Geiste zurück in das hohe Gras, zu den Grashüpfern, dem Schlag von hinten. Wie sie in der prallen Sonne aufgewacht war, von Übelkeit gequält. Eines aber war nicht in der Akte zu finden – der ganz besondere Dreh, der ihr keine Ruhe ließ und wie tausend Grashüpferlarven über ihren ganzen Körper huschte.

Falls es bei Loreena White wie bei ihr gewesen sein sollte, hatte die Polizei es nicht gesehen oder für unwichtig gehalten. Davon hing ihre ganze Theorie ab. Angespannt blätterte sie weiter in der Akte und zog sanft an dem Umschlag, auf dem ihre Tochter inzwischen wieder herumkaute. Der Gedanke ließ sie einfach nicht los.

Dann entdeckte sie das Kuvert mit der Aufschrift *Tatortfotos.*

Sie seufzte. Wollte sie das wirklich sehen? Würden diese Bilder sie womöglich bis ans Ende ihres Lebens verfolgen?

Ihr Gesicht. Mein Gott, *ihr Gesicht.*

Nein, solche Gedanken durfte sie sich nicht erlauben. Auch keine persönliche Betroffenheit. Wenn sie nach einem schönen Beruf suchte, hätte sie zur Kosmetikschule gehen sollen. Na toll. Jetzt sprach auch noch ihr Vater als innere Stimme zu ihr.

Aber das Gesicht. Niemand hatte es verdient, in diesem Zustand fotografiert zu werden.

Loreena White hatte über vierundzwanzig Stunden auf dem Rücken im Gras gelegen, als ein Landstreicher sie entdeckte. Er wurde später von jeglichem Tatverdacht freigesprochen. Die Krähen hatten ihn angelockt.

Das Gesicht des Opfers würde Jen Spangler niemals vergessen. Doch es wurde vorübergehend ausgelöscht, als ihr Blick von den

Augen des Opfers zum Hals wanderte. Zu der weißen Bluse, bei der die oberen drei Knöpfe geöffnet waren. Und über der Bluse befand sich das wichtigste Kleidungsstück des toten Mädchens: ein hauchdünnes Nichts. Doch die Nähte zeigten ganz deutlich, dass sie den BH verkehrt herum trug.

49

Während sich der Rest der Welt auf das kopflose Opfer konzentrierte, das auf dem Bett lag, schaute Elizabeth sich die Decke an.

Die Verbindung war nicht weiter schwer gewesen. Da sie viel Erfahrung darin hatte, in schlaflosen Nächten an die Decke zu schauen, wanderte ihr Blick automatisch dorthin. Selbst wenn sie sich dafür unmittelbar neben den verstümmelten Körper von Mrs. Laura Pennington stellen musste.

Die Lampe des Deckenventilators war gedimmt. Sie musste dringend staubgewischt werden. Vor allem aber war das Metallgehäuse des Motors deutlich zu erkennen.

Wenige Sekunden zuvor hatte Elizabeth ein Kribbeln im Nacken gespürt. Einen eisigen Impuls im ganzen Nervensystem. So gewarnt, hatte sie zur Taschenlampe gegriffen und damit die inneren Winkel des Ventilatorgehäuses ausgeleuchtet. Dabei folgten ihr mehrere Augenpaare. Und ein einsames Auge blickte ihr aus dem Schatten des Ventilators entgegen.

Elizabeth hatte nie viel von Horrorfilmen gehalten. Natürlich hatte sie als Teenager den einen oder anderen gesehen. Sie war mit Freundinnen – manchmal auch mit Freunden – ins Kino gegangen und hatte sich zu Tode erschrecken lassen. So vergaßen sie in jenen wenigen verrückten Stunden, wie furchtbar das Leben als schlaksiger Teenie in einem Vorort des Mittleren Westens war.

Als Erwachsene hatte sie die Filme nicht mehr angesehen, die Abendnachrichten lieferten genügend echten Horror. Vor allem, wenn sie selbst darin auftreten musste. Nun aber stand sie hier an einem Montagmorgen, fast vierzig Jahre alt, und sah sich einem Grauen gegenüber, das niemand jemals erleben sollte.

Sie hatte überlegt, wo genau ein besitzergreifender, verlassener Ehemann ein Überwachungssystem verstecken würde.

Der erste Versuch war sein persönliches Zimmer gewesen, das mit Fanartikeln der Chicago Bears gepflastert war. Die zweite Idee war die abgehängte Decke – vor allem das Paneel in der Ecke über Couch und Beistelltisch, der aussah, als hätte man ihn erst kürzlich verrückt.

Einer der Schwimmer, mit denen sie in der Schule ausgegangen war, hatte gern Pot geraucht. Seinen Vorrat, die Pfeife und das Papier versteckte er in einem Deckenpaneel im Keller seines Elternhauses – vermutlich auch diverse Wichsvorlagen, wenn sie an seine Begeisterung für Frauen mit übergroßen Brüsten dachte.

Zwanzig Jahre später konnte Elizabeth in der abgehängten Decke in Glen Ellyn, Illinois, weder Pot noch Pornos entdecken. Doch als sie auf die Ledercouch stieg, schlossen sich ihre Hände um einen kabellosen digitalen Videorecorder, der sogar noch lief, als sie ihn aus dem Versteck zog und im Licht der Chicago-Bears-Gedächtnislampe betrachtete.

50

Er hätte sie töten können. Er hätte sie vergewaltigen können. Er hätte alles mit ihr machen können. Einfach alles. Im Licht der grellen Augustsonne, mit Grashüpfern als Publikum. Doch obwohl er all diese Möglichkeiten gehabt hatte, war es ihm nur um ihr T-Shirt und den BH gegangen. Was genau geschehen war, nachdem er ihn ihr ausgezogen und verkehrt herum wieder angezogen hatte, wusste sie nicht.

Sie lag noch in der Badewanne und versuchte, das abzuwaschen, was dazwischen geschehen war. Selbst wenn es keinerlei Hautkontakt zwischen ihnen gegeben haben sollte.

Sie konnte wieder richtig denken. Der Schlag auf den Hinterkopf hatte sie nur vorübergehend abgelenkt. Nun aber, da sich der eigentliche Schmerz gelegt hatte, spürte sie ein Brennen auf der Haut.

Es war kein echter Sonnenbrand, dafür hatte sie nicht lange genug in der Sonne gelegen. Sofort nach ihrer Rückkehr hatte sie ihren Körper untersucht, mit den Fingerspitzen auf die Haut gedrückt, um zu sehen, ob ein weißer Abdruck zurückblieb. Nein. Das Brennen musste eine andere Ursache haben.

Sie war einer weiß glühenden Hitze ausgesetzt gewesen, dem brennenden Zorn einer kranken Psyche, dem Zorn ihres Angreifers. Einer weiß glühenden Hitze, die jederzeit explodieren konnte. Die wie durch ein Wunder nicht in ihrer Gegenwart explodiert war. Diesmal nicht. Nicht wie bei Loreena White.

Victoria wachte aus ihrem Schläfchen auf. Früher – es war gar nicht so lange her – hätte sie noch eine Weile in ihrem Gitterbettchen gelegen und die Sternaufkleber an der Decke betrachtet, während das Mobile »Twinkle twinkle little star« spielte. Doch das Bett für große Mädchen hatte alles verändert.

Jen hörte die erstaunlich energischen Füßchen im Flur, setzte sich auf und griff nach dem Duschgel. Victoria würde darauf bestehen, zu ihr in die Wanne zu klettern. Sie hielt das Duschgel in den Wasserstrahl, um eine unsichtbare Schutzwand zwischen ihrem Kind und dem zu schaffen, was noch an ihrem Körper haftete.

51

Man müsse einfach nur den Videorecorder an den Fernseher anschließen. Falls man alt genug sei, um sich noch an solche Geräte zu erinnern. Das jedenfalls hatte Zack Lathrop mit der ganzen Überlegenheit seiner zwanzig Lenze erklärt, bevor er den kleinen Vorführraum der Illinois State Police verließ. Weshalb er gegangen war, verriet der Geruch von Popcorn aus der Mikrowelle, der alsbald durch den Flur waberte.

An einem gewöhnlichen Tag wäre Elizabeth entsetzt gewesen, doch in diesem August schien es keine gewöhnlichen Tage zu geben. So wie sich der Fall entwickelte, würde auch der Labor Day, vielleicht sogar Halloween, keine reine Freude werden.

»Alles fertig«, sagte Zack Lathrop, als er samt gefüllter Papiertüte zurückkehrte.

»Wenn ich gewusst hätte, dass wir snacken, hätte ich Tortilla Chips mitgebracht«, sagte Elizabeth.

»Im Automaten gibt es die Honig-Barbecue-Variante.«

Elizabeth beließ es dabei, da er sich ansonsten sehr hilfsbereit zeigte.

»Könnten wir jetzt bitte anfangen?«

Zack Lathrop legte die Tüte, deren Geruch Elizabeth verlockend in die Nase stieg, auf den Tisch. Butterpopcorn übte eine unwiderstehliche Anziehungskraft auf sie aus.

»Ich habe auch Servietten mitgebracht«, erklärte der junge Mann und zog einen ganzen Stapel aus der Hosentasche.

Dann schaltete er den Fernseher ein und drückte die PLAY-Taste am Videorecorder. Er ließ sich auf den Stuhl neben Elizabeth fallen und zog die Popcorntüte zu sich herüber, während im Fernseher die ersten wackligen Bilder erschienen.

»Wir sind jetzt am Anfang. Gut so?«

Warum nicht? Wenn etwas unwichtig war, konnten sie immer noch vorspulen. Sie hatten genügend Zeit. Und Popcorn.

»Diese Art von Recorder wird zur Langzeitüberwachung eingesetzt«, erklärte Zack Lathrop. »Sie machen nur wenige Bilder in der Minute. Es wird also ein bisschen …«

Er zappelte herum, während er nach dem richtigen Wort suchte.

»Ruckartig?«, fragte Elizabeth.

»Genau.«

Zu Anfang beschränkten sich die ruckartigen Bilder auf die unterschiedlichen Positionen, die Laura Penningtons Katze auf dem Bett eingenommen hatte. Die Bilder waren bei Tag aufgenommen worden. Vermutlich am Morgen des Vortages.

Elizabeth kämpfte gerade gegen den Drang an, sich eine weitere Handvoll Popcorn zu genehmigen, als eine bizarre Veränderung mit Laura Penningtons Bett vorging. In einem Zeitsprung hatte sich die Katze in eine Frau verwandelt.

Sie war in einigen provokativen Posen zu sehen, bei denen sie etwa so viel Kleidung trug wie ihre tierische Vorgängerin. Sollte Laura jemals derartige Posen auf dem Bett eingenommen haben, musste es lange her gewesen sein. Dann kam Elizabeth ein Gedanke, der sich bestätigte, als ein Mann in mittleren Jahren ins Bild trat.

»Das wird ganz schön heiß«, kommentierte Zack Lathrop kauend.

Die einzige Gnade waren das körnige Bild und die Entfernung, aus der die Kamera die beiden gefilmt hatte. Wer die Frau war, konnte Elizabeth nicht erkennen, doch der Mann, der sich am hellen Tag der Fellatio hingab, war eindeutig zu erkennen.

Die Frage war natürlich, weshalb Richard Pennington überhaupt ins Haus zurückgekehrt war, aus dem man ihn vertrieben hatte. Während sich der Akt auf dem Bildschirm vollzog, entwarf Elizabeth im Kopf ein Szenario. Den jüngsten Studien zufolge war Rache der stärkste menschliche Trieb nach Nahrung, Behausung und Fortpflanzung. Eine Möglichkeit, diese Rache auszuüben, bestand für einen hinausgeworfenen Ehemann darin, mit einer halb so alten Frau in ebendieses Haus zurückzukehren, sich beim Sex filmen zu lassen und die Aufnahme seiner Frau zuzuspielen.

Doch dazu war es nicht mehr gekommen.

»Na ja, das hat jedenfalls Spaß gemacht«, kommentierte Zack Lathrop und griff wieder in die Popcorntüte. »War es das, wonach Sie gesucht haben?«

»Nicht mal in den schlimmsten Momenten meines Lebens.«

Auf dem Bildschirm war wieder das Bett zu sehen. Leer. Richard Pennington hatte keine Fortsetzung gedreht. Er war von einer Einstellung zur nächsten verschwunden, ohne sich vor der Kamera zu verneigen. Zuletzt sah man noch, wie die junge Frau die Tagesdecke zurechtzupfte.

Elizabeth und ihr technischer Assistent betrachteten noch eine Zeitlang die Bilder des leeren Schlafzimmers.

»Wir können einen Schnelldurchlauf machen.«

»Nur zu.«

Elizabeth betrachtete die vorbeirasenden Bilder und sah, wie das Tageslicht in Grautöne hinüberdunkelte, bis die Aufnahmen fast schwarz wurden und auch so blieben. Als der Bildschirm plötzlich hell wurde, zuckte sie zusammen. Es war nicht die Nachttischlampe, die ihr grelles Licht verströmte, sondern das Licht des Ventilators. Die vielen Glühbirnen vertrieben brutal die Dunkelheit.

Elizabeth wusste, dass sie die letzten Bilder von Mrs. Pennington betrachtete. Als diese anfing, sich umzuziehen, ließ sie das Video anhalten.

»An dieser Stelle möchte ich Sie bitten, das Zimmer zu verlassen. Aus Respekt vor dem Opfer.«

Zack Lathrop nahm die Aufforderung mit Würde hin. Er hob nur leicht die Augenbrauen und verkniff sich einen Kommentar. Elizabeth wusste nicht, ob er es als Heuchelei betrachtete, dass sie ihn das männliche Opfer beim Sex hatte anschauen lassen, während sie ihn jetzt aus dem Raum schickte.

Sie holte ein paar Münzen aus dem Portemonnaie.

»Holen Sie sich was Leckeres am Automaten. Für mich bitte ein Kitkat. Ich komme raus, sobald der Abspann läuft.«

52

Der Zeitpunkt konnte sehr unterschiedlich sein, doch das war egal. Er wusste mit Sicherheit, dass es letztlich funktionieren würde. Irgendwann würde sein Gesicht verschwinden.

Gesichter waren vergänglich. Sie kamen und gingen. Alle. Ohne Ausnahme. Das waren die Gesetze der physikalischen Welt.

In der Welt der Gedanken, der Welt des Verstandes, der Welt der Erinnerung war es nicht so einfach. In dieser Welt konnte ein Gesicht sehr lange existieren. Beispielsweise auf einem Foto. Das ließ sich leicht beheben. Mit einer Klinge und ein wenig Geduld. Das Erinnerungsgesicht, das Gesicht, das man im Kopf hatte, erforderte eine heiklere Operation. Heikel und langwierig. Das hatte er selbst erfahren müssen. Und er lernte nicht aus.

Sein eigenes Gesicht konnte er besser kontrollieren. Gerade jetzt übte er sich darin, es zu beherrschen. Er steht vor dem Badezimmerspiegel. Das Phänomen hat er schon als Junge entdeckt. Das Phänomen, bei dem er sein Gesicht so lange im Spiegel anschaut, ohne wirklich hinzusehen, bis seine Gesichtszüge allmählich verschwimmen, verblassen, sich auflösen. Bis zu dem Moment, in dem Geist und Körper ein perfektes Gleichgewicht erreichen und das Gesicht verschwindet. Einfach so. Nur sein Gesicht. Die Form, der Umriss des Kopfes, ist noch da. Das Gesicht aber ist einfach verschwunden.

Der Trick bestand darin, sich allmählich zu entspannen, die Augen ganz weich zu machen. Sie auf einen inneren Punkt zu richten. Indem er ihre Suche nach visuellen Informationen blockierte, erfolgte die Verarbeitung des Lichtes und der von ihm beleuchteten Gegenstände weniger konzentriert, weniger spezifisch. Bis schließlich alles einfach nachgab. Von da an war es nur eine Frage der Zeit, bis die gewünschte Wirkung eintrat.

Genau da ist er jetzt. Ganz knapp davor. Spürt das Kribbeln in Armen und Händen. Es breitet sich in die Schultern aus, in die Brust. Vom Rücken hinauf in den Nacken. Ins Gesicht. Dann bis zu den Augen. Das Kribbeln, als die Augen sich kaum merklich in die Höhlen senken.

Ja. Geschafft. Das Gesicht ist weg.

53

Es war schon eigenartig, dass Mrs. Pennington praktisch genau dort auf dem Bett saß, wo sich am Vortag die gekaufte Geliebte geaalt hatte. Und es wirkte noch eigenartiger, dass auch sie sich komplett auszog und einfach dort sitzen blieb. Länger, als man gewöhnlich so dasaß. Normalerweise zog man sich zu einem bestimmten Zweck aus. Doch Laura Pennington ließ sich Zeit dabei.

Elizabeth grübelte noch über diesen Zufall nach, als die Frau plötzlich aus dem Bild hinaustrat. Elizabeth spulte vor und hielt nach Signalen Ausschau, die den Mord ankündigten.

Ein Kopf kam ins Bild. Mit einem Handtuch umwickelt. Aber noch mit dem Körper verbunden. Laura Pennington kam aus der Dusche oder Badewanne.

Elizabeth spürte, wie ihre Kehle ganz eng wurde. Laura Pennington legte sich ins Bett, ließ aber die Nachttischlampe an. Daneben lag ein Taschenbuch. Sicher nicht der einzige Grund. Auch Angst. Die Kinderangst vor der Dunkelheit verschwand niemals so ganz. Oder es war die Angst einer Erwachsenen, die in den Ecken und Winkeln des Zimmers die heranrückende Gefahr spürte.

Das Fernsehbild war so körnig und unstet, dass Elizabeth zunächst zweifelte. Laura Pennington lag auf dem Rücken und schaute an die Decke, in eine ganz bestimmte Richtung. Zum Ventilator. Dem Gehäuse des Motors. Hinauf zu dem Zyklopen, der sie beobachtete. Mit anderen Worten, Laura Pennington schaute der Frau, die nun ihren Tod untersuchte, unmittelbar in die Augen.

Wie immer, wenn Elizabeth sich solche Gedankenspiele erlaubte, wurde alles ganz merkwürdig. Sie hörte eine Stimme in ihrem Kopf. Aber nicht ihre eigene. Nein, es war eine Stimme, die zu der einsamen Frau auf dem Bett gehörte.

In meinem Schrank ist ein Ungeheuer. Es beobachtet mich. Es hat mich mein ganzes Leben lang beobachtet. Es hat die ganze Zeit auf mich gewartet. Und heute Abend … heute Abend kommt es und holt mich. Ich kann nichts dagegen tun, oder? Ich kann es nicht aufhalten.

Die Frau bewegte den Kopf auf dem Kissen, neigte ihn leicht nach links.

Sie *können es nicht aufhalten.*

Elizabeth verlor jegliches Zeitgefühl, während sie zusah, wie Laura Pennington allmählich in den Schlaf dämmerte. Das Licht auf dem Nachttisch blieb an. Zwei Stunden Echtzeit, von einer neugierigen Kamera zu wenigen Minuten verdichtet. Zwei Stunden reichten aus für den REM-Schlaf, für Träume. Elizabeth konnte nur hoffen, dass ihre letzten Träume schön gewesen waren.

Wovon sie auch geträumt haben mochte, der Traum endete um 1.19 Uhr auf der Uhr des Videorecorders. Laura Pennington rührte sich, setzte sich auf, und Elizabeth legte unwillkürlich die Hand an die Kehle, wo ein heftiger Puls schlug. Sie wusste, Laura Penningtons Herz hatte noch viel heftiger gepocht.

Wer schlief, war wehrlos. Man wachte von einem Geräusch auf und stand auf, um nachzusehen. Wenn der Verstand einsetzte, war es gewöhnlich zu spät. Denn derjenige, der einen mit voller Absicht geweckt hatte, war schon bereit, so wach, wie ein Mensch nur sein konnte.

Jetzt war Elizabeth mit dem leeren Bett allein. Die Minuten vergingen.

Dann erschien ein Ungeheuer, ganz ohne theatralisches Getue und kreischende Filmmusik. Dennoch wirkte es wie ein vertrauter Klassiker, als der gebückte Körper über den Bildschirm huschte, mit abgewandtem Gesicht, und den kopflosen Körper sanft auf das Bett legte, das Kissen zurechtrückte.

Danach verließ das Ungeheuer den Raum. Wieder ohne Theatralik. Dennoch gelang es ihm, sein gebanntes Publikum zu fesseln.

Elizabeth spulte zurück, um die richtige Einstellung zu suchen und das Bild anzuhalten.

Es war der Augenblick im Film, in dem sich das Ungeheuer das erste Mal zur Kamera wendet und dem entsetzten Publikum den Blick auf sein Gesicht gestattet. Elizabeth war in der Tat entsetzt. Und furchtbar entmutigt.

54

Manchmal hasste sie es, wie ähnlich sie ihrem Vater sah, wie deutlich sich sein Mienenspiel in ihrem hübschen Gesicht spiegelte. Dann wieder vergaß sie fast, dass sie Ed Spanglers leibliche Tochter war, und hasste ihn nicht mehr, als in einer Vater-Tochter-Beziehung üblich war.

Am schlimmsten aber war es für Jen, wenn Ed Spangler in seinen Selbsthass verfiel. Wenn er diese idiotischen Phasen durchmachte, in denen er sich in Selbstmitleid suhlte, weil er einen beruflichen Misserfolg zu persönlich nahm. Jene Minuten, Stunden und manchmal auch Tage, in denen sich ihr kleiner Haushalt in ein Verlies verwandelte, aus dem es kein Entrinnen gab, bis sich die Stimmung des Anführers wieder besserte.

In diesem Augenblick jedoch hasste Jen sich selbst am meisten. Sich und das Arschloch, das sie bewusstlos geschlagen und sich an ihren Brüsten zu schaffen gemacht hatte.

Sie saß auf dem Bett, während Victoria sich unter den Kissen versteckte, und betrachtete sich nüchtern im Spiegel der Frisierkommode. Es war kein schöner Anblick. Mein Gott, was für ein Häufchen Elend. Da saß sie nun auf dem Prinzessinnenbett, in dem sie als Zehnjährige geschlafen hatte, während die nächste Prinzessinnengeneration hinter einem Kissen hervorspähte. Und ein Mörder – ein Mörder, den sie aufgeschreckt hatte – betrachtete sie durch den Spionspiegel seiner Phantasie und wartete darauf, dass sie den nächsten Schritt machte. Bis ihm langweilig wurde und er selbst einen Schritt tat.

»Such mich, Mami.«

Sie wackelte ein bisschen am obersten Kissen. Victoria kicherte, aber es wirkte nicht überzeugend. Seit zwanzig Minuten spielten sie schon, und Jen wusste genau, dass sie in Gedanken die ganze Zeit nicht dabei gewesen war, sondern nur in den Spiegel gestarrt und gegrübelt hatte.

»Such mich, Mami.«

Ihr war klar, dass sie erst dann wieder präsent sein würde, wenn sie sich und die Situation unter Kontrolle hatte.

»Mami, such mich.«

Sie riss das oberste Kissen hoch. Der Gesichtsausdruck ihrer Tochter verriet ihr, dass sie ein bisschen zu heftig vorgegangen war.

Victoria schwankte zwischen Lachen und Weinen. Also legte Jen das Kissen sanft auf ihren Kopf, nahm das ganze Paket aus Kissen und Kind in den Arm, suchte nach dem erstbesten hervorlugenden Körperteil – Victorias rechtem Fuß – und biss versuchsweise in die Zehen.

»Mhm, lecker.«

Das Quieken des kleinen Mädchens ließ nicht den Spiegel zerspringen, reichte aber aus, um die Hassmaske zu zerstören.

»Was für ein leckeres Kissen habe ich hier gefunden.«

Noch ein spielerischer Biss – diesmal streckte Victoria die Hand absichtlich hervor. Knabbern. Quieken. Bis die zwei Kissen und das Mädchen zu schwer wurden. Und doch war dieses Gewicht unendlich leichter als das Handy, das sie vom Nachttisch nahm.

Die Nummer, die sie zwanzig Minuten zuvor zweimal gewählt und wieder weggedrückt hatte, war noch gespeichert. Jens Finger näherte sich der Wiederwahltaste, verlor aber den Mut.

Schnell tippte sie die Nummer der Tagesbetreuung ein. Victoria war schon einmal dort gewesen, sie kannte sich aus und kam gut mit den anderen Kleinkindern zurecht. Es war nicht die beste Lösung, aber die Einzige, die es ihrer Mutter erlauben würde, ein paar Schritte in die große, weite Welt zu tun.

55

Der Fototag war immer etwas ganz Besonderes. Aufregung lag in der Luft, das Gefühl, dass man wichtig genug war, von einem Fotografen mit einer ganz besonderen Kamera und Scheinwerfern fotografiert zu werden. Selbst wenn man nur eines von hunderten Grundschulkindern war, die auf den Stuhl steigen und ins helle Licht gucken mussten.

Dann war da die Sache mit den Haaren. Auf den Fotos sahen sie immer anders aus als in Wirklichkeit. Man bekam nämlich einen Kamm geschenkt, während man wartete. Na ja, wenn ein Kind einen Kamm und viel Zeit zur Verfügung hatte, wurde es ziemlich kreativ.

Zum einen musste man also mit der Aufregung klarkommen. Aber auch mit der erschreckenden Nervosität, die aus dem Wissen erwuchs, dass man nur diese eine Chance vor der ganz besonderen Kamera bekam. Film war teuer. Außerdem war man nur irgendein Kind.

Der Fotograf kannte alle möglichen Tricks, um die Kinder zum Lächeln zu bringen. Aber es gab stets ein Kind, das nicht lächeln wollte, was immer der Fotograf auch versuchte. Er erinnerte sich genau an das Jahr, in dem er dieses Kind gewesen war.

Aber das war lange her. Jetzt ist ein neuer Tag. Der nächste Tag in seinem Leben als Erwachsener.

Er fragt sich, welchen Hokuspokus er brauchen würde, um seine nächsten Modelle zum Lächeln zu bringen. Sie hatten ganz schön ernst dreingeschaut, als er sie in den Kühlschrank beförderte.

In diesem Augenblick ist ihm nicht nach Champagner zumute. Schon der Gedanke erzeugt einen bitteren Geschmack im Mund. Doch er weiß, dass sich seine Geschmacksknospen dafür erwärmen werden, sobald die Modelle an Ort und Stelle sind und es Zeit für das Wiedervereinigungsfoto wird. Dann wird die Bitterkeit verschwinden. Er wird wieder an etwas Geschmack finden, das übermäßig tot und lebendig zugleich ist. Ihnen wird es genauso gehen. Und nach wenigen Schlucken wird es leichter sein, den gewünschten Ausdruck zu erzielen.

Er verlässt den Arbeitsbereich und geht in die Küche. Vor der makellos sauberen, weißen Kühlschranktür hält er inne, schließt die Augen und schüttelt leicht den Kopf. Er begreift, dass er das hier schon einmal erlebt hat. Er verfällt in eine vorübergehende Starre, in der seine Gehirnhälften mit der Realität ringen.

Sind sie dort drinnen? Oder hat er sie nur erfunden? Hat er das alles nur erfunden? Es kommt ihm unwahrscheinlich vor, dass jemand so viel Mühe darauf verwenden sollte. Er spürt, wie die Energie der Verwirrung in seine Hände strömt, in die geballten Fäuste.

Atmen. Atmen.

Wenn sie da sind, sind sie da. Wenn sie zusammen sein sollen, werden sie zusammen sein. Letztlich hängt es nicht von ihm ab. Es hing nie von ihm ab. Es ist ihre Entscheidung. Ihre Entscheidung. Eine Entscheidung, mit der sie auf ewig leben müssen.

Durch das konzentrierte Atmen haben sich seine Hände so weit entspannt, dass er die Rechte zum Türgriff heben kann. Drinnen ist es dunkel. Aber das Licht ist immer da. In der Tat gibt es keinen Beweis dafür, dass das Licht nicht ständig brennt. Er kann die Tür einfach nicht schnell genug öffnen, um noch einen Fetzen Dunkelheit zu erhaschen, bevor das Licht ihn vertreibt.

Wenn sie dort drinnen sind, jetzt, in der Dunkelheit, wissen sie es. Nur sie verstehen, wie es ist, an diesem Ort zu sein, mit dem Wissen, was sie getan haben.

Ja, so ist es besser. *Er weiß es.* Natürlich sind sie dort drinnen. So wie er sie dort zurückgelassen hat.

Die Tür geht auf. Das Licht explodiert. Die Gesichter schauen ihm erwartungsvoll entgegen.

Heute ist Fototag.

56

Elizabeth hatte den Mörder auf Video. Mehr noch, sogar eine Aufnahme von seinem verrückten Gesicht. Die hatte sie ausgedruckt und ans Armaturenbrett des Mazda geklebt. Für den absolut unwahrscheinlichen Fall, dass sie ihn auf der Straße entdecken sollte. Nur für den Fall, dass er in der Öffentlichkeit dieselbe Maske trug wie in dem Video.

Nur für den Fall.

Verbrecher trugen Masken, um Überwachungskameras zu täuschen. Damit Mama, Papa, Geschwister und der Rest der Familie nicht sagen konnten: *Hey, Tommy ist in den Nachrichten. Er läuft gerade aus der Bank.*

Sie hatten aber noch einen weiteren Vorteil. Sollte eines der Opfer den Angriff überleben, konnte es den Täter nicht identifizieren. Elizabeth warf einen flüchtigen Blick auf das Bild am Armaturenbrett. Sie wusste genau, dass sie es mit keinem dieser Fälle zu tun hatte. Denn das hier war eine Maske, die man nicht im einschlägigen Handel fand. Keine Skimaske, kein Nylonstrumpf und auch keine Präsidentenmaske.

Diese hier war maßgeschneidert. Was ihrer Ansicht nach bewies, dass sie mehr als nur das Gesicht verdecken sollte. Sie verdeckte noch etwas anderes. Etwas Tiefergehendes. Etwas, das weitaus hässlicher war, als ein noch so entstelltes Gesicht überhaupt sein konnte.

Elizabeth hatte früher ein Kinderlexikon gehabt. Auf einem Band war eine Skulptur des jungen Kaisers Augustus abgebildet. Elizabeth hatte sie nie vergessen.

Nicht die Einzelheiten des Gesichtes hatten ihre Phantasie angeregt und sich tief in ihr Gedächtnis eingegraben. Es war das Fehlen von Gesichtszügen. Natürlich, das Gesicht besaß die übliche Form, die römische Frisur, man erkannte den jungen Octavian. Doch in dem milchigen Marmor, den leeren Augen und glatten Konturen von Nase und Mund lag auch eine zeitlose Anonymität. Als hätte der Mächtigste der Mächtigen ebenso gut jemand anders oder auch niemand sein können.

Dieses Bild des Kaisers Augustus erinnerte Elizabeth an die Maske des Mörders. Ein andeutungsweise jugendliches Gesicht, hinter dem sich Brillanz, Wahnsinn und alles, was dazwischen lag, verbargen.

Elizabeths Handy klingelte. Es war Captain Spangler.

»Ich habe Ihren Durchsuchungsbefehl«, sagte er. »Sie haben grünes Licht für das Boccachio-Haus. Das Dokument ist per persönlichem Kurier unterwegs.«

»Na wunderbar. Ich bin fast da. Wie lange braucht Ihr Kurier?«

»Fünfzehn Minuten. Falls das zu lange dauert, können Sie sich beim Botenjungen beschweren.«

»Er ist nicht hier.«

Es sollte eine Feststellung sein, doch aus Elizabeths Mund klang es eher wie eine Frage. Mit gutem Grund. Sie wollte einfach nicht wahrhaben, dass Dr. Gerry Boccachio aus dem Haus verschwunden sein sollte, obwohl er rund um die Uhr überwacht wurde. Aber der Beweis war da. Die Kollegen Schiffman und Kurkewicz hatten ihn nicht gefunden. Hewitt und Spangler machten ein langes Gesicht.

»Scheiße, er ist nicht hier.«

Elizabeths zweiter Versuch gefiel ihr schon besser. Für das Überwachungsteam klang er jedoch wie ein Vorwurf.

Glen Kurkewicz sah nach der durchwachten Nacht ganz schön zerknautscht aus. Verdammt, ich habe die ganze Nacht in einem beschissenen Lieferwagen gesessen, schien seine Miene zu sagen. Er und seine Kollegin hätten eine Runde in Dr. Boccachios Pool gut gebrauchen können. Sie standen genau daneben. Die Versuchung war sicher groß.

»Es war eine Überwachung wie aus dem Lehrbuch«, erklärte Glen Kurkewicz. »Wenn er rausgekommen ist, dann nur, weil er unbedingt rauswollte. Nach seinen Regeln, nicht nach unseren.«

»Ich mache niemandem Vorwürfe«, sagte Elizabeth.

»Immerhin hatten wir die Gegend nicht abgeriegelt«, bemerkte Ed Spangler. Er sah zerzaust und mitgenommen aus, als hätte er selbst die Nacht im Lieferwagen verbracht. »Er muss gewusst haben, dass er überwacht wird, sonst hätte er einen dieser schönen Wagen benutzt, die ihm sein Medizinstudium eingebracht hat.«

»Hat er aber nicht«, sagte Elizabeth.

»Vielleicht hat er den Braten gerochen«, meinte Spangler.

»Das ist praktisch unmöglich«, konterte Kaya Schiffman.

»Ich würde das *praktisch* streichen«, fügte ihr Kollege hinzu.

Elizabeth betrachtete den Pool. »Na ja, dann muss es wohl auf übersinnliche Weise zugegangen sein. Oder er ist spazieren gegangen, um sich die Sterne anzusehen. Hat sich dabei etwas gewünscht. Das ist in Erfüllung gegangen, und er kann sich jetzt unsichtbar machen.«

57

Byron Biffle mochte es gar nicht, wenn man ihn bei der Arbeit störte, vor allem nicht an den Tagen, bevor der *Mundelein Dispatch* in Druck ging. Ausgerechnet jetzt erschien eine Besucherin auf seiner Veranda.

Noch bevor er die Umrisse durch das Milchglasfenster der Haustür sehen konnte, vermutete er, dass es Agent Hewitt sei. Welche Nachricht mochte sie ihm bringen?

Sein Gehirn ging in Alarmbereitschaft, als er die Tür öffnete. Der Anblick nahm ihm den Atem, und er brachte nur ein kehliges Flüstern zustande. »Ja?«

»Mr. Biffle?«

Ein zweites *Ja* bestätigte ihm, dass seine Stimmbänder noch funktionierten.

»Ich heiße Jennifer Rogers und studiere an der UIC Journalismus.«

Sie betrachtete ihn forschend, schien auf eine Reaktion zu warten. Dann lächelte sie leicht, was wohl entwaffnend wirken sollte. Es war so lange her, dass ihm eine junge Frau ernsthaftes Interesse entgegengebracht hatte, dass er einfach nur zurücklächeln konnte.

»Tut mir leid, dass ich unangemeldet komme.«

Sie verströmte Aufrichtigkeit aus allen Poren.

»Sie brauchen sich nicht zu entschuldigen, Jennifer«, sagte er mit einer Stimme, die ihm gar nicht gefiel. Sie klang irgendwie oberlehrerhaft. »Alle guten Journalisten wissen, dass ein unangekündigter Besuch durchaus von Vorteil sein kann.«

»Hätten Sie denn einen Augenblick Zeit für mich?«

»Sicher doch. Dürfte ich Sie in die palastartigen Räume des *Dispatch* bitten?«

Er trat beiseite, damit sie an ihm vorbeigehen konnte, und deutete mit der linken Hand ins Haus. Ihr Schritt wirkte aggressiv und energisch, typisch für einen jungen, entschlossenen Menschen.

»Wir können uns gerne in meinem Büro unterhalten.«

Sie folgte ihm zur Treppe.

»Kann ich Ihnen etwas zu trinken anbieten?«

»Nur wenn Sie auch etwas trinken.«

»Ich dachte an eine Cola light. Ich habe aber auch Limo und Gingerale.«

Er führte sie in die Küche und ging zum Kühlschrank. Seine Finger verharrten am Griff, als wartete er auf ihre Entscheidung.

»Cola light wäre prima.«

Er wühlte ein bisschen und förderte zwei Dosen zutage.

Dann gingen sie in sein Büro, wo er ihr den Besucherstuhl anbot. Er trat hinter seinen Schreibtisch, lehnte sich aber gegen die Ecke der Anrichte, die an der Wand stand, statt auf dem Schreibtischstuhl Platz zu nehmen.

»Also«, sagte er mit warmem Lächeln und kühlem Blick, »was möchten Sie über meinen Vater wissen?«

58

Falls Dr. Gerry Boccachio das Haus tatsächlich durch die Hintertür verlassen und einen Spaziergang unternommen hatte, hatte ihn dieser jedenfalls nicht zu seinen Patienten geführt, die in der Praxis auf seine Lebenshilfe warteten. Als Elizabeth dort anrief, erreichte sie nur die Empfangsdame. Sie war schlecht gelaunt, da sie es den ganzen Morgen über mit wütenden Patienten zu tun gehabt hatte.

Als Elizabeth ihr versicherte, sie rufe *nicht* an, um sie von Dr. Boccachios Tod in Kenntnis zu setzen, wirkte die Frau ziemlich verblüfft – als wäre dies der einzige Grund, aus dem Elizabeth sie anrufen könnte.

Aus einer spontanen Eingebung heraus fragte Elizabeth, ob die Empfangsdame eine Mrs. Laura Pennington kenne.

»Ja, Mrs. Pennington ist eine Patientin von …«

Sie schien sich an ihre Schweigepflicht zu erinnern und verstummte. Elizabeth wusste Bescheid.

Sie und ihre beiden Kollegen hatten Boccachios Haus eine Stunde lang durchsucht und nichts gefunden, das auf eine Beteiligung an den Morden hindeutete. Allerdings wusste sie aus Erfahrung, dass sich Mörder, die langfristig planten, gewöhnlich ein Domizil außerhalb ihrer eigenen Wohnung zulegten. Eine Art Proberaum. Ein kleines Theater. In den eigenen vier Wänden durfte man keine Spuren hinterlassen. Sosehr sie ihr eigenes Heim schützten, so wenig Skrupel hatten sie, wenn sie in das Haus eines Opfers eindrangen und dort die Herrschaft an sich rissen.

Nun, dachte Elizabeth, jetzt hielt sie das Heft in der Hand. Nicht dass sie Boccachio schon zum Mörder erklären konnte, doch sein Verhalten in den vergangenen Tagen würde ihm nicht gerade den Preis als Psychiater des Monats eintragen.

Elizabeth stand in seinem Arbeitszimmer und ließ die dunklen, walnussgetäfelten Wände auf sich wirken. Sie durchsuchte ein letztes Mal den Schreibtisch, als ihr Blick auf etwas im Bücherregal fiel. Zweites Regal von oben, eingeklemmt zwischen einer Ignatius-Bibel und einer gebundenen Ausgabe von *Die Früchte des Zorns*.

Hätte sie mit dem fraglichen Titel nicht mehr Zeit verbracht, als sie guten Gewissens zugeben konnte, wäre das Buch wohl auf ewig der Sandwichbelag zwischen Bibel und epischer Saga geblieben. Elizabeth zog es mit sanfter Gewalt heraus. Der Fund wurde noch interessanter, als sie die Titelseite aufschlug und entdeckte, dass die Autorin es in der denkbar persönlichsten Weise signiert hatte.

59

Er rührte sich erst von seinem Platz auf der Kante der Anrichte, als zwei Cola light ausgetrunken waren und seine Besucherin genügend Fragen gestellt und er ihr zugesichert hatte, er werde auch in Zukunft zur Verfügung stehen. Byron Biffle war die ganze Zeit hinter seinem Schreibtisch geblieben und hatte es dennoch geschafft, seine Augen durchs ganze Zimmer wandern zu lassen.

Jen saß im Auto, das sie einen halben Häuserblock vom Büro des *Mundelein Dispatch* geparkt hatte, und ließ das Gespräch mit Byron Biffle Revue passieren. Die verstohlenen Blicke, die sie von Männern mittleren Alters erntete, waren nichts Neues. Das hatte sie schon als Teenager erlebt, vor allem in Einkaufszentren. Sie schaute von ihrer Lektüre auf und bemerkte, wie ein Mann sie schuldbewusst anstarrte. Als wüsste er genau, dass es nicht anständig war, wäre seiner biologischen Bestimmung aber machtlos unterworfen.

Wie jede attraktive junge Frau hatte sie sich eine Art Rüstung zugelegt und antwortete gewöhnlich mit einem derart ablehnenden Blick, dass die Bewunderer sich schnell in Luft auflösten. Auch Byron Biffle gehörte in diese Kategorie Mann, doch Jen konterte mit ihrer Erfahrung. Sie durfte aber auch nicht zu abweisend erscheinen, da sie etwas von ihm wollte, und verlegte sich daher auf eine nonverbale Botschaft. Ihr Blick suggerierte, dass die Tür geschlossen, aber nicht verschlossen sei. Sollte Byron Biffle seiner Phantasie ruhig freien Lauf lassen.

Nach diesen Regeln war das gesamte Gespräch abgelaufen.

Byron Biffle hatte sich nicht von der Stelle gerührt, aber das musste er auch nicht. Sein Verstand war mehr als zufrieden damit, seine Besucherin zu betrachten. Während Jen seine Antworten auf ihrem Collegeblock notierte, ging er im Geiste seine Checkliste durch und betrachtete sie aus jedem möglichen Blickwinkel.

Jen war gewappnet, das hatte sie in der Grashüpferzone nahe der Union Station gelernt. Nach diesem Erlebnis war sie für den Rest ihres Lebens körperlich und geistig gerüstet.

Byron Biffle schlich sich an, nicht räumlich, sondern mit seiner nächsten Frage, mit der er sie eiskalt erwischte. »Wann möchten Sie eigentlich erfahren, was genau mit ihm geschehen ist?«

Es war, als hätte man ihr ein seidenes Tuch um den Hals geschlungen und festgezurrt, bevor sie das Gesicht des Angreifers erkennen konnte.

»Wenn Sie das wirklich wüssten, hätten Sie es wohl schon wichtigeren Leuten als einer Studentin wie mir erzählt.«

Die Antwort beeindruckte sie selbst. Den Sohn des legendären Journalisten ebenso.

»Erstens, Sie sollten Ihre eigene Bedeutung niemals unterschätzen. Und zweitens ist der wichtigste Mensch, mit dem man die Wahrheit teilt, immer man selbst.«

Als Jen Spangler nun in ihrem überdimensionalen, ausgemusterten Polizeiauto saß und das Notizbuch zuklappte, sprang ihr das Wort COLLEGEBLOCK ins Gesicht. In wenigen Wochen würde das Studium wieder beginnen, die Seminare, das Pendeln, die geregelte Tagesbetreuung für Victoria. Dazu dieser Fall. Und das nur, weil sie unbedingt bei den Ermittlungen helfen wollte. Weil ihr großes Ziel endlich greifbar nahe schien – jemand anderes zu werden, jemand anders zu sein als »Ed Spanglers Kleine«.

Von nun an musste sie mit brutaler Ehrlichkeit vorgehen. Das war die einzige Möglichkeit, denn auf ebendiese Weise hatte die Welt, nach der sie sich so sehnte, sie willkommen geheißen. Also hatte sie nach wenigen Metern am Straßenrand angehalten und war in sich gegangen.

Byron Biffle hatte deutlich gezeigt, dass er die Wahrheit hinter dem Tod seines Vaters nicht kannte und bezweifelte, dass sie jemals bekannt werden würde. Sie hatten ihr Gespräch an diesem Punkt beendet. Doch bevor sie aus der Haustür trat, hatte er ihr angeboten, jederzeit weitere Fragen zu beantworten. Das konnte verschiedene Gründe haben. Zum einen hatte er ihre Gesellschaft genossen, das war nicht zu übersehen gewesen. Zum anderen mochte er zwar nicht die ganze Wahrheit über den Tod seines Vaters kennen, sicher aber einige Details. Und die würde er mit ihr teilen, sofern sie ein braves Mädchen war und sein Spiel mitspielte.

Hinter ihr bremste ein Wagen. Sie war so in Gedanken versunken gewesen, dass sie ihn gar nicht hatte kommen hören. Sie sah das Gesicht des Fahrers im Rückspiegel. Dann wackelte es plötzlich. Er war aufgefahren. Nur ein kleiner Rums. Das konnte sie jetzt gar nicht gebrauchen.

Ihr Rückspiegel hörte auf zu beben, der Fahrer war ausgestiegen. Sie öffnete das Fenster, als der Herausgeber des *Mundelein Dispatch* an ihren Wagen trat.

»Wenn Sie sich noch länger in der Gegend herumtreiben, könnte ich glatt auf die Idee kommen, dass Sie mich verfolgen.«

Sie tastete in ihre Handtasche.

Ein erneutes Lächeln, das entwaffnend wirken sollte, ihr aber wie ein ausgeworfener Köder vorkam.

Jens Hand schnellte aus der Tasche, der metallene Gegenstand schmiegte sich kühl an ihre feuchte Haut.

»Ich musste ein paar Anrufe erledigen«, sagte sie und zeigte ihm das hauchdünne, violette Handy.

»Das dachte ich mir«, erwiderte er. »Ich sah Sie im Vorbeifahren. Ich wollte nur nachsehen, ob alles in Ordnung ist.«

»Mir geht's gut«, sagte Jen mit einem neutralen Lächeln. »Ich fahre weiter, sobald ich fertig bin.«

Obwohl sie spürte, dass er ihr gerne geholfen hätte, schien er die Erklärung zu akzeptieren. Sie war erleichtert.

»Ich muss zur Bank.«

Allerdings schien er nicht an seine Finanzen zu denken, sondern betrachtete den Seitenspiegel mit der roten Lampe.

»Haben Sie den Wagen bei einer Polizeiauktion gekauft?«

Sie lächelte wieder, diesmal vielsagend. »Soll ich Ihnen was verraten? Ich habe ihn geklaut. Arme Studentin, Sie wissen schon.«

Das schien ihn so sehr zu amüsieren, dass er das Interesse an ihrem Wagen verlor.

»So, dann mal ran an die Moneten«, sagte er. »Geben Sie mir Bescheid, falls ich Ihnen helfen kann.«

Jen bedankte sich. Sein letztes Lächeln hing noch in der Luft, als er in seinen Wagen stieg, den Motor anließ und ohne ein Winken zum Abschied davonfuhr.

60

Maya Macy und Steve Norris hatten soeben eine gemeinsame Sitzung in einem Raum der Big-Shoulders-Ehe- und Familienpraxis beendet, den Elizabeth nur als *Blumenzimmer* beschreiben konnte. Es gab nicht nur ein Übermaß an Topf- und Schnittblumen, sondern auch Plastikblumen, Papierblumen und eine Blumentapete. Die Kunst an der Wand und ihre sexuelle Symbolik lenkten Elizabeth in den ersten Minuten, die sie mit dem Therapeutenteam dort verbrachte, fortwährend ab.

Es war geradezu eine Blumenorgie. Aber ohne Mauerblümchen.

»Ich habe mir Ihr Buch angeschaut«, sagte Elizabeth, um das einleitende Geplauder zu beenden. Sie holte das Buch aus der Tasche und legte es auf den Couchtisch mit der geblümten Decke. Die Therapeuten hatten ihr gegenüber auf dem Sofa Platz genommen.

Maya Macy wirkte geschmeichelt und verlegen, aber nicht eingeschüchtert. Diese Reaktion war dem gutaussehenden Gesicht ihres Partners vorbehalten.

»Ehrlich gesagt, habe ich mein eigenes Exemplar zu Hause vergessen«, gestand Elizabeth. »Das hier gehört jemand anderem.«

Maya Macy begriff sofort. Und schien jetzt eher verlegen als geschmeichelt. Wäre Steve Norris eine Blume gewesen, hätte er sich wohl bis zum nächsten Sonnenaufgang geschlossen.

»Sie müssen bedenken, dass dieses Buch vor langer Zeit entstanden ist«, erklärte Maya Macy. »Es wurde von einem völlig anderen Menschen geschrieben, als ich es heute bin. Damals schien das Buch eine gute Idee zu sein.«

»Es ist auch heute noch eine gute Idee«, sagte Elizabeth. »Wenn man nach so etwas sucht, meine ich. Und wenn nicht, können Sie damit immer noch ganz gut Werbung machen.«

Steve Norris legte die Hand auf das Knie seiner Partnerin. Doch statt sie zu ergreifen, strich Maya Macy nur flüchtig darüber. Sie erinnerte dabei an ein Kind im Streichelzoo, das die Ziege am liebsten gar nicht berührt hätte.

»Falls das Buch demjenigen gehört, an den ich denke, sind Sie bei ihm zu Hause gewesen. Vermutlich mit einem Durchsuchungsbefehl. Was nicht gut für ihn sein kann – so oder so.«

Elizabeth war verblüfft über das *so oder so* und was es implizierte, schob den Gedanken aber vorerst beiseite.

»Die Sache ist die: Dr. Gerard Boccachio scheint verschwunden zu sein.«

»Was wollen Sie damit sagen?«

Steve Norris' Frage klang ein wenig indigniert, und so schaute er auch drein.

»Er ist heute Morgen nicht in seiner Praxis aufgetaucht, und wir können ihn nicht finden.«

»Vermuten Sie etwas Verdächtiges dahinter?«, erkundigte sich Maya Macy. Ihre Stimme bebte leise und strafte ihre gleichgültige Miene Lügen.

»Das muss ich wohl. Aber etwas sagt mir auch, dass es nicht so einfach sein kann. Nichts an diesem Fall und den Menschen, mit denen ich gesprochen habe, ist so, wie es auf den ersten Blick scheint.«

Diese Andeutung gefiel wiederum Steve Norris nicht. Er zog seine Hand von Maya Macys Knie und beugte sich vor.

»Wollen Sie damit sagen, dass Maya oder sonst jemand Informationen zurückhält?«, fragte er ungehalten.

Elizabeth wusste, dass in seinem Vorbeugen eine gewisse Aggression lag, und ließ sich tiefer in den Zweisitzer sinken.

»Ich sage nur, dass ich mit den Menschen aus dieser Praxis ständig neue Überraschungen erlebe.«

Jetzt setzte sich auch Maya Macy auf und griff über den Couchtisch nach dem Exemplar von *Entdecke die Hure in dir*. Sie blätterte zur Titelseite, als wollte sie sich davon überzeugen, dass sie die Worte tatsächlich dorthin geschrieben hatte. Dann las sie sie laut vor.

»Für JB. Ein Gutschein fürs Flötenkonzert – wann immer dir danach ist.«

Falls sie irgendeine Verlegenheit spürte, wurde diese von ihrer Belustigung verdrängt. Ein abwesender, schelmischer Blick trat in ihre Augen. Steve Norris tastete umher, entschied sich dann aber für sein eigenes Knie.

»Ich bin zwar keine Expertin in Sachen Fellatio«, sagte Elizabeth in der Hoffnung, Lady Godiva von ihrem hohen Ross zu holen und zu einer aufschlussreichen Reaktion zu verleiten, »möchte aber behaupten, dass ein solcher Gutschein keiner zeitlichen Beschränkung unterliegt.«

»Dieser Kommentar ist absolut überflüssig«, beschwerte sich Steve Norris.

»Ach komm schon«, meldete sich seine Partnerin zu Wort. »Das *Angebot* wurde niemals eingelöst. Ich weiß das. Und du weißt es auch.«

Sie schaute ihn an und schien ihm etwas mit den Augen zu sagen, das Elizabeth aus ihrem Blickwinkel nicht erkennen konnte.

»Falls Sie in Gerrys Haus geschnüffelt haben«, sagte Maya Macy, ohne Elizabeth anzuschauen, »müssen Sie einen Verdacht gegen ihn hegen.«

»Ich würde mich besser fühlen, wenn er der einzige Verdächtige wäre. Sicher, es gibt einige zwingende Verbindungen. Eine Art Netz, das trifft es besser. Und aus einem Grund, der nur einem exklusiven Kreis bekannt ist, haben sich Klienten Ihrer Praxis und Patienten von Dr. Boccachio in diesem Netz verfangen. Die Spinne beißt ihnen den Kopf ab. Oder auch die *Spinnen.*«

An diesem Punkt war jede Belustigung aus Maya Macys Gesicht verschwunden.

»Für wen zum Teufel halten Sie uns?«, empörte sich Steve Norris. »Für eine Sekte von Therapeuten, die sich an irgendwelchen Scheußlichkeiten aufgeilt?«

»Es hat schon verrücktere Dinge gegeben«, bemerkte Elizabeth.

Nun begegnete sie zwei fragenden Augenpaaren.

»Ach kommen Sie, ich glaube nicht, dass Sie beide etwas damit zu tun haben. Aber es kommt vor, dass man in etwas hineingezogen wird, ehe man merkt, woher der Wind bläst.«

»Das Thema scheint Sie nicht loszulassen«, sagte Maya Macy bissig.

»Ich greife nur ein Thema auf, das sich wie ein roter Faden durch Ihr Buch zieht.«

»Wie gesagt, das Buch wurde von einem anderen Menschen geschrieben und beruht auf Überzeugungen, die dieser Mensch damals hatte.«

»Hat sich die Welt seit damals denn so dramatisch verändert?«

Maya Macy wechselte einen Blick mit ihrem Partner. Die erotische Flora an den Wänden wogte erwartungsvoll.

»In gewisser Weise schon. *Wir leben keusch.*«

Die Blumen an der Wand schienen darüber zu lächeln. Elizabeth suchte in Maya Macys Augen nach einem belustigten Funkeln. Sie fand nichts.

»Nun ja, das ist in der Tat eine dramatische Veränderung.«

»Sie scheinen enttäuscht zu sein.«

Die Blumen brachen in lautes Gelächter aus.

»Am Ende von *Der große Gatsby* erwähnt Fitzgerald die ›rauschende Zukunft‹. Das habe ich immer sehr romantisch gefunden.«

»Nun ja, in meinem Fall ist es wohl eher die rauschende Vergangenheit.«

In diesem Augenblick senkte sich ein Vorhang in Maya Macys Gesicht. Sie verschloss sich und ließ Elizabeth einen Augenblick lang mit Steve Norris allein. Sein Blick war forschend. Etwas in ihrer Anspielung auf Fitzgerald hatte einen Nerv bei ihm getroffen.

61

In der Geschichte der Stadt Chicago waren wohl nur zwei Frauen jemals in der Nähe der Union Station überfallen und mit verkehrt herum angezogenem BH zurückgelassen worden. Die beiden Berichte waren alles andere als offiziell. Aus unerfindlichen Gründen war Jennifer Spangler zur Hüterin dieses Wissens geworden, das sie mit nur einem einzigen anderen Menschen auf diesem Planeten teilte. Einem Mann, der vielleicht in Chicago lebte und seine kranken Bedürfnisse mindestens zweimal in der Grashüpferzone ausgelebt hatte.

Sie kreuzte wieder in ihrem Crown Victoria durch die Stadt, die Strecke war ihr vertraut. Diesmal aber war sie angemessen ausgerüstet. Diesmal hatte sie den Revolver ihres Vaters dabei.

Ihr kam ein verrückter Gedanke, der sich in das bizarre Szenario fügte, in das sie hineingeraten war. In nur acht Tagen begann das Semester, und sie musste noch alle Bücher besorgen. Hier war sie nun und demonstrierte lehrbuchhaft, wie man einen alten Fall nicht nachverfolgen sollte, während die Lehrbücher, die sie als Trottel entlarven würden, noch in der Universitätsbuchhandlung auf sie warteten.

Sie erblickte ihr Gesicht im Rückspiegel und erkannte darin ihren Vater. So sah er aus, wenn der Selbsthass in ihm aufkeimte. Sie öffnete alle Autofenster und ließ die späte Augustluft in den Wagen. Der Wind zerzauste ihr Haar und pustete hoffentlich auch den Hass aus ihrem Gesicht.

***

Unglaublich, aber die Bevölkerungsdichte in der Grashüpferzone hatte weiter zugenommen. Woher zum Teufel kam die? War es eine

Art Versammlungsort? Oder schlüpften, wuchsen und sprangen die Viecher einfach wie am Fließband?

Sie hatten sich eine Menge zu erzählen. Immerhin kehrte nicht jeden Tag ein Opfer an den Ort des Verbrechens zurück. Doch nicht nur Jens widerliche Insektenfreunde summten umher, auch ihre Brust, die Schultern und der Rücken kribbelten, als wären ihr Flügel gewachsen, die wie verrückt flatterten.

Kein Wunder, beim letzten Mal war ihr irgendein krankes Schwein gefolgt und hatte sie dabei beobachtet, wie sie die Böschung hinuntergeklettert und durch das Loch im Maschendrahtzaun gestiegen war.

Schon wieder ärgerte sie sich über die Grashüpfer. Ein verdammtes Vieh klammerte sich an ihre Augenbraue, als wäre sie ein paarungsbereiter Artgenosse.

Waren sie das letztlich nicht alle? Loreena White hatte ganz bestimmt in diese Kategorie gehört und im Gehirn des Mannes, der sie getötet hatte, einen Alarm ausgelöst. Vielleicht hatte ihre einzige Provokation darin bestanden, an diesem Tag am Leben zu sein.

Jen ging zu den Gleisen hinüber und setzte sich daneben. Die Augustsonne hatte das Metall erhitzt.

Es war äußerst unerfreulich, die Schritte eines unschuldigen toten Mädchens nachzuvollziehen. Die Schritte des nicht ganz so unschuldigen toten Mädchens, zu dem sie fast geworden wäre. Verdammt, warum hatte er sie verschont?

Erst in diesem Augenblick begriff Jen, welches Glück sie gehabt hatte, dass sie nicht tot im Gras geendet war, das Gesicht der Sonne zugewandt, die sie nicht mehr spüren konnte. Das Schicksal von Loreena White traf sie mit voller Wucht. Natürlich war es lächerlich, so zu empfinden. Es kam ihr vor, als hätten zwei Schulfreundinnen in einem Unfallauto gesessen. Die eine wurde gesund und kehrte in die Klasse zurück, während die andere auf ewig als Geist durchs Jahrbuch spukte.

Noch nie hatte Jen Spangler neben einem Eisenbahngleis geheult. Hätte sie einen Spiegel dabeigehabt, wären wieder die Züge ihres Vaters sichtbar geworden, der über diese Welt verständnislos den Kopf schüttelte. Doch Grashüpfer hatten keine Spiegel und keine hübschen Gesichter, die sie darin betrachten wollten.

62

Eine Sekte von Therapeuten, die sich an irgendwelchen Scheußlichkeiten aufgeilt.

Das hatte etwas. Doch wenn es sich um eine Sekte handelte, musste sie auch einen Anführer haben.

Eine absurde Annahme. So jedenfalls hatte Steve Norris seine Bemerkung gemeint. Dennoch konnte Elizabeth sie nicht so schnell in den Papierkorb werfen, wie sie es gern getan hätte. Als Gruppe hatten sie eindeutig etwas Heimlichtuerisches. Diese ständigen Ausflüchte, als hätten sie sich abgesprochen. Oder ging ihre Phantasie mit ihr durch? Es wäre nicht das erste Mal in den vergangenen vierundzwanzig Stunden gewesen. Einige Passagen aus *Entdecke die Hure in dir* hatten sie durchaus ins Grübeln gebracht. Vor allem das Kapitel mit der Überschrift »Zahlenspiele – 69 und so weiter«.

Ihr Telefon klingelte. Sie drehte das Duett von Ellington und Coltrane leiser und griff zum Handy. Brady. Der Gedanke an 69 schien telepathisch zu sein.

»Ich musste gerade an dich denken – jedenfalls teilweise«, sagte sie.

»Damit muss ich mich wohl zufriedengeben«, konterte er. »Wie ich hörte, wächst dein Konto.«

»Welches Konto?«

»Die Opferzahl.«

»Ach so.« Sie überlegte kurz. »Angenommen, du wärst ein Sektenführer. Was könnte dich dazu bringen, unschuldige Menschen zu töten?«

»Ganz im Ernst?«

»Ja.«

»So einiges«, sagte Brady spontan. »Zum Beispiel die Angst, von diesen unschuldigen Menschen als Betrüger entlarvt zu werden. Oder die Überzeugung, dass sie gar nicht so unschuldig sind.«

Ein Kribbeln überlief ihren ganzen Körper. Das war keine verspätete Reaktion auf 69 und so weiter, sondern die Tatsache, dass sie einem Ringer mit Verstand verfallen war.

»Ich liebe dich«, sagte sie einfach so.

»Was?«

»Du hast ja recht. Es muss am Stress liegen, den dieser Fall bei mir hervorruft.«

»Schon kapiert«, sagte er. »Ich sauge jedes deiner Worte in mich auf.«

63

Es war Abend geworden, und Byron Biffle war allein mit seinen Gedanken. Er wusste, er steckte in Schwierigkeiten, aber das war ihm egal. Es gab Augenblicke im Leben, in denen einem ruhig alles egal sein durfte. Seit seine Frau vor Jahren gestorben war, hatte er sich stets benommen. Aus Respekt vor ihr? Oder aus Angst?

Ja und ja. Vor allem bei Letzterem. Aber Angst wovor? Dass sie gar nicht tot sein konnte? Ein erneutes Ja. Die Angst, dass irgendein Teil von ihr trotz allem Atheismus überlebt haben könnte.

Also würde er sich auch jetzt benehmen. Notfalls aus Mangel an Gelegenheit. Wem wollte er denn etwas vormachen? Sich selbst vielleicht, wenigstens vorübergehend. Und da es nicht verboten war, sich selbst etwas vorzumachen, solange man niemandem außer sich selbst damit schadete, würde er sich noch einen Tag länger etwas vormachen. Und zwar ab dem nächsten Morgen um neun Uhr.

Er ist lange in der Badewanne sitzen geblieben. Da das Alleinsein weh tut, ist er nicht allein geblieben. Sie war auch da. Nicht die ganze Zeit. Aber lange genug. Bis der Akt vollzogen war, den er gebraucht hatte.

Erledigt. Alles andere ist unwichtig. Jetzt ist er sauber. Er hat sich gewaschen. Mit dem heißen Wasser aus dem Hahn und dem weichen Lappen, den er sich im Geiste vorgestellt hat.

Im Bett wird er weiter daran denken. Wird mit ähnlichen Gedanken aufwachen. Und morgen früh um neun wird er sich daran erinnern, wie er ihr den Rücken gewaschen hat.

64

Etwas Heißes. Das musste helfen. So würde sie das Thema des Tages weiterführen. Sie stand vor der Mikrowelle und sah zu, wie die Polizeitasse darin Karussell fuhr. Die graue Tasse, die in ihr Auto und von da aus in ihr Haus gelangt und nie in die Spülmaschine der Illinois State Police zurückgekehrt war. Etwas Heißes. Geliefert von einer angeblichen Jungfrau im blau-weißen Kleid, die mit tanzenden Zöpfen durch die Schweizer Bergwelt hüpfte und Liebe und heiße Schokolade verteilte.

Elizabeth legte die Handflächen auf die Arbeitsplatte und entspannte den Körper von den Hüften abwärts. Es war die Abwandlung einer Yogaposition. Es schien ewig her, seit sie den Kurs besucht hatte. *Die Dehnung des Hundes.* Für Leute, die zu ungelenk waren, um die echte Position durchzuführen.

Ihr Körper kämpfte gegen die Dehnung. *Atme, Hündchen, atme.* Notfalls hechelnd.

Sie wusste, dass ihr Verlobter ihr nicht helfen würde, diese Nacht zu überstehen. Detective Richter hatte eine zweite Schicht für einen Kollegen übernommen, bei dessen Frau die Wehen eingesetzt hatten. Der andere denkbare Gesprächspartner, Father Brian Wilson, hielt Wache beim Erzbischof, der sich im Endstadium einer Herzerkrankung befand – oder, wenn man es so sehen wollte, im Frühstadium einer Pauschalreise ins Paradies. Elizabeth hatte Father Wilson nicht erreichen können, doch seine Mitarbeiterin hatte ihr einen Termin für den nächsten Morgen zugesagt. Elizabeth würde ihn wahrnehmen. Hauptsache, sie kam Gott und dem gespaltenen Psychiater, den er erschaffen hatte, ein bisschen näher.

Die Mikrowelle piepte. Der Yogakurs war vorbei.

Drei Tassen Kakao später hatte sie eine der heißesten Zeichnungen fertiggestellt, die ihr Notizbuch je gesehen hatte.

Alle waren nackt. Ohne Ausnahme. Sechs nackte Sektenmitglieder tanzten Hand in Hand um einen Altar. Die sechs Mitglieder der Big-Shoulders-Ehe- und Familienpraxis. Am Altar thronte, flankiert von zwei Hochzeitstorten, als Guru Dr. Gerard Boccachio im Lotussitz.

Elizabeth hatte keine Ahnung, ob es etwas zu bedeuten hatte, und wenn ja, was. Doch etwas daran kam ihr richtig vor, lieferte einen Ansatzpunkt, den Beginn eines Organigramms.

Sie saß in der Kuschelecke der Couch. Der Fernseher lief, die Zehn-Uhr-Nachrichten hatten begonnen. *Ihre Nachrichten.* Die große Story, zu der sie soeben die Zeichnung angefertigt hatte. Sie war erleichtert, als um elf Minuten nach zehn die zweite Story des Tages folgte. WGN hatte das wohl letzte verbliebene Kamerateam vor dem katholischen Krankenhaus postiert, in dem der Erzbischof von Chicago im Sterben lag.

Der ehrfürchtige Reporter – ein junger Typ, der vielleicht einmal Messdiener gewesen war – lieferte die neuesten Nachrichten, es folgte ein Schnitt zum Eingang des Krankenhauses. Dabei war auch *ihr Priester* zu sehen. Ganz flüchtig. Ein Gesicht in der Menge weißer Krägen. Father Brian Wilson, der mit einigen anderen Geistlichen das Krankenhaus verließ, als wäre ihre Wache beendet. Father Brian Wilson, der weniger streng blickte als die anderen, als wollte er trotz des düsteren Geschehens ein wenig Zuversicht ausstrahlen.

Sie stellte den Ton aus und widmete sich im Geiste einer neuen Version von »Good Vibrations«. Diesmal musste sie nicht lange überlegen, welcher Jazzmusiker diese Aufgabe übernehmen sollte. Der Schlüssel lag im Keyboard. Das Theremin im Intro der Beach-Boys-Fassung und Jimmy Smith an der Hammond-Orgel.

Während der Wettervorhersage malte sie sich das Stück aus. Die starke Bassbegleitung von Jimmy Smith' linker Hand. Die bluesigen

Schnörkel der Melodie, die er mit rechts spielte. Jimmy Smith war der beste Mann, um einen dahinscheidenden Erzbischof ins Jenseits zu begleiten.

Vom Kakao berauscht ging Elizabeth Taylor Hewitt ins Bett. Die Melodie in ihrem Kopf vermischte sich mit den Bildern nackter Ehetherapeuten. Jimmy Smith spielte im Dunkeln noch ein dreißigminütiges Solo, bevor Elizabeth ihm endlich gute Nacht sagen konnte.

65

In dieser wolkenverhangenen Nacht ist kein Mond zu sehen. Er braucht ihn auch gar nicht zu sehen. Er hat die Augen ohnehin geschlossen. Geschlossen im Frieden, der ihn umgibt. Im Frieden, den das Wissen verleiht, dass man alles richtig macht.

Die Geräusche des Wassers tun auch nicht weh. Die Stille, die von ihm herüberdringt. Nicht nur das Fehlen von Tönen. Es ist die Stille der Flüssigkeit. Die Stille der Bewegung. Die Stille der Fruchtblase.

Der Mond beherrscht die Ozeane. Aber hat der Mond auch Macht über ein so kleines Gewässer? Oder raubt der kleine Teich dem Mond seine Kraft?

Ist der Mond deswegen zornig? Weil er nicht allmächtig ist? Oder gibt sich der Mond mit den Bewegungen des Ozeans zufrieden? Eigentlich ist es egal. Jetzt zählt nur, dass alles wieder im Gleichklang ist. Dass alles wieder in Ordnung ist. Der Mond. Die Erde. Die Sterne. Die Umlaufbahnen aller Himmelskörper. Die Bewegung aller Ozeane.

Hier kann man den Frieden genießen. Sicher, im Haus wartet Arbeit. Aber das hat Zeit. Jetzt wird er einfach nur hier sitzen, umgeben von den Lauten des Wassers, den Lauten der Nacht. Er wird mit geschlossenen Augen dasitzen und sich den Mond vorstellen.

66

Als sie am Morgen in die Küche trat, erwischte sie ihren Vater, wie er sich gerade an der Kaffeemaschine die halbe Tasse für die Fahrt ins Büro einschenkte. Und er verhielt sich auch, als hätte sie ihn bei etwas erwischt.

»Ich wusste nicht, dass du schon auf bist«, sagte er. Auf der Arbeitsplatte bildete sich eine Kaffeepfütze. »Verdammt.«

»Victoria hat durchgeschlafen.«

»Wenigstens einer.«

Sie sah zu, wie er ein einzelnes Küchentuch in Serviettenform faltete und den Fleck damit verschwinden ließ.

»Was machen die Recherchen?«, fragte er beiläufig. »Du hast gar nichts erzählt.«

Das war der klassische Ed Spangler, der klassische Polizeipapa. Er stellte eine Frage, schob aber sofort eine Feststellung hinterher, um die Antwort zu beeinflussen.

Jen antwortete erst, als sie den Grapefruitsaft aus dem Kühlschrank nahm. »Da gibt es nicht viel zu erzählen. Nach derart umfassenden Ermittlungen bleibt wohl nicht viel, was eine Praktikantin entdecken könnte.«

»Du wärst überrascht, was selbst erfahrenen Leuten entgeht«, sagte er. »Und genau an dieser einen Sache hängt es dann manchmal.«

Ihr Glas füllte sich zur Hälfte mit Fruchtfleisch.

»Ich nehme an, dass viele Dinge im Leben an einer einzigen Sache hängen.«

Sie konnte ihm ansehen, wie sein Verstand arbeitete, als er versuchte, ihre Andeutung zu entschlüsseln.

»Der Kaffee ist kalt, bevor du losgefahren bist.«

Er lächelte verlegen und versöhnlich.

»Ich werde dir meinen Ratschlag fürs neue Jahr ein bisschen früher erteilen. Immer langsam mit den jungen Pferden.«

Sie trank gerade, als er das sagte, und hatte so viel Fruchtfleisch im Mund, dass sie nuschelnd fragte: »Welche Pferde?«

»Du weißt schon.« Er hob seine Thermotasse, als wollte er einen Toast ausbringen. Wie von Zauberhand ging Jens Saftglas ebenfalls in die Höhe.

»Ich bringe heute Abend was zu essen mit. Lust auf Thailändisch?«

»Klar doch. Mit einer Extraportion Reis.«

Victoria war gefüttert und angezogen und spielte auf dem Badezimmerboden mit ihren Schwimmtieren, während sich ihre Mutter für den ersten Tag als Zeitungsvolontärin zurechtmachte. Jen widerstand der Versuchung, das dezente Make-up ein bisschen aufzupeppen. Sie spürte, dass Unschuld besser ankäme als Übereifer. Falls sie mit ihrer Vergangenheit überhaupt als unschuldig durchgehen konnte.

Dann kam ihr eine Idee. Verflixt, warum hatte sie nicht früher daran gedacht? Jetzt würde sie ihre Haare wieder durcheinanderbringen. Dennoch zog sie sich das Lacoste-Polo über den Kopf.

Ihre Brüste starrten ihr aus dem Spiegel entgegen, als sie den BH auszog, umdrehte und wieder anzog. Eine kleine symbolische Geste. Ein Zeichen der Solidarität mit Loreena White.

Ihre Tochter ließ gerade einen Hai gegen einen Delphin zum Kampf antreten, vielleicht handelte es sich auch um einen Kussversuch. Da klingelte Jens Handy. Sie zog das Polohemd wieder über und eilte nach nebenan. Hewitt, sie rief aus dem Auto an. Sie wolle nur nachhören, ob alles in Ordnung sei.

»Es gibt nichts Weltbewegendes«, antwortete Jen auf die Frage, ob die Recherchen in Sachen Biffle etwas Interessantes ergeben hätten. »Immer noch dieselben kalten Spuren.«

»Das kommt mir irgendwie bekannt vor«, bemerkte Elizabeth. »Je schneller ich bin, desto mehr scheint mir der Fall zu entgleiten.«

Jens katholisches Gewissen meldete sich. Sie spielte mit dem Gedanken, Hewitt zu erzählen, was sie am Vorabend mit Byron Biffle vereinbart hatte, verdrängte aber die mahnende Stimme und bedankte sich für den Anruf. Als sie ins Badezimmer zurückkehrte, hatten der Hai und der Delphin, angeführt von der zweijährigen Meeresgöttin, ihren Kampf auf die Toilette ausgedehnt.

67

Father Brian Wilson befand sich im vertraulichen Gespräch mit einem Gemeindemitglied. Durch die geschlossene Tür war nichts zu hören. Der Priester konnte nicht wissen, dass sich der Ernst der Lage auch im Gesicht seiner Bürohelferin, einer Frau mittleren Alters, spiegelte.

Elizabeth wartete im allzu weichen Besuchersessel mit dem Kunststoffbezug, während Father Brian an diesem Montagmorgen seiner seelsorgerischen Arbeit nachging. Seine ehrenamtliche Helferin versah ihre Arbeit äußerst eifrig und, wie es schien, auch mitfühlend.

Mitgefühl war ansteckend und zog andere Menschen magisch an. Daher hatte Elizabeth sich während der glücklicherweise kurzen Wartezeit auf den Augenkontakt mit der Frau und das entsprechende Mienenspiel eingelassen. Sie rechnete damit, jeden Augenblick zu erfahren, welches Lebenstrauma soeben in Father Wilsons Büro besprochen wurde.

Sie bewegte unbewusst die linke Hand, worauf der Ring an ihrem Finger aufblitzte und die Düsternis des Augenblicks vertrieb. Elizabeth Taylor Hewitt, die protestantische Antibraut, strahlte vor Vertrauen in die Zukunft.

Zum Glück öffnete sich die Tür, und Father Wilson verließ samt seinem verlorenen Schäfchen, einer verweinten, hübschen Frau Mitte dreißig, das Büro. Beide schauten an Elizabeth vorbei.

Sie bemerkte, dass die Frau hinkte. Obwohl größtenteils von Leggings, Sportsocke und Turnschuh verborgen, war die Prothese, die das linke Bein ersetzte, deutlich zu erkennen.

Die gute Seele am Computer las Elizabeths Gedanken und wartete, bis niemand außer Gott sie hören konnte.

»Knochenkrebs«, sagte sie im Flüsterton.

»Wird es wieder gut?«, fragte Elizabeth ebenso leise zurück.

»Ja und nein. Ja, was den Krebs betrifft. Nein, was ihre Familie angeht.«

Es gab wohl noch mehr zu berichten, und die Frau schien sehr erpicht darauf, sich mitzuteilen, wurde aber von Father Brian Wilson daran gehindert, der mit etwas leichterem Schritt in den Raum zurückkehrte.

»Damit wären Sie an der Reihe«, sagte er zu Elizabeth.

Er wartete an der Tür und ließ sie zuerst eintreten. Als sie an ihm vorbeiging, nahm sie einen Hauch von Weihrauch wahr, der noch von der Frühmesse an ihm haftete.

***

Elizabeth war nicht ins Büro des Priesters gekommen, um geistlichen oder anderweitigen Beistand zu suchen, fühlte sich aber als Nachfolgerin der verweinten Frau, deren Stuhl noch warm war.

»Sie hat es wirklich schwer«, bemerkte der Priester.

»Das scheint auf viele Leute zuzutreffen«, antwortete Elizabeth, während sich Father Brian Wilson hinter dem Schreibtisch niederließ.

»Die Buddhisten haben eine Strategie, die ich immer bewundert habe. Der erste Grundsatz ihrer Philosophie lautet, dass Leben Leiden bedeutet. Nimmt man das als gegeben hin, ist alles andere leichter zu verstehen. Wenn etwas Schlimmes geschieht, wenn Menschen leiden, läuft man nicht hilflos herum und fragt sich, warum ausgerechnet einem selbst so etwas zustoßen musste. Man sagt stattdessen: ›Also, das schon wieder. Leiden. Wie gehe ich damit um?‹«

Elizabeth ließ seine Worte wirken.

»Ich habe das Gefühl, dass ich nach dieser persönlichen Predigt etwas spenden sollte«, sagte sie schließlich.

»Meine Hände sind immer dem Himmel zugekehrt«, erwiderte er.

An einem anderen Tag, einem normalen Tag, an dem nicht einer seiner Diakone unter bizarren Umständen verschwunden war, hätte er nach einer solchen Bemerkung wohl zufrieden gelächelt.

»Agent Hewitt, falls Sie hergekommen sind, um mir zu sagen, dass Gerry vermisst wird, weiß ich schon Bescheid. Er hätte heute Morgen bei der Messe dienen sollen.«

»Dr. Boccachio wird seit gestern Morgen vermisst. Ich habe mit seiner Empfangsdame gesprochen, den Terminkalender überprüft und eine Liste von Orten zusammengestellt, die er häufig aufsucht. Ich habe einige Leute, die das nachverfolgen. Es ist bekannt, dass er häufig in Ihre Kirche kommt. In Zeiten der Not ist es nicht ungewöhnlich, dass Menschen in die Kirche gehen.«

Father Brian Wilsons Miene zeigte eine Mischung aus Ungläubigkeit und Kummer.

»Wenn er hier wäre, hätte ich es Ihnen gesagt. Was glauben Sie denn – dass ich ihm im Glockenturm Kirchenasyl biete?«

Wieder spürte Elizabeth, dass etwas in seinen Worten mitschwang. Eine Sekte von Therapeuten. Ein verrückter Psychiater im Glockenturm.

»Laura Pennington, eines der letzten Opfer, war ebenfalls bei ihm in Behandlung gewesen. Und es gibt Hinweise darauf, dass sie mehr gewesen sein könnten als nur Patientin und Arzt.«

Der Geistliche betrachtete die Tischplatte, wobei seine Augen eine kaum merkliche Ellipse beschrieben, als beobachtete er einen Fisch, der im Aquarium seine Kreise zog.

»Falls er das getan hat – und ich hoffe bei Gott, dass Sie sich irren –, dann hätte ich ihn gerne im Glockenturm. Dann könnte ich nämlich mit Ihnen nach oben gehen und ihn höchstpersönlich aus dem Fenster werfen. Aber, wie gesagt, ich kann diese Möglichkeit nicht ernsthaft in Betracht ziehen.«

»So etwas lässt sich niemals ganz ergründen«, erwiderte Elizabeth. »Wie wollen Sie das als Gottes Wächter in Gottes Universum erklären?«

Sie schaute ihm in die Augen, während er sich die Antwort zurechtlegte. Der Fisch hatte aufgehört zu schwimmen.

»Das müssen Sie ihn schon selbst fragen.«

»Gott?«

»Ja.«

»Glauben Sie wirklich, dass Sie mit Gott sprechen können?«

Diese Frage hatte ursprünglich nicht auf Elizabeths Liste gestanden, doch war es eine, die sie schon immer interessiert hatte und die sie vorzugsweise jemandem stellen wollte, bei dem sie mit einer Antwort rechnen konnte.

Father Brian Wilson schaute sie an, als wäre sie der erste Mensch, dem er nicht die Standardantwort lieferte, sondern die traurige Wahrheit offenbarte.

»Wenn uns auf Erden die Menschen ausgehen, wer bleibt denn dann noch übrig?«

68

»Viele fragen sich, worin die Aufgabe eines Journalisten besteht. Soll er die Nachrichten einfach nur melden? Sie interpretieren? Oder, wie es heutzutage zunehmend geschieht, beeinflussen?«

Sie saßen in dem Büro, das Byron Biffle Jen zugewiesen hatte. Bevor er auf ein System mit freien Mitarbeitern umgestiegen war, hatte hier ein Angestellter gesessen. Inzwischen kümmerte sich Biffle allein um Redaktionsarbeit, Anzeigenverkauf und Herstellung. Und pflegte den Geist seines berühmten Vaters. An diesem Morgen spielte er zur Abwechslung den Professor für seine Volontärin.

»Ich würde sagen, dass es die Aufgabe eines Journalisten ist, jene Geschichten zu erzählen, die unbedingt erzählt werden müssen.«

Er saß auf dem Besucherstuhl, Jen hinter dem großen hölzernen Schreibtisch, der nach Zitronenreiniger duftete. Vor sich hatte sie einen Notizblock und einige Stifte, daneben stand ein Mac älteren Datums.

»Es hängt nur von uns ab. Die Story zu entdecken ist so ähnlich, als weckte man einen Schlafenden. Sobald er aufgewacht ist, kann man sein Benehmen kaum noch beeinflussen. Am besten tritt man beiseite und hält Augen und Ohren offen.«

»Mir kommt es aber vor, als würden die modernen Journalisten mehr von ihrer Persönlichkeit in die Geschichte einfließen lassen, um deren« – sie nickte, als sie ihn zitierte – »*Benehmen* zu beeinflussen.«

Irgendetwas daran schien ihm zu missfallen. Jen begriff, dass sie ihn, indem sie das Wort *modern* gebrauchte, auf einer ziemlich tiefen Evolutionsstufe angesiedelt hatte.

»Falls der Journalist nicht wirklich Teil der Geschichte ist, wird das letztlich offenkundig. Die Geschichte selbst wird die Sache richtigstellen.«

Seine Mundwinkel kräuselten sich nach oben, und Jen fühlte sich an den grünen Grinch erinnert, der allein auf einem Berg haust und beschließt, seinen Nachbarn im Tal die Weihnachtsgeschenke zu stehlen.

»Für mich ist das eine mögliche Definition des Journalistenberufs«, sagte er. »Es gibt natürlich noch eine andere. Und die besteht darin, dass man seine Rechnungen und Mitarbeiter bezahlt. Dass man die Sportergebnisse der Schulen, die Beschlüsse des Schulausschusses und die Namen aller netten Leute erwähnt, die dieses Jahr am Patchworkdecken-Wettbewerb teilgenommen haben.«

Er ließ die Fingerknöchel seiner rechten Hand knacken.

»Also willkommen beim *Mundelein Dispatch*. Jetzt möchten Sie sicher wissen, wie Ihr erster Auftrag aussieht.«

Jen nickte und versuchte, tapfer zu grinsen. Unschuldig und völlig harmlos. Wie Cindy Lou Who im *Grinch*-Film.

»Ich helfe, wo immer ich kann.«

»Na schön.« Wieder die gekräuselten Mundwinkel. »Ich bin Ihr erster Auftrag.«

Jens Kiefer klappte herunter. Sie merkte, wie er sie prüfend ansah.

»Ich möchte, dass Sie mich für eine der kommenden Ausgaben interviewen.«

»Unter welchem Aspekt?«, brachte Jen heraus.

Diesmal ließ er die Knöchel der linken Hand knacken.

»Journalismusstudentin interviewt Zeitungsverleger, eine Übung. Was Sie daraus machen, liegt ganz bei Ihnen.«

»In diesem Fall wäre ich also auch ein Teil der Geschichte.«

»Soweit Sie es selber zulassen. Soweit sich die Geschichte dafür eignet.«

»Also werden wir die Theorie sofort überprüfen«, sagte Jen.

»Na ja, nicht sofort. Ich gebe Ihnen ein bisschen Zeit, um einen Ansatz zu finden und sich einige Fragen zu überlegen. Derweil werde ich einige Dinge erledigen, zur Bank gehen und so weiter.«

»Gibt's da was umsonst?«

»Leider nicht. Nur die Bonbons auf dem Schreibtisch meiner Beraterin. Soll ich Ihnen welche mitbringen?«

69

Elizabeth hinkte aus der Kirche. Nicht dass sie Probleme mit den Beinen gehabt hätte, aber Mitgefühl war eine ungeheuer machtvolle Empfindung. Vor allem, wenn man sich auf dem schmalen Grat zwischen Himmel und Hölle bewegte.

Sie war überrascht gewesen, dass Father Brian Wilson ihr so bereitwillig vom Schicksal der Frau erzählt hatte, die vor ihr aus seinem Büro gehumpelt war. Allerdings schien seine Intuition auch überdurchschnittlich entwickelt zu sein, so dass Elizabeth ihn sogar für eine voreheliche Beratung in Betracht ziehen würde, falls sie diese jemals benötigen sollte. Father Brian hatte sofort gespürt, dass Elizabeth etwas über die Frau erfahren hatte und nun auch den Rest wissen wollte. Ihm war wohl bekannt, dass seine Mitarbeiterin nicht sonderlich verschwiegen war.

Der Knochenkrebs war nur der Beginn einer Kette dramatischer Ereignisse gewesen, unter denen die Frau, die er Grace nannte, zu leiden hatte. Ihren wirklichen Namen hielt Father Brian aus Diskretion geheim. Elizabeth gewann den Eindruck, dass es ein universelles Pseudonym war, das er immer dann benutzte, wenn er die Identität eines Menschen schützen wollte.

Nachdem Grace durch den Knochenkrebs ihr Bein verloren hatte, verlor sie auch ihren Mann. Vermutlich hatte er das Eheversprechen vergessen, das er vor Gott und einer Kirche voller Zeugen abgelegt hatte. Es hatte etwas mit den guten und schlechten Tagen, mit Krankheit und Gesundheit zu tun. Dem Ehemann hatte Father Brian kein Pseudonym zugeteilt. Das brauchte er auch nicht. Für Elizabeth hieß er einfach *Arschloch*.

Während sie ihren Mazda ans nächste Ziel steuerte, das sie übrigens Father Brian zu verdanken hatte, musste Elizabeth an einen

Menschen denken, der ebenfalls von seinem Ehepartner verlassen worden war, nachdem ihm das Leben einige tiefgreifende körperliche Veränderungen zugefügt hatte.

Detective Jon Davidoff. Der Mann, der im Verlauf einer Verfolgungsjagd sein Gesicht in einer brennenden Benzinpfütze verloren hatte. Seine Frau hatte sich nicht an sein verändertes Aussehen gewöhnen können. Aber war nicht genau das die Idee hinter Hegels Theorie?

These: Mann sieht gut aus.

Antithese: Gutaussehendes Gesicht verbrennt.

Synthese: Röntgenblick entwickeln, um darüber hinwegzusehen.

Das Gleiche galt auch für Grace und Arschloch.

These: Frau mit zwei hübschen Beinen.

Antithese: Frau mit einem hübschen Bein.

Synthese: Auf drei Beinen zu zweit das Leben meistern.

Auf dem Armaturenbrett pappte noch immer das Gesicht des maskierten Mörders, wurde nun aber zur Hälfte von Father Brians Post-it verdeckt. Natürlich hatte Elizabeth nicht gewusst, dass Dr. Gerry Boccachio einen Sohn hatte, der im zweiten Jahr an der UIC studierte. Einen Sohn, der bislang nicht auf ihrem Radarschirm aufgetaucht war. Einen Sohn, der aus irgendwelchen Gründen keine zentrale Rolle im Leben seines Vaters spielte. Einen Sohn, der eher ein Gerücht als ein Mensch aus Fleisch und Blut war.

Als sie den Mazda auf den Campus lenkte, überkam sie eine Mischung aus Aufregung und Entsetzen. Die Studentenwohnheime ihrer eigenen Universität. Natürlich sah es nicht genauso aus wie früher. Alles war viel schicker geworden. Doch es reichte aus, um ihr einen kleinen Adrenalinstoß zu versetzen. Sie parkte und stieg aus.

An der typischen Atmosphäre eines späten Augusttages hatten alle äußeren Verschönerungen nichts ändern können. Und genau diese Atmosphäre löste, ähnlich wie ein bestimmter Geruch oder Duft, in Elizabeth eine Erinnerungslawine aus.

Welches Mädchen wollte vor zwanzig Jahren nicht Belinda Carlisle sein? Vor allem nachdem sie sich von den Go-Gos emanzipiert und weibliche Unabhängigkeit bewiesen hatte. In jenem Spätsommer, in jenen frühen Tagen auf dem Campus, hatte jedes Radio Belindas ersten Solohit gespielt.

Elizabeth hatte ihn noch immer im Ohr.

We'll make heaven a place on earth…

Ihre Füße bewegten sich im Rhythmus der Melodie, und sie überdachte rasch die Carlisle'sche Philosophie. Die Vorstellung, dass die Liebe im Himmel an erster Stelle kam. Das war kaum zu bestreiten. Interessant wurde es mit der Behauptung, der menschliche freie Wille könne eine Verbindung zwischen Himmel und Erde schaffen. Die These, dass menschliche Wesen die Erde in einen Himmel verwandeln oder sie zumindest himmelsähnlich gestalten konnten.

Dies war der Schnittpunkt zwischen der Philosophie von Carlisle und Hegel.

Sie warf einen Blick auf die Adresse, die Father Wilson ihr aufgeschrieben hatte. Reihenhäuser in dunkelbraunem Backstein.

Was hatte nun der Popsong von Belinda Carlisle mit der Hegel'schen Dialektik zu tun? Welchen Sinn hatte die ausgeklügelte Struktur von These-Antithese-Synthese? Inwieweit würde diese ganze irdische Intellektualität der Menschheit helfen?

Sie klingelte an der Tür. Während sie wartete, stellte sie sich das Konstrukt im Geiste vor, eine Art Leiter, einen DNA-Strang, so lang wie die Milchstraße.

Die Tür ging auf. Als sie den jungen Mann sah, hätte sie eigentlich gar nicht nach dem Namen fragen müssen. Sie tat es trotzdem.

»Michael Boccachio?«

Auch er erkannte sie sofort, und sein Gesicht verzog sich zu dem Grinsen, mit dem er sie schon im Schwimmbad bedacht hatte. Diesmal trug er jedoch eine Sporthose, so dass Elizabeth sich ganz auf sein Gesicht konzentrieren konnte.

70

Jen suchte nach dem Geist von Loreena White. Aber sie musste sich auch Fragen überlegen, die sie dem überaus lebendigen Byron Biffle stellen wollte. Bislang war ihr nur eine eingefallen: *Mr. Biffle, angenommen, Sie besäßen Informationen über den letzten Fall, den Ihr Vater untersucht hat – wo zum Teufel würden Sie die wohl aufbewahren?*

Nachdem sie sich rasch im Erdgeschoss des Gebäudes umgeschaut hatte, wurde ihr klar, dass die Antwort darauf ebenso lautete wie die Antwort auf die erste Frage, die sie Loreena White gern gestellt hätte: *Wo würdest du dich als Geist in diesem Haus verstecken?*

Die Kellertreppe befand sich im hinteren Teil des Hauses, gleich neben der Tür. Es war ein alter Keller, der nie ausgebaut worden war. Das verriet ihr schon der Geruch, als sie die Treppe hinunterstieg. Hier gab es keine modernen Fasern, Klebstoffe oder Dichtungsmittel. Der Keller war im Rohbauzustand.

Und so sah er auch aus. Er wurde von schmalen Streifen Tageslicht beleuchtet, das durch die Fensterschlitze drang. Sie hatte schon den Lichtschalter im Flur ausprobiert, vergeblich. Zum Glück hatte sie eine Minitaschenlampe dabei.

Wie die meisten nichtausgebauten Keller wurde auch dieser zu Lagerzwecken benutzt. Sie entdeckte allerdings auch Dinge, die überhaupt nichts mit der Zeitungsredaktion über ihr zu tun hatten. Der Strahl der Taschenlampe fiel auf Kisten mit alten Schallplatten, ein Tischfußballspiel und ein antikes Spinnrad. Herrgott, dort stand sogar eine alte Schneiderpuppe. Jen kam sich vor wie in einem Antiquitätengeschäft. Dazu passten auch die uralten Aktenschränke an der hinteren Wand.

Sie wusste nicht, wie lange Byron Biffle für seine »Erledigungen« brauchen würde. Sicher nicht lange genug, um alle Schränke gründlich zu durchsuchen. Ihr Instinkt verriet ihr, dass dieser Ort ohnehin viel zu gewöhnlich war, um Loreena White als Versteck zu dienen.

Wo würde ein Mann in einem Keller ein Geheimnis verbergen?

Sie hörte ein Geräusch von oben. Mit geschärften Sinnen lauschte sie angestrengt. Ein Summen drang durch die Decke. Ein mechanisches Summen. Ein Motor. Vermutlich war der Kühlschrank angesprungen.

Ihre Füße bewegten sich über den bröckeligen Betonboden. Dann kam ihr die Erleuchtung. Die Taschenlampe wies ihr den Weg. Nur wenige Schritte, dann stand sie vor dem Raum unter der Kellertreppe, in dem Kartons unterschiedlicher Größe und Form so geschickt aufgestapelt waren, dass sich ein wunderbar einheitliches Bild ergab.

Die meisten Kartons waren mit Filzstift beschriftet – Inhalt, Initialen, Datum. Drei davon, die ganz in der Mitte standen, trugen keine Kennzeichnung, jedenfalls nicht auf der Vorderseite. Auf die konzentrierte sich Jen. Zwei davon waren Aktenkartons und sahen nicht sonderlich alt aus. Der dritte Karton hatte einmal mehrere Flaschen französischen Colombards enthalten und schien deutlich älter zu sein.

Jen hielt inne und horchte. Der Motor summte weiter. Ansonsten war es im Haus vollkommen still.

In ihrem Kopf wirbelten die Gedanken durcheinander, als sie die oberen Kartons vorsichtig herunternahm, um an die drei in der Mitte zu gelangen. Sie öffnete einen der Aktenkartons. Der Geruch war überwältigend. Der Mann musste Kettenraucher gewesen sein.

Nach dem Tod von Carlton Ritz hatte sein Sohn vermutlich den Nachlass geordnet und behalten, was für ihn von persönlichem oder finanziellem Wert war. Und dies hier war eine der Schatztruhen. Sie ging die Kartons so schnell wie möglich durch, blätterte in den

Akten und suchte nach einem leuchtenden Splitter, einer Spur des zerbrochenen Lebens von Loreena White.

Jen spürte, dass es nur eine Art Vorspiel war. Loreena White war zu interessant, um in einem Aktenkarton vergraben zu werden. Loreena White hatte etwas Besseres verdient.

Sie nahm den Weinkarton und öffnete den Deckel. Sie hatte den Reliquienschrein gefunden.

71

In seiner Wohnung zu sein, mit ihm allein, war furchtbar. Elizabeth konnte nicht sagen, was genau der Grund dafür war – der halbnackte Schwimmer oder sie selbst. Erst später wurde ihr klar, dass ihr starkes Unbehagen vielleicht schon vorher da gewesen war.

Sie beobachtete genau, wie Michael Boccachio auf die Nachricht reagierte, dass sein Vater seit über vierundzwanzig Stunden vermisst wurde. Er schien nicht sonderlich in Sorge zu sein. Ein bisschen verwirrt, aber auch das hielt sich in Grenzen.

»Sie haben noch gar nicht gesagt, warum … warum Sie nach ihm suchen.«

»Ich habe wohl angenommen, Sie könnten zwei und zwei zusammenzählen«, erwiderte Elizabeth. »So unschön das Ergebnis auch sein mag.«

Er erhob sich von dem metallenen Klappstuhl. Er hatte darauf bestanden, dass Elizabeth in dem gepolsterten Sessel Platz nahm, der so alt war, dass er sich als Museum für typische Studentengerüche darbot.

Michael ging durchs Zimmer und bewegte sich dabei präzise wie ein Turmspringer. Er blieb stehen und drehte sich um. Zum ersten Mal seit er ihr die Tür geöffnet hatte, bemerkte Elizabeth wieder den Blick aus der Umkleidekabine. Wenn man bedachte, aus welchem Grund sie hergekommen war, wirkte er absolut unangebracht, lächerlich, geradezu jämmerlich.

»Sie sind hergekommen, um mir auf Ihre ganz besondere Weise mitzuteilen, dass Sie meinen Vater verdächtigen, eine Rolle in diesem Horrorfilm zu spielen. Und ich soll mich jetzt auf Ihren Schoß setzen und Ihnen Geheimnisse ins Ohr flüstern.«

»*Jetzt hör mal gut zu, du bescheuerte arrogante Kaulquappe …*«

Der Satz lag ihr auf den Lippen. Aber sie verkniff ihn sich.

»Wenn Sie einen auf beleidigt machen wollen, schön. Ich weiß nur, dass ich mir ein bisschen mehr Sorgen machen würde, wenn *mein* Vater seine Patienten, seinen Priester bei der Frühmesse und seinen Gott versetzt hätte.«

Er hatte noch immer etwas von einer bescheuerten arroganten Kaulquappe.

»Na ja, das ist eben der Unterschied zwischen Ihnen und mir«, erwiderte er. »Sie hatten ja nicht das Vergnügen, mit ihm zusammenzuleben.«

Elizabeth atmete hörbar aus und gab sich versöhnlich.

»Also gut, Michael. Ich habe zwei Vorschläge. Erstens, Sie setzen sich wieder, und wir reden über alles. Oder wir reden über gar nichts, ganz wie Sie wollen. Allerdings müssen Sie sich darüber im Klaren sein, dass wir Informationen benötigen, um Ihren Vater zu finden.«

Er ging zu dem Metallstuhl zurück, hielt aber inne, bevor er sich setzte.

»Sie erwähnten zwei Vorschläge.«

»Der andere besteht darin, dass Sie sich ein Hemd überziehen.«

»Hat das etwas mit dem Protokoll zu tun?«

»Nein, es hat etwas damit zu tun, dass ich eine Frau mit Gefühlen bin.«

Wie sich herausstellte, war Michael nur sein Spitzname. In Wirklichkeit hieß er Michelangelo Boccachio. Ob er noch einen zweiten Vornamen hatte, verriet er nicht. Elizabeth hätte einige Vorschläge gehabt: *Leonardo. Raffael.* Oder, in Anbetracht seines Umkleidekabinenblicks, auch *Machiavelli.*

Um es gleich zu sagen, Michelangelo Boccachio zog sich kein Hemd über. Offenbar hatte die Frau mit den Gefühlen sein männliches Ego wunderbar gekitzelt. Seine Machohaltung war ausgeprägt, und wenn man bedachte, dass er mit einem anderen narzisstischen Mann aufgewachsen war, war dies nicht sonderlich überraschend.

Jedenfalls gelang es ihr, ihn mit ihrer improvisierten Strategie anzulocken. Hätten sie zusammen in einer Kneipe gesessen, hätte er vermutlich eine Runde nach der anderen spendiert. Allerdings hätte Elizabeth ihren Drink keinesfalls unbewacht auf der Theke stehen lassen, wenn sie zur Toilette musste.

Nein, er könne sich nicht vorstellen, weshalb sein Vater seine Patienten hätte versetzen sollen, außer er sei krank oder verletzt. Beide Möglichkeiten schienen ihn nicht sonderlich zu bekümmern. Was die Krankheit betraf, lieferte er einen kleinen Hinweis.

»Damit meine ich nicht unbedingt im körperlichen Sinne krank.«

Elizabeth erkundigte sich, ob er seinen Vater für psychisch labil halte.

»Potentiell ja«, antwortete er wie aus der Pistole geschossen. »Aber ich betrachte jeden als potentiell labil. Ich meine, schauen Sie sich doch mal seinen Beruf an. Er hört und sieht lauter schlimme Dinge. Das läuft einem nach. Auch nachts. Ist doch Scheiße.«

Sollte Michael Boccachios Vater tatsächlich psychische Probleme haben, würde er vermutlich an einem Ort Zuflucht suchen, den er schon früher dafür benutzt hatte. Oder aber er war wirklich der Täter und hatte sich nun, da ihm die Sache zu heiß wurde, irgendwohin zurückgezogen. Daher konzentrierten sich ihre Fragen auf andere Häuser oder Wohnungen, die Michaels Vater gehörten oder zu denen er Zugang hatte.

»Da wäre zum einen das Haus am See«, erklärte er ganz offen. »Aber das gehört offiziell meiner Mutter. Sie waren nie miteinander verheiratet. Was mich zu einem Bastard macht. Das werden meine Exfreundinnen gern bestätigen.«

»Hat Ihr Vater noch Zugang zu diesem Haus?«

»Er hat den Schlüssel jedenfalls behalten.«

Elizabeth erkundigte sich nach der genauen Lage. Und als sie den Namen der Besitzerin hörte, wurde ihr so heiß, dass sie sich am liebsten ebenfalls das Hemd ausgezogen hätte.

Der Name auf der Besitzurkunde des Hauses am Fox Lake lautete Maya Macy.

72

Die Fahrt zum Fox Lake war gar nicht so übel. Es war die letzte Woche im August, der Tag schön hell und warm. Dennoch spürte man, dass der Sommer allmählich zu Ende ging. Es war vielleicht ihre letzte Chance, an den Strand zu kommen, bevor der Herbst anbrach.

Zu schade, dass ihr Verlobter arbeiten musste. Es wäre nett gewesen, die Ermittlungen mit einem kleinen Picknick zu verbinden und etwas Zeit an Maya Macys Bootssteg zu verbringen. Elizabeth hatte die perfekte musikalische Untermalung für Wasser, Sand und Sonne. Wes Montgomery aus der späteren Pop-Phase. Und sie hatte auch den perfekten Coversong für ihn. Ein Lied von Belinda Carlisle. Dass man an einen besseren Ort gehen und dafür nicht unbedingt sein bisheriges Leben aufgeben müsse.

Verdammt, das war doch ein nettes Szenario. Noch netter wäre es allerdings gewesen, wenn Dr. Gerry Boccachio sie mit der Kamera in der Hand an der Tür empfangen und gesagt hätte: »Na so was, ich wollte mich gerade einem neuen Paar zuwenden. Jetzt sind Sie mir dazwischengekommen. Nur zu, nehmen Sie mich fest. Dann können Sie und Ihr Freund die Aussicht vom Bootssteg genießen. Und wenn Sie Ihren billigen Chardonnay ausgetrunken haben, dürfen Sie sich was Nettes aus dem Weinkeller aussuchen.«

Elizabeth hatte sich mit voller Absicht nicht angekündigt. Denn was Maya Macy wusste, würde auch der Rest der Therapeutentruppe bald erfahren. Falls Michelangelo Boccachio jemandem von ihrem Besuch auf dem Campus erzählen wollte, war das seine Sache.

Elizabeth hatte gute Gründe für die Fahrt an den See. Ihr gingen die möglichen Verstecke allmählich aus. Daher konnte sie guten Gewissens ihre Zeit und das Geld der Steuerzahler einsetzen und sich dort umsehen. Außerdem waren Häuser an Seen immer interessant. Die Menschen waren dort entspannter, ließen sich gehen und wirkten ursprünglicher als im täglichen Leben. Unter Umständen würde sie einen Haufen Sektenmitglieder entdecken, die um einen bedauernswerten Ziegenbock tanzten.

Wenn man irgendwo Zuflucht suchte, konnte man seine geistige Gesundheit getrost zu Hause lassen.

73

Sie saßen einander am Schreibtisch gegenüber, er wieder auf dem Besucherstuhl, sie in dem alternden schwarzen Chefsessel mit dem Lederbezug. Auf dem Schreibtisch hatte Byron Biffle für jeden drei Hershey-Pralinen in Silberfolie angeordnet. Das musste er gemacht haben, als Jen noch im Keller gewesen oder als sie auf die Toilette geschlichen war, nachdem sie ihn hatte kommen hören.

Sie hatten eine Viertelstunde miteinander geredet, und noch immer wusste Jen nicht, ob er ihren Abstecher in den Keller bemerkt hatte.

»Ich muss wohl den ersten Schritt machen«, sagte er und griff nach einer Praline. Er wickelte sie aus und schob sie in den Mund, bevor er genüsslich darauf kaute.

»Wir müssen heute nicht alles erledigen«, sagte er dann und schluckte den Rest der Süßigkeit hinunter. »Sie sollen nur einen gewissen Einblick erhalten. Sich die Füße nass machen, wie man im Reporterjargon sagt.«

»Wie gesagt, ich bin hier, weil ich etwas lernen möchte«, sagte Jen und wickelte ebenfalls eine Praline aus. Die Silberfolie knisterte leise. Dabei sah sie ihm forschend in die Augen.

Biffle ließ sich nichts anmerken, schien nur seltsam befriedigt, als sie sich die Schokolade in den Mund steckte. Dann schaute er ihr beim Kauen zu. Jen spürte, wie ihre Haut kribbelte, ihr Gesicht rot anlief und ihre Achselhöhlen feucht wurden.

Wenn er Bescheid wusste, würde er sie noch eine Weile zappeln lassen. Schlimmer konnte es nicht kommen. Wenn er mit ihr auf diesem Niveau spielte, gehörte es zu seiner Vorgehensweise: Er geilte sich daran auf.

Als sie gerade zu dem Schluss gelangt war, dass sie in Schwierigkeiten steckte, tat er etwas Unerklärliches. Es war nicht ungewöhnlich, dass ein Mann von Ende vierzig öfter pinkeln musste als ein Zwanzigjähriger. Doch wenn er Verdacht geschöpft hatte, gab er ihr damit nun jede Möglichkeit zur Flucht.

Nachdem er sich entschuldigt hatte, hörte sie, wie er durchs Haus ging, wobei sich seine Schritte beschleunigten. Der Motor des Kühlschranks lief nicht mehr, und Jen konnte deutlich hören, wie er die Tür hinter sich abschloss. Die Belüftung sprang an.

Kein Zweifel, Byron Biffle war ein Pedant. Alle Fragen, die sie sich notiert hatte, verblassten vor den beiden einzigen, die jetzt noch von Bedeutung waren: Würde er merken, dass sie sich die Akte von Loreena White ganz unten im Zeitschriftenkorb auf der Toilette versteckt hatte? Und falls ja, würde sie das Spielzeug ihres Vaters benutzen müssen, wenn er zurückkam?

74

Mit Verrücktheit war eindeutig Geld zu verdienen. Wenn man davon ausging, dass die Boccachio-Macy-Residenz als Zweit- oder Drittwohnsitz diente, hätten neunundneunzig Prozent der Weltbevölkerung gerne ihren ersten Wohnsitz dagegen eingetauscht. Es war ein klassisches amerikanisches Gebäude aus Steinen und Zedernholz mit zwei Stockwerken, einer weitläufigen überdachten Terrasse, riesigen Panoramafenstern mit Blick auf den See und einem Balkon im ersten Stock.

Elizabeth betrachtete das Anwesen vom Bootssteg der Nachbarin Gwen Skylar aus. Sie hatte bereits festgestellt, dass das Haus zurzeit unbewohnt war. Elizabeth hatte an die Türen gehämmert und durch die Erdgeschossfenster geschaut. Alle Türen waren abgeschlossen, ebenso die Garage.

Gwen Skylar, eine winzige, zierliche alte Dame, hatte Elizabeths Annahme bestätigt.

»Den ursprünglichen Besitzer, den Doktor, habe ich länger nicht gesehen. Maya, der das Haus jetzt gehört, kommt nur ab und zu her. Meistens am Wochenende. Möglicherweise war letzte Nacht jemand da. Ich bin früh schlafen gegangen. Ich meine aber, ein Auto gehört zu haben.«

»Haben Sie den Sohn mal hier gesehen?«

»Den jungen Mann, den Schwimmer?«

Elizabeth nickte, während die Frau eine Fliege verscheuchte.

»Der kommt am häufigsten her. Meistens mit einer Freundin.« Sie verdrehte missbilligend die Augen. »Besser gesagt, mit Freund*innen.* Und die sind nicht gerade schüchtern, wenn Sie verstehen, was ich meine.«

In Elizabeths Kopf spielte Wes Montgomery gerade ein paar heftige Oktaven auf der Gitarre, um die heftigen Aktionen zu begleiten, die nach Ansicht der Frau im Haus nebenan stattfanden.

»Ich meine, ich bin ja nicht prüde. Ich war auch mal jung …«

Die Achtzigjährige setzte ihre kleine moralische Strafpredigt fort, während Elizabeths Augen zur Grundstücksgrenze und hinauf zum Panoramafenster wanderten, das im ersten Stock über den See wachte. Die Außenwelt spiegelte sich in der Scheibe. Dennoch spürte Elizabeth, wie sich die Härchen auf ihren Armen sträubten. Ihr war, als starrte das Haus sie an.

Sie beendete das Gespräch mit Gwen Skylar, ließ sich deren Telefonnummer geben und hinterließ ihre Karte. Dann entschuldigte sie sich. Vorhin hatte sie auf der Nordseite des Hauses etwas entdeckt, das sie sich noch einmal anschauen wollte. Eine Leiter. Eine Leiter, die in die Seitenwand eingelassen und hinter einigen Kiefern verborgen war.

Es war eine Feuerleiter. Vielleicht auch nicht mehr als das. Doch ihr Herz schlug schneller, und der Instinkt sagte ihr, dass man die Leiter auch für andere Zwecke verwenden konnte. Sie beschloss, es selbst einmal zu versuchen.

Auf halbem Wege verstummte die Montgomery-Version von Belinda Carlisle. Hier oben sangen Vögel, und es war auch ein Vogel, der irgendwo hinter ihr zwitscherte. Wollte er sie warnen?

Als sie über das Geländer des Balkons kletterte, nahm sie einen üblen Geruch wahr, der aus dem Haus drang. Es war noch das erste Stadium, reichte aber aus, um die gute Stimmung zu vertreiben. Der wunderschöne Balkon mit den bequemen Sesseln, Tischen und Fackeln wirkte auf einmal hässlich.

Die beiden hohen Fenster beiderseits der Tür waren leicht gekippt. Elizabeth zog einen Handschuh an und versuchte, die Schiebetür zu öffnen. Abgeschlossen. Also das Fenster. Sie drückte das rechte Fenster so weit auf, dass sie sich hindurchquetschen konnte.

Es war eine Art umgekehrte Geburt, als sie sich durch den schmalen Spalt ins Haus zwängte. Ihre Handflächen berührten den blank polierten Ahornboden des Schlafzimmers. Elizabeth stand auf und schaute sich um. Das Zimmer sah aus, als wäre es schon länger nicht benutzt worden.

Noch reichten die Düfte auf der Kommode aus, um den anderen Geruch zu überlagern. Das änderte sich jedoch, als Elizabeth in den Flur trat.

Er drang erbarmungslos auf sie ein, das ganze Haus schien von dem Gestank erfüllt. Sie griff in die Innentasche, tastete nach der Dienstwaffe und ließ die Hand am Lauf, bevor sie das nächste Schlafzimmer betrat und den kopflosen Körper auf dem Bett entdeckte.

75

Sie kannte die problematische Akustik des Hauses und versuchte, möglichst leise und gründlich in der Akte zu blättern, während sie auf dem Klo saß und pinkelte. Einige Dinge waren ihr aufgefallen. Vor allem ein Name. Vielleicht hatte er etwas zu bedeuten, vielleicht auch nicht. Womöglich hatte das alles nichts zu bedeuten. Vielleicht ging sie von völlig falschen Voraussetzungen aus. Es wäre nicht das erste Mal in ihrem Leben.

Biffle hatte sich vorhin nichts anmerken lassen, nachdem er von der Toilette gekommen war, und so hatte sie gewagt, noch einmal das – mittlerweile nicht mehr so stille – Örtchen aufzusuchen. Die Belüftung war automatisch angesprungen, als sie das Licht einschaltete, und das Geräusch war beim Nachdenken nicht gerade hilfreich. Ein ständiges Summen, das irgendwie betäubend wirkte. In der vergangenen Nacht hatte sie nicht schlafen können, das machte sich jetzt bemerkbar. Die Angst und die Schuldgefühle, die der Überfall in ihr ausgelöst hatten, quälten sie unbarmherzig. Vielleicht war sie verrückt. Oder erschöpft, weil sie sich abmühte, einen Sinn in dem Ganzen zu sehen. Möglicherweise hatte Byron Biffle Loreena White gar nicht getötet. Vielleicht war es einfach eine falsche Fährte und er nur ein gebildeter Mann, der dazu verurteilt war, im Schatten seines überlebensgroßen toten Vaters zu existieren.

Jen betätigte die Spülung. Dann warf sie einen Blick in den Zeitschriftenkorb, um zu prüfen, ob er genau wie vorher aussah. Alles unauffällig. Dennoch war der Geist von Loreena White zeitweise dort drin gewesen, begraben unter den *US News, Forbes* und dem sorgfältig gefalteten *Wall Street Journal*. Jen nahm die Akte, schob sie hinten in ihre Hose und verstaute sie unter Polohemd und Blazer.

Damit hatte sie sich definitiv des Diebstahls schuldig gemacht.

Andererseits wusste sie genau, dass Loreena White, ihre Schwester im Geiste, das Gleiche für sie getan hätte.

Als Jen sich entschuldigt hatte, um die Toilette aufzusuchen, hatte Byron Biffle erklärt, er wolle rasch ins Büro gehen und seine E-Mails checken. Wenn es ihr nur gelänge, die Akte in ihrem eigenen Büro heimlich in ihre Tasche zu stecken, könnte sie sie zu Hause in aller Ruhe durchgehen. Sie könnte ein bisschen Zeit allein mit Loreena White verbringen und sie durch die Augen von Byron Biffles Vater betrachten.

Jen wusch sich die Hände und trocknete sie ab. Dann schaltete sie das Licht aus, und der Ventilator verstummte mit einem leisen Stöhnen. Auf dem Rückweg ins Büro bemühte sie sich um einen leisen Schritt, doch der alte Dielenboden knarrte unbarmherzig.

In ihrem Büro atmete sie zum ersten Mal, seit sie die Toilette verlassen hatte, tief durch. Von Byron Biffle war nichts zu sehen. Ganz behutsam schob sie die Akte in ihre große Tasche und verstaute sie zwischen zwei Notizbüchern. Dann stellte sie die Tasche wieder hinter den Schreibtisch. Der Kühlschrank blieb stumm. Sie horchte, ob sie den Chef an seinem PC arbeiten hörte, vernahm aber nicht das typische Klicken der Tastatur.

Jen brannte darauf, sich die Akte anzuschauen. Könnte sie nur sichergehen, dass Byron Biffle tatsächlich anderweitig beschäftigt war – wie gern hätte sie noch einen kurzen Blick hineingeworfen. Wer wagt, gewinnt, dachte sie und blätterte einige Minuten, fand hier ein Detail, stolperte dort über eine Stelle. Dann zwang sie sich, die Akte zu schließen und wieder in die Tasche zu stecken. Einen Blick in sein Büro zu werfen.

Sie trat ein, ohne sich vorher anzukündigen.

»Mr. Biffle?« Niemand da. Jen drehte sich um und wollte wieder in den Flur treten.

Sie sah noch die blitzschnelle Bewegung von rechts, doch der Schlag auf den Kopf raubte ihr das Bewusstsein.

76

In Maya Macys Haus waren so viele Leute versammelt, als würde dort eine Party steigen. Die örtliche Polizei von Fox Lake, die Spurensicherung der State Police, Medienvertreter und Nachbarn, darunter auch eine Greisin, die sich nur mit größter Mühe davon abhalten ließ, das Gelände zu stürmen. Es dauerte lange, bis endlich ein Verwandter der Verstorbenen eintraf.

Elizabeth hatte Pete Megna angewiesen, Michelangelo Boccachio abzuholen und ihm mitzuteilen, man habe seine Mutter ermordet im Haus am See aufgefunden. Da Boccachio sie überhaupt erst zum Haus geführt hatte, bat Elizabeth ihren Kollegen, den jungen Mann freundlich zu behandeln und ihn nicht einzuschüchtern. In Wahrheit war genau das ihre Absicht. Er wurde nicht offiziell vorgeladen, aber sie verspürte das dringende Bedürfnis, ihn genau zu beobachten. Sie stand im Flur des zweiten Stocks, um sich herum das geschäftige Treiben, das an jedem Tatort herrschte, und sah ihm entgegen, als er die Treppe heraufkam.

»Ist sie es wirklich? Sind Sie ganz sicher? Sind Sie wirklich sicher, dass sie es ist?«

Seine Stimme übertönte das Gemurmel der Umstehenden und ließ diese kurz bei der Arbeit innehalten. Als er die oberste Stufe erreichte und sich Elizabeth näherte, bemerkte sie seinen glasigen Blick.

Sie nickte. »Wir haben sie identifiziert. Anhand persönlicher Gegenstände. Es tut mir leid, Michael.«

Sie erwähnte nicht, dass der teure Duft, mit dem sie Elizabeth tags zuvor in der Praxis eingenebelt hatte, maßgeblich zur Identifizierung beigetragen hatte.

Michael Boccachios Augen wurden feucht, aber es war kein Schmerz in ihnen zu lesen. Er wandte sich zum Schlafzimmer, in dem die Leiche seiner Mutter noch auf dem Bett lag. Er machte einen Schritt dorthin. Dann blitzte zweimal eine Kamera auf und ließ ihn innehalten. Elizabeth hielt ihn am Arm fest. Er zog ihn weg, überließ ihr aber seine Hand wie ein kleiner Junge.

»Wir sprechen besser draußen miteinander«, sagte Elizabeth.

Sie nickte Megna zu, der oben an der Treppe stand. Er nickte zurück, soweit es ihm die Halskrause erlaubte, drehte sich um und ging die Treppe hinunter, um seine Suche nach Michael Boccachios Vater fortzusetzen.

Elizabeth führte den Sohn durch das andere Schlafzimmer auf den Balkon. Er wirkte steif und in sich zurückgezogen, beschleunigte aber plötzlich seine Schritte. Elizabeth fürchtete schon, er wolle über die Brüstung springen, doch er beugte sich nur vor und erbrach sich in den Garten.

Elizabeth unterdrückte eine leichte solidarische Übelkeit. Sie trat hinter ihn, legte ihm die Hand auf den Rücken und drückte die Handfläche zwischen seine Schulterblätter. Sie spürte, wie sich seine Muskeln anspannten. Er hob den Kopf, ließ ihn sinken und hob ihn wieder.

Ein Vogel begann zu singen. Vielleicht hatte er schon die ganze Zeit gesungen. Aber es war nicht derselbe, den sie auf der Leiter gehört hatte. Ein anderes Lied. Verschlungener. Mehr im Legato.

»Sie glauben, dass es einer von uns war«, sagte er, und seine Stimme klang höher als sonst, wie vor dem Stimmbruch.

»Ich weiß nicht, was ich denken soll, Michael. Es tut mir jedenfalls furchtbar leid für Sie alle. Am meisten aber für Ihre Mutter.«

77

»Ich hätte ihn töten können«, sagte er.

Sie fuhren in Elizabeths Mazda. Es war nicht der ideale Ort für ein Verhör, doch es schien zu funktionieren. Sie waren noch keine fünf Minuten unterwegs, und schon rückte er mit wichtigen Geständnissen heraus.

»Er hat mich nie geschlagen, als ich klein war. Nie. Aber in der Highschool habe ich ein Mädchen geschwängert. Sie war älter als ich. Zwei Klassen über mir. Sie hatte eine Abtreibung. Mein Dad wusste Bescheid. Er fand es am selben Tag heraus. Und an dem Abend hat er mich windelweich geprügelt.«

Der Mazda wandelte sich vom Verhörraum zur Bühne. Zeit für den großen Shakespeare-Monolog.

»Ich habe mich nicht gewehrt. Ich habe gar nichts gemacht. Er hatte mich nie geschlagen, und auf einmal war es, als wollte er mich umbringen. Aber er hat es nicht getan. Er hat aufgehört. Ich lag auf dem Boden. Zusammengerollt. Ich hörte, wie er aus dem Zimmer ging. Ein paar Minuten später kam er wieder.«

Michael Boccachio verstummte und drehte sich zu ihr, als wollte er sehen, ob sie auch zuhörte. Elizabeth bedeutete ihm, er möge fortfahren. Das brachte ihn durcheinander. Einen Augenblick lang saß er völlig hilflos da. So hilflos, als läge er noch immer zusammengerollt am Boden.

»Ihr Vater ist zurückgekommen«, half sie ihm auf die Sprünge. »Sie lagen auf dem Boden, und Ihr Vater kam zurück.«

»Er hatte es sich genau überlegt. Er kam rein, nahm meine rechte Hand und zog einen Gummihandschuh darüber. Und dann … dann gab er mir die Waffe. Ich musste aufstehen. Er kniete sich hin, nahm meine Hand und legte den Lauf an sein Gesicht. Dann sagte er: ›Erzähle ihnen, was ich mit dir gemacht habe. Sag ihnen, ich hätte das hier selbst getan. Auf der Waffe sind meine Fingerabdrücke. Leg sie einfach neben mich und wirf den Handschuh weg. *Töte mich, jetzt.* Sonst wirst du dir irgendwann wünschen, du hättest es getan.‹ Dann steckte er sich die Waffe in den Mund und schloss die Augen.«

Man hörte nur noch das Summen des Motors, während Fahrerin und Beifahrer auf den Schuss warteten, der nicht kam. Elizabeth ließ die Stille vorüberziehen, ließ ihn die ganze Wucht dieser lautlosen Waffe spüren.

»Ich möchte Ihnen nur zwei Fragen stellen, Michael. Erstens: Ist es wirklich Zufall, dass Sie mir heute Morgen von dem Haus am See erzählt haben, in dem vergangene Nacht ein Mord geschehen ist?«

Er zuckte nicht mit der Wimper, und sie wusste, dass er entweder mit der Frage gerechnet hatte oder die Wahrheit sagte.

»Es war nur so ein Gefühl. Dass er da sein könnte. Als ich letzte Woche im Haus war, fiel mir auf, dass in der Flasche Scotch etwas fehlte. Ich dachte mir, er sei vielleicht kurz da gewesen. Und wenn Sie das Haus beobachteten, würden Sie ihn vielleicht entdecken. Dann könnten Sie Ihr Ding durchziehen. Es herausfinden, so oder so.«

Elizabeth akzeptierte die Antwort fürs Erste. »Gut, zweite Frage. Was die Sache mit Ihrem Vater und der Waffe angeht – meinen Sie, Ihre Mutter wäre noch am Leben, wenn Sie damals abgedrückt hätten?«

Er starrte unentwegt geradeaus ins Leere, als er antwortete.

»Wenn er das getan hat, ist er auch tot.«

78

Es geschehen Dinge, die einfach unmöglich erscheinen.

Er steht an der weißen Tür. Es kommt ihm vor, als könnte er bis in alle Ewigkeit dort stehen und diese Möglichkeit dennoch niemals ganz erfassen. Doch die Möglichkeit ist die stärkste Kraft im Universum.

Menschen sagen so oft, sie wollten das Unmögliche tun. Doch das Unmögliche ist per definitionem etwas Absolutes. Es kann keine Abstufungen der Unmöglichkeit geben. Unmöglichkeit bezeichnet etwas, das niemals geschehen, niemals vollbracht und niemals erfahren werden kann. Und doch war die Möglichkeit eine so starke Kraft, dass sie ihr absolutes Gegenteil bisweilen überwand.

Mit dem rechten Zeigefinger fährt er die wunderbar simple Gleichung auf der Kühlschranktür nach.

P>I.

Mein Gott. Natürlich. Natürlich. Alles hätte unmöglich sein sollen. Oder?

Ihm fällt ein, wie er in einer wissenschaftlichen Zeitschrift einmal eine Fotoserie über das Hubble-Teleskop gesehen hat. Er sieht im Geiste wieder die Bilder, und die schimmernde weiße Tür bietet einen idealen Hintergrund dafür. An ein Bild erinnert er sich besonders gut. Ein Galaxienhaufen, laut Bildunterschrift »einige Millionen Lichtjahre entfernt«. Ein Haufen von Galaxien, von denen jede einzelne unermesslich weit von der nächsten entfernt ist. Doch auf dem Foto – aus einer Entfernung von einigen Millionen Lichtjahren – sieht es aus, als hätten die Galaxien die Form und die Größe eines leuchtenden Diamanten.

Bevor das Universum existierte, wäre ein solches himmlisches Phänomen ein Ding der Unmöglichkeit gewesen.

Nun aber, Äonen später, bewies das Hubble-Teleskop das Gegenteil. Und wenn so etwas möglich war – ein Diamant aus lauter Galaxien –, war dann nicht auch alles andere möglich?

Selbst dies hier. Selbst das, was sich jenseits der weißen Tür befindet. Wer hätte geglaubt, dass die universelle Mutter an einem solchen Ort auftauchen würde? Noch einen Tag zuvor war es ihm unmöglich erschienen.

Wer hätte das erraten können? Gewiss nicht die universelle Mutter. Auch sonst niemand. Ein solches Ende hätte niemand je ersinnen können. Und doch war es geschehen. Jemand hatte es ersonnen.

Es brauchte nur ein bisschen Verstand, der die Materie beherrschte. Oder auch die Antimaterie.

Er öffnet die Kühlschranktür und sieht die Bestätigung seiner Formel. Der Gegenbeweis für das Unmögliche starrt ihm entgegen.

79

Nicht einmal der große, weich gestaltete Raum der Big-Shoulders-Praxis war ausreichend gepolstert, um die brutale Realität auszublenden, dass eine Mittherapeutin ermordet worden war. Bisher gab es nur das eine Opfer, doch Elizabeths Anruf bei Eric Hubertus hatte bestätigt, dass auch Steve Norris an diesem Tag nicht zur Arbeit erschienen war und sich genau wie Maya Macy nicht krankgemeldet hatte.

Elizabeth hatte Hubertus vom Tatort aus angerufen. Er hatte sich bereit erklärt, Michael Boccachio abzuholen und sich vorerst um den jungen Mann zu kümmern, der gerade eine doppelte Tragödie durchlebte. Seinem Tonfall nach zu urteilen vermutete Elizabeth, dass Eric Hubertus und Autumn Fournier schon früher solche Aufgaben übernommen hatten.

Niemand weinte. Das fiel Elizabeth als Erstes auf. Dann, dass nicht nur Eric Hubertus und Autumn Fournier sich wie Ersatzeltern aufführten. Nachdem Elizabeth alle überlebenden Teilhaber zusammengerufen hatte, konnte sie beobachten, wie die Fassbenders mit ihren Kollegen eine Art menschlichen Kokon um Michael Boccachio spannen. Sie hatten sich in dem gepolsterten Raum versammelt und den jungen Mann in den Bereich mit den Marshmallow-Sesseln geführt, um ihn mehrere Minuten lang eingehend zu trösten.

Elizabeth bemühte sich um Geduld. Eric Hubertus bedeutete ihr schließlich mit einem Blick, sie möge mit ihrer Arbeit fortfahren.

Zunächst entschuldigte sich Elizabeth, wie sie es immer tat, für die Störung. Der Kokon brach auf, und alle setzten sich hin. Für Elizabeth blieb der große Zebrasessel.

»Vielen Dank, dass Sie mir in so schwierigen Zeiten helfen wollen«, sagte Elizabeth. »Ich weiß, dass Sie alle Entsetzen und Trauer empfinden. Daher werde ich versuchen, mich kurz zu fassen. Hier nun die Tatsachen, die uns zurzeit bekannt sind: Wie Sie wissen, ist Mr. Norris heute ebenfalls nicht in der Praxis erschienen. Wir vermuten das Schlimmste. Bislang konnten wir seinen Aufenthaltsort nicht ausfindig machen. Zudem gilt auch Dr. Boccachio weiterhin als verschwunden. Er wird zurzeit nicht verdächtigt, kommt aber als Zeuge in Frage. Da die Verbrechen unmittelbar auf diese Praxis zielen, sollten Sie sich darüber im Klaren sein, dass auch Sie gefährdet sind.«

Michael Boccachio hatte unverwandt auf den Boden geschaut, doch die Augen der vier Therapeuten waren auf Elizabeth geheftet. Niemand zuckte, keine Panik oder Überraschung war zu spüren, als sie andeutete, dass ihr Leben in Gefahr sein könnte. Sie verströmten nur kollektive Resignation.

»Mir fällt auf, dass der Täter bei der jüngsten Tat seine Vorgehensweise geändert hat. Bislang zielte er auf Ehepaare, die sich in einer Krise befinden. Wie Sie wissen, fügt sich der letzte Fall nicht in dieses Schema.«

Elizabeth hielt inne. Als niemand etwas sagte, wurde sie argwöhnisch. Ebenso Michael Boccachio, der nun endlich aufschaute und die Kollegen seiner Mutter fragend ansah.

»Was ist?«, sagte er zu Autumn Fournier und dann in die Runde. »Was ist denn los?«

»Es passt doch, Michael«, antwortete sie. »Deine Mutter und Steve waren verheiratet. Seit letztem Jahr, in Las Vegas. Sie wollte es dir nicht sagen. Sie traute sich nicht, es dir zu sagen.«

»Sie traute sich nicht, es mir zu sagen, weil sie Angst hatte, er würde es herausfinden.«

Elizabeth saß tief in ihrem Zebrasessel und hörte aufmerksam zu. Sie begriff. Das Erste, was man im Haus eines Mörders spürte, war die Angst. Die Angst, die sich gegen die Außenwelt richtete. Die der Täter irgendwann aus allen Poren verströmte.

»Er hat ihr nie verziehen, dass sie ihn nicht heiraten wollte. Er hat ihr nie verziehen, dass sie mit so vielen Männern geschlafen hat. Er hat ihr nie verziehen, dass sie eine beschissene Hure war.«

Elizabeth spürte, wie er sich öffnete, und warf schnell ein: »Michael, als ich Sie vorhin gefragt habe, ob Sie glauben, Ihr Vater hätte Ihre Mutter getötet, haben Sie geantwortet: ›Wenn er das getan hat, ist er auch tot.‹ Was genau haben Sie damit gemeint?«

Noch bevor sie die Frage beendet hatte, wusste sie, dass sie soeben gegen alle therapeutischen Regeln verstoßen hatte. Das las sie in den Gesichtern und der Körpersprache der vier diplomierten Therapeuten, die um sie herumsaßen. Aber das war ihr egal, denn sie konzentrierte sich ganz auf Michael Boccachio. Und er sich auf sie.

»Ich meinte damit, dass er nie wieder der sein wird, der er mal war.«

80

Die Augustsonne stand im Westen. Ihr blieben noch etwa drei Stunden, doch sie hatte schon den langen, allmählichen Abstieg begonnen. Elizabeth stand im Stau, als ihr Handy vibrierte. Es war Brady. Er verhielt sich wie alle Männer, deren Frauen in eine Krise geraten waren. Er wollte wissen, ob er ihr irgendwie helfen könne. Männer waren ungeduldig, sie wollten nicht einfach zusehen, wie die Welt in Stücke ging. Frauen übrigens auch nicht, aber die wussten immerhin, dass nach der zerbrochenen Welt eine neue kommen würde.

Brady wollte also wissen, ob er ihr helfen könne. Bei dem Fall. Im Haushalt. Beim Einkaufen. Ob er sich um die tropfenden Wasserhähne kümmern solle. All das war natürlich nur ein Vorwand für die Tatsache, dass er sie körperlich trösten wollte. Nachdem die Arbeit erledigt wäre. Sie war einverstanden. Dann komm in Gottes Namen vorbei. Repariere die blöden Hähne. Am besten, du fängst mit meinem Kopf an, weil mir die Hirnflüssigkeit langsam aus den Ohren tropft. Das Vater-Sohn-Gespann namens Boccachio tobte derart wild in ihrem Schädel, dass sie fürchtete, etwas könne zu Bruch gehen.

Sie hörte noch, wie er »Ich liebe dich« sagte, bevor sie zu schnell das Gespräch wegdrückte. Sie hätte ihn zurückrufen und seine Worte erwidern sollen. Stattdessen legte sie das Handy auf den Beifahrersitz und schaute in den Spiegel.

Mein Gott, sie würde heiraten. Sie hatte schon die Schürze an. Sie trat sechzig Prozent ihres Bettes ab und lächelte noch dabei. Verlor ihr Recht, nachts mit den Wänden zu reden. Verlor ihre exklusive Kuschelecke auf der Couch.

Im Geiste schwebte sie mitten in der Nacht über einem buddhistischen Kloster in Wisconsin. Vor allem über einer Hütte verweilte sie, wohl wissend, dass dort unten ihr jüngeres Ich nackt mit einem denkbar unwahrscheinlichen Gefährten zusammen lag. Einem keuschen Mönch.

Wie erregend. Wie wunderbar. Dort zu liegen, nur einen Schritt von der Hölle entfernt. Es war eine Sache, sich Sex mit einem Mann vorzustellen, der seine Kleider auf den Boden warf und einen, wenn er wollte, tagtäglich auf die Matratze des ehelichen Bettes zerren konnte. Ganz anders sah es aus, wenn dieser Mann sein orangefarbenes Gewand ordentlich auf einem Stuhl faltete und sich zum ersten und allerletzten Mal mit einer Frau vereinte.

Und genau darin lag der Unterschied zwischen Brady Richter, den sie lieben und ehren würde, bis dass der Tod sie schied, und der ewigen geistigen Vereinigung mit Bruder Matt Carlisle.

Elizabeth stand vor der Mikrowelle, die erste Tasse war längst getrunken. Der Rest der zweiten war kalt geworden. Sie stand in ihrer keramikgefliesten Küche und bemühte sich nach Kräften, das Geld, das ihr die Bürger des Staates Illinois zahlten, redlich zu verdienen. Wieder ging sie im Geiste ihre Checkliste durch, während sie die Fliesen auf dem Boden anstarrte.

Maya Macy und Steve Norris waren tatsächlich verheiratet gewesen. Die anderen Therapeuten in der Praxis hatten versucht, diese Tatsache vor Michael Boccachio und seinem Vater geheim zu halten. Aber warum? Wer zum Teufel war schon Gerard Boccachio? Als Elizabeth nachhakte, verschanzte sich die Denkfabrik Hubertus-Fournier-Fassbender wieder einmal hinter der kollegialen Schweigepflicht. Noch wichtiger war aber die Frage, wo zum Teufel Gerard Boccachio steckte. Die Illinois State Police wie auch die unteren Polizeibehörden suchten nach ihm. Wenn Captain Spanglers Pressekonferenz wie geplant der Höhepunkt der Sechs-Uhr-Nachrichten wäre, würden sich die Medien überall im Land auf Menschenjagd begeben. Der Gesuchte, dessen Bedeutung sie in der Praxis noch heruntergespielt hatte, würde zum Medienereignis.

Elizabeth hatte beschlossen, auf die Nachrichten zu verzichten. Obwohl sie selbst entschieden hatte, diesmal dem Scheinwerferlicht fernzubleiben, mochte sie sich die Vorgänge nicht vor dem Fernseher anschauen.

Sie zuckte zusammen, als jemand die Wohnungstür öffnete. Wie blöd, zukünftige Ehemänner hatten natürlich einen Schlüssel.

»Brady?«

»Hattest du mit jemand anderem gerechnet?«

Sie wartete ab, bis er näher getreten war und sie nicht mehr schreien musste.

»Es konnte nur du oder der Typ von UPS sein, der seine animalischen Triebe nicht länger beherrschen kann. Wer zuerst kommt, mahlt zuerst.«

»Ich wusste gar nicht, dass du auf animalische Paketboten stehst.«

Sie trat beiseite, damit er an den Kühlschrank konnte. Gemischter Beerensaft. Zwei Eiswürfel. In einem Becherglas. Sie schaute zu, wie sich die Prophezeiung erfüllte.

»Jeder Mann stammt vom Affen ab und ist damit zu allem fähig.«

Er trank von seinem Saft und schaute sie über den Rand des Glases an.

»Und von welcher überlegenen Lebensform stammst du ab?«

»Von den Primadonna-Primatinnen.«

Vor lauter Lachen drang ihm der gemischte Beerensaft in die Nebenhöhlen und floss aus seinen Nasenlöchern. Schlechtes Timing. Aber der Anblick war Gold wert.

Sie machte Witze auf seine Kosten, und er konnte trotzdem darüber lachen.

In diesem Augenblick meldete sich ihr Handy, das in der Seitentasche ihres Blazers steckte. Captain Spangler.

»Es geht um Jen.« Seine Stimmte zitterte. So hatte sie ihn noch nie erlebt. »Sie ist nicht zur Kita gekommen. Hat Victoria nicht abgeholt. Und sie geht auch nicht ans Handy.«

81

Victoria Spangler ist das letzte Kind in der Kita. Alle anderen wurden schon abgeholt. Alle anderen sind sicher zu Hause bei ihren Eltern. Schauen Zeichentricksendungen. Trinken Saftpäckchen. Essen Kräcker. Nur das eine kleine Mädchen nicht.

Es sitzt allein an einem kleinen Plastiktisch in der dämmrigen Spielecke. Alles ist anders als sonst. Sonst ist die Spielecke hell erleuchtet. Das kleine Mädchen hört auf zu malen und schaut hoch. Es scheint zu wissen, dass das Licht ausgeschaltet wurde, weil keiner mehr kommt. Die großen Leute sind weg. Alle sind weg.

Wenn Victoria weint, wird niemand sie hören. Nur ihre Mutter, und sie hört es jetzt. Von der dunklen Seite ihres Traumes her, der Halluzination. Ihre Mutter ist die Einzige, die ihr Weinen hören kann.

Jen Spangler brauchte mehrere Sekunden, bis sie begriff, dass sie wieder bei Bewusstsein war. Dass sie am Leben war, wenn auch an einem dunklen, engen Ort, der nach altem Holz und Zeit und Einsamkeit roch.

Ihre Hände und Füße waren gefesselt. Und man hatte sie mit einer Art Plastikfolie an einen Stuhl gebunden. Dann traf sie ein Schlag, der schlimmer war als der im Büro des *Mundelein Dispatch* – sie war zwar am Leben, hatte aber keine Möglichkeit, ihre Tochter zu erreichen. Ihr zu sagen, dass der Opa sie abholen werde. Dass es nicht schlimm sei, das letzte Kind in der Kita zu sein.

Sie hörte von irgendwoher in der Dunkelheit ein Flattern. Wie der Flügel eines Vogels. Da war es wieder, lauter, es war das Rascheln von Stoff. Da war jemand mit ihr in der Dunkelheit.

»Sie haben geweint«, sagte Byron Biffle. »Bevor Sie aufgewacht sind, haben Sie wie ein Kind geweint.«

82

Elizabeth ließ sämtliche Polizeibehörden des Staates nach Dr. Gerard Boccachio suchen und die vier Therapeuten von Big Shoulders wie auch Michael Boccachio rund um die Uhr beschatten. Außerdem lief eine intensive Suche nach Steve Norris oder dem, was von ihm übrig war. Sämtliche krisengeschüttelten Ehepaare im Umkreis von Chicago waren gewarnt und vermutlich schon lange nicht mehr so freundlich miteinander umgegangen.

Daher machte es Elizabeth auch nichts aus, sich vorübergehend einem anderen Fall zuzuwenden. Noch konnte man nicht von einer echten Vermisstensuche sprechen, doch als sie mit Brady vor Ed Spanglers Haustür erschien und ihrem Chef ins Gesicht sah, wusste sie Bescheid. Auf dem Küchentisch herrschte ein Chaos aus Fertigspaghetti und gefrorenen Erbsen, dazwischen Zeugnisse von Jen Spanglers letzten Aktivitäten. An Ed Spanglers Platz lag Jens Notebook, und über dem Durcheinander aus Klebezetteln, Notizbüchern und Quittungen schwebte der Geruch von Hähnchencurry, der aus zwei weißen Kartons auf der Arbeitsplatte drang.

»Die Kita hatte schon versucht, mich anzurufen, aber ich war bei der Pressekonferenz. Danach musste ich zum Thailänder. Ich hatte Jen versprochen, etwas zu essen zu besorgen.«

Victoria Spangler hockte weinend neben ihrem Hochstuhl auf dem Boden. Bevor sie völlig die Fassung verlor, wurde Brady aktiv und setzte sich neben sie.

»Was machen wir jetzt?«, fragte Elizabeth.

»Nun ja, ich hatte in letzter Zeit öfter das Gefühl, sie hätte einen Freund. Jemanden, von dem ich nichts wissen soll.«

Brady griff nach dem leeren Karton, mit dem Victoria gespielt hatte, stellte ihn auf den Boden und drehte ihn wie einen Kreisel.

»Haben Sie sich ihre E-Mails angeschaut?«

»Nichts zu finden. Wenn Jen etwas verbergen wollte, würde sie dort jedenfalls keine Spuren hinterlassen.«

»Die Chronik im Browser?«

Brady lenkte Victoria weiter mit dem kreiselnden Karton ab.

»Das meiste Zeug hat mit dem Fall Carlton Ritz zu tun. Und dem Opfer. Der jungen Frau.«

Elizabeth spürte, wie sich etwas in ihr zusammenzog.

»Telefongespräche?«

»Die werden gerade überprüft. Unser Festnetzanschluss und Jens Handy.«

»Dürfte ich einen Blick in ihr Zimmer werfen?«

»Nur zu. Was immer Sie wollen.«

Elizabeth war selten bei Ed Spangler zu Hause gewesen und noch nie im Zimmer seiner Tochter. Als sie nun über die Schwelle trat, verspürte sie eine vertraute Übelkeit. Ein Gefühl, das sie immer dann überkam, wenn sie zum ersten Mal die persönliche Welt eines Opfers kennenlernte.

Und auch hier, in Jennifers Zimmer, das noch immer wie ein Jungmädchenzimmer aussah, wirkte jedes Armband, jede Parfümflasche, Handtasche, Zeitschrift und jedes Kuscheltier ganz und gar verlassen.

Jens Vater hatte bereits die Dinge, die ihm am wichtigsten erschienen, aus dem Zimmer geholt. Aber er war ihr Vater. Elizabeth hingegen war eine Art Schwester wider Willen. Eine Schwester, die sich kaum um Jen gekümmert hatte. Nun aber musste sie ihr Bestes geben.

Auf dem Regal über dem Schreibtisch stand eine Schmuckdose mit Spieluhr. Elizabeth wusste nicht, ob sie darin ein Geheimnis vermutete oder sie einfach anfassen wollte. Mit unsicheren Fingern öffnete sie den Deckel, worauf sich die Ballerina in Bewegung setzte und eine klingelnde Version vom »Tanz der Zuckerfee« erklang.

Während die Ballerina ihre Pirouetten drehte, hatte Elizabeth die kleine Schublade an der Seite der Dose entdeckt. Sie öffnete sie vorsichtig und holte den einzigen Gegenstand darin ans Licht. Ein Armband. Aber es war kein Schmuckstück, sondern das kleine Plastikarmband, das Victoria Spangler nach ihrer Geburt im Krankenhaus getragen hatte.

Die Entdeckung traf Elizabeth wie ein Schlag in den Solarplexus. Mit einem Mal wurde ihr das ganze Ausmaß des Geschehens klar. Dass der Mensch, dem dieses kostbare Versteck gehörte, verschwunden war.

Sie ging durchs Zimmer, das Babyarmband noch in der Hand. Mit der anderen öffnete sie die mittlere Schublade der Frisierkommode. Eine kleine Schublade, wie geschaffen für Schmuck und Andenken. Und genau das fand sie auch darin. Ein kleines Warenlager aus Accessoires und Glücksbringern – und ganz hinten in der äußersten rechten Ecke einen kleinen Stapel gelber Klebenotizen, jeweils zur Hälfte gefaltet und mit einer Telefonnummer beschriftet. Nur die Nummern. Keine Namen. Keine Initialen. Doch sie vermutete einen Sinn dahinter, irgendeine Ordnung. *Nettes Rendezvous. Interessantes Potential. Typ mag Kinder*.

Sie ging die Zettel durch. Lauter Vorwahlen aus Chicago und Umgebung. Dann stieß sie auf eine Nummer, die sie zusammenzucken ließ. Die Vorwahl – 566. Elizabeth spürte ein eisiges Gefühl in der Brust, noch bevor sie ihr Notizbuch aufgeschlagen hatte.

Die Vorwahl und die folgenden vier Zahlen bildeten die Rufnummer des *Mundelein Dispatch.*

83

»Ich hatte ihn abgeschrieben«, sagte Elizabeth. »Ich war mir hundertprozentig sicher, dass dieser Typ nicht dazu in der Lage wäre.«

Sie hatte Brady bereits erklärt, dass sie Jen Spangler übungshalber auf den Fall Carlton Ritz angesetzt hatte, weil die junge Frau darauf bestanden hatte. Sie erzählte ihm, dass Jens Vater nur zähneknirschend zugestimmt hatte – zu einem Unternehmen, das sich nun als Falle erweisen konnte.

»Du kannst immer noch recht behalten.«

Brady machte ihr Mut. Nicht unbedingt mit dem, was er sagte, sondern weil er neben ihr saß und mit ihr zusammen im Mazda durch die Straßen von Mundelein fuhr.

»Ich bin das ganze Szenario durchgegangen«, sagte sie. »Ein Junge wächst mit seinem berühmten Vater auf, der über aufsehenerregende Kriminalfälle berichtet. Inzwischen ist er selbst in mittlerem Alter. Gibt eine kleine Lokalzeitung heraus. Also macht er seine Meldungen selbst. Sorgt für eine sensationelle Berichterstattung. Will seinem Vater nacheifern und gleichzeitig die Dämonen bekämpfen, die ihm keine Ruhe lassen. Das habe ich alles durchdacht. Aber der Typ passt nicht ins Schema.«

»Manchmal spürt man so etwas einfach«, sagte Brady.

»Ja, das stimmt. Und trotzdem findet man irgendwann heraus, dass man sich geirrt hat.«

Als das Gebäude im viktorianischen Stil endlich in Sicht kam, war Elizabeth wahnsinnig froh, dass Brady und nicht Captain Spangler neben ihr saß. Diesmal erschien ihr das Haus nicht nur düster, es verströmte auch eine tiefe Verzweiflung. Spangler als Vater würde dieser Verzweiflung womöglich nachgeben. Zum Glück hielt er zu Hause die Stellung und kümmerte sich um seine Enkelin.

Sie parkten ein Stück vom Haus entfernt. Elizabeth ging zur Hintertür, Brady nach vorn. Bevor sie sich trennten, rief Elizabeth sein Handy an und legte nicht wieder auf. So konnte sie sich den Weg nach vorne sparen, als sie feststellte, dass die Hintertür nicht nur unverschlossen, sondern auch leicht angelehnt war.

Sie wollte warten, bis Brady bei ihr war, und dann erst hineingehen, konnte sich aber einfach nicht beherrschen. Leise trat sie in den Flur und zog die Dienstwaffe. Brady kam hinter ihr die Stufen herauf. Sie hielt ihm die Tür auf.

»Du nimmst den Keller, ich das Erdgeschoss«, flüsterte sie.

Brady schaltete die Taschenlampe ein und richtete den Strahl auf die Kellertreppe. Elizabeth ging weiter durch den Flur, während sie sich die Lage der Zimmer ins Gedächtnis rief.

Sie schaute vorsichtig in die ersten Räume. Herstellungsbereich. Küche. Toilette. Nichts. Niemand. Dann begab sie sich in den Kaninchenbau der Büros. Sie schaute in den ersten Raum. Da war etwas! Ein Geruch, der nichts Gutes verhieß. Sie ging zum nächsten Büro, folgte dem Geruch durch die offene Tür. Ein leichter Zitrusduft, wie sie ihn erst kürzlich in Jen Spanglers Schlafzimmer bemerkt hatte.

Dieses Büro wirkte weniger verlassen. Jemand hatte den Schreibtisch benutzt. Jemand, der eine Handtasche von Vera Bradley besaß. Elizabeth erkannte sie, noch bevor sie den Reißverschluss geöffnet hatte. Als sie Jens Notizbücher, Kosmetika, Pfefferminzbonbons und Portemonnaie erblickte, wurde ihr schlecht. Sie fragte sich, warum sich Jen ohne jede Vorsichtsmaßnahme hierher gewagt hatte. Dann aber erkannte sie, dass die junge Frau durchaus gewusst hatte, in welche Gefahr sie sich begab. Der Beweis steckte im Innenfach der Tasche – eine alte, aber durchaus funktionstüchtige Smith & Wesson.

Elizabeth zwang sich aufzustehen. Wenn sie noch länger dieses Parfüm einatmete, würde sie sich übergeben müssen. Aber sie durfte jetzt nicht an Jen Spangler denken. Sie musste sich konzentrieren, nur so würde sie die junge Frau finden.

In Byron Biffles Büro gab es weitere unheilvolle Spuren. Blut auf dem Boden. Ein einziger Fleck. Genug. Sie hörte, wie Brady sich bemühte, leise zu ihr zu schleichen. Sie drehte sich um und sah ihn in der Tür stehen. Sein Gesichtsausdruck machte ihr Angst.

»Was ist denn los?«

»Das frage ich *dich*. Was zum Teufel hast du gefunden?«

Sie sagte es ihm. Bat ihn, hierzubleiben. Dann murmelte sie etwas vom ersten Stock, in dem Biffle manchmal übernachtete. Es sei ihre Aufgabe, dort nachzuschauen. Brady solle das Erdgeschoss sichern, falls jemand hereinkäme. Und ihr nachkommen, falls sie zu lange oben blieb. Ihre Augen trafen sich kurz, dann wandte sie sich ab.

Die Treppe in den Wohnbereich befand sich hinten im Gebäude. Elizabeth stieg die alten, mit Linoleum ausgelegten Stufen hinauf. Die Tür am Ende der Treppe war ebenfalls unverschlossen. Tag der offenen Tür. Am besten mit Plätzchen und Punsch auf dem Küchentisch. Falls sie überhaupt so weit kam.

Es war unheimlich. Das Gebäude hatte etwas von einem Spukhaus. Biffle hatte keinen Versuch unternommen, modernere Möbel, Teppiche oder Vorhänge anzuschaffen. Wenn er Musik hörte, dann sicher auf einem Grammophon. Doch im Augenblick war alles totenstill. Als hielte die Wohnung die Luft an.

Die ersten beiden Schlafzimmer glichen einander. Antike Möbel. Antike Luft. Doch als sie ins dritte Zimmer trat, starrten ihr Gesichter aus einer Vitrine entgegen. In den gläsernen Augen fing sich der zitternde Strahl der Taschenlampe. *Puppen*. Eine Sammlung antiker Puppen. Verdammte Scheiße.

Die Küche war nicht so spektakulär und ebenfalls verlassen. Keine Häppchen für den Gast. Elizabeth ging zum Vorratsschrank und schaltete das Licht ein. Kaum Lebensmittel, dafür eine Tür in der Rückwand. Eine Tür, hinter der eine kleine Treppe auf den Dachboden führte.

Sie stieg hinauf und horchte vor der geschlossenen Dachbodentür. Tastete nach dem kalten Metallknauf.

Als Elizabeth die Tür öffnete und in den dunklen Raum trat, erahnte sie die Gestalt, noch bevor der Schein der Taschenlampe auf sie fiel.

84

»Ich habe ebensolche Angst wie Sie.«

Sie war an Händen und Füßen gefesselt. Er hatte ihr die Augen verbunden, damit er sein krankes Spiel treiben konnte. Und ihr blieb nichts anderes übrig, als mitzuspielen. Was immer er wollte und wie immer seine Regeln lauteten.

Im Augenblick zielte das Spiel darauf ab, sie zu beleidigen, zu verspotten und ihr trotz verbundener Augen mit erschreckender Klarheit zu zeigen, in welcher Lage sie sich befand.

»Meine Hände und Füße sind gefesselt«, sagte er noch einmal. Er hatte es so oft gesagt, dass sie nicht mehr mitzählen konnte. »Etwas ist um meinen Kopf gewickelt. Weicher Stoff. Flauschig. Wie ein Schal.«

Sie musste sich zum Atmen zwingen. Wann immer seine Stimme erklang, zog sich ihre Brust zusammen. Schnürte es ihr das Herz ab.

»Dann wissen Sie ja, wie ich mich fühle. Wie schlimm es ist. Sie wissen, wie sehr ich mich fürchte.«

»Ich kann Ihnen nicht helfen, so gerne ich es möchte. Es ist nicht meine Schuld, dass Sie hier sind. Bitte, Sie müssen mir glauben.«

Bis dahin hatte sie sein Spiel mitgespielt. Nun aber hatte sie ihn in die Enge getrieben, und sein Schweigen verriet ihr, dass es ihm nicht gefiel.

Was er sagte, hatte nichts mit der Wahrheit zu tun. Gar nichts. *Es war das genaue Gegenteil von Wahrheit.* Für ihn war es eine Spielregel. Er kehrte nicht nur seine Worte, sondern auch seine Gefühle ins Gegenteil. Sie wusste jetzt, dass er die BHs umgedreht hatte. Dass er derjenige war, der sie neben der Bahnlinie niedergeschlagen hatte, als sie in sein Reich der Grashüpfer eingedrungen war. Er war an den Ort zurückgekehrt, um den Mord von damals noch einmal zu durchleben. Und sie war ihm in die Arme gelaufen. Er hatte im Büro die ganze Zeit mit ihr gespielt.

Jetzt weinte er. Das Arschloch weinte – um sie. Aber seine Tränen waren nicht echt. Undenkbar. Nichts, was er sagte oder tat, konnte echt sein.

»Ich weiß nicht, wer er ist. Oder was er will«, sagte er.

Noch mehr beschissene Lügen. Er wollte jemand anderem die Schuld geben. Einem Jemand in seinem Inneren, den er nicht unter Kontrolle hatte.

»Ich weiß nicht, was er will. Er will es mir einfach nicht sagen.«

Es war, als erwartete er, dass sie es wüsste und es ihm erklären könnte. Und da sonst niemand in der Nähe war und sie sich damit abfinden musste, in seiner Gegenwart zu sterben, beschloss sie, es ihm zu sagen.

»Er will, was alle wollen. Er will die Wahrheit erfahren.«

Falls dies die falschen Worte waren, wäre es der letzte Fehler ihres Lebens. Sie horchte auf seinen unregelmäßigen Atem, bis er schließlich ruhiger wurde.

»Die Wahrheit ist das, was wir gern dafür halten möchten. Bis wir unseren eigenen Worten nicht mehr glauben. Dann gibt es keine Wahrheit mehr. Keine Logik. Kein Ethos. Keine Verhaltensregeln. Und das ist das Ende. Dann gibt es nur noch Stimmen. Stimmen in der Dunkelheit.«

85

Es war eine Schneiderpuppe. Hätte Elizabeth sie zusammen mit dem üblichen Krimskrams, der gewöhnlich auf einem Dachboden herumstand, in einer Ecke gefunden, wäre das kein Problem gewesen. Doch sie stand mitten im Raum und wirkte überaus verstörend.

Noch verstörender aber war ihre Kleidung – besser gesagt, ihr einziges Kleidungsstück. Nur ein BH. Das verriet ihr mehr, als sie wissen wollte. Das war nicht nur irgendein Verkleidungsspielchen. Es war das Herzstück eines Rituals. Und zusammen mit den Beweisstücken im Erdgeschoss bedeutete es nichts Gutes für Jen Spangler und die Menschen, die nach ihr suchten.

Zunächst jedoch musste Elizabeth feststellen, dass das Haus völlig verlassen war. Natürlich würden sie auch noch die Garage und alles andere überprüfen, doch Byron Biffle und Jen Spangler waren zweifellos geflohen. Warum und wohin, das war die Frage. Hinzu kamen die ganzen Leichen und die vielen Köpfe. Die Frage, weshalb jemand der Schneiderpuppe einen BH verkehrt herum angezogen hatte, musste warten.

Elizabeth ging wieder nach unten zu Brady und überprüfte mit ihm das Büro, in dem sich Jen während ihrer Mission offenkundig aufgehalten hatte.

»Meinst du, sie hat sich unter einem Vorwand eingeschlichen, um hier zu recherchieren?«, wollte Brady wissen.

Elizabeth wühlte wieder in der Tasche.

»Ganz sicher.«

Die einzige Bestätigung, die sie jetzt noch brauchte, hielt sie in der Hand. Ein schwarzes Notizbuch von Moleskine, das mit einer Schrift vollgekritzelt war, die weder zu Jen noch zu irgendeiner anderen Frau gehörte. Sie legte das Notizbuch auf den Schreibtisch und blätterte es durch. Der leicht muffige Geruch vermischte sich mit Bradys Eau de Toilette, als er neben sie trat.

»Es hat Carlton Ritz gehört«, sagte sie. »Für seinen Sohn war es wohl wertvoll. Und Jen wiederum fand es wertvoll genug, um es zu klauen.«

»Keine gute Idee. Wenn man sich dann auch noch erwischen lässt …«

»Angenommen, sie wurde erwischt. Warum ist es dann noch hier? Warum steckt es noch in ihrer Tasche?«

»Vielleicht hat er sie beim Schnüffeln erwischt. Wurde sauer, dann aggressiv. Ist auf sie losgegangen.«

Elizabeth hielt inne, als ihr auf mehreren Seiten ein Name förmlich entgegensprang. Hier wurde die Geschichte von Loreena White erzählt.

»Das glaube ich nicht. Der Typ war einfach zu pedantisch. Selbst wenn er auf sie losgegangen wäre, hätte er danach wenigstens sauber gemacht.«

Sie hörte auf zu blättern, als ihr einige Wörter im unteren Bereich der Seite auffielen.

»Was ist los?«

»Wirklicher Name: Grace d'Aquisto«, antwortete Elizabeth und zeigte auf die Wörter, die dort in einer krakeligen, unsicheren Schrift verzeichnet waren. »Der wirkliche Name von Loreena White lautete Grace d'Aquisto.«

Sie verließen das Haus und stiegen ins Auto, Elizabeth diesmal auf der Beifahrerseite. Ihr Handy klingelte. Es war Pete Megna.

»Wahnsinnsneuigkeit«, hörte sie ihn mit gedämpfter Stimme sagen. »Wir haben Boccachio gefunden. Aber nur von den Schultern abwärts.«

86

Dann kam Bewegung in die Dunkelheit. Alles begann um sie zu kreisen. Es war erst wenige Sekunden her, dass sie die Türscharniere gehört hatte, doch in dieser Zeit hatte sich das ganze Universum verändert.

Er wollte kämpfen. Jen hörte, wie er es versuchte. Aber er hatte keine Chance, diesen Kampf zu gewinnen.

»Sag, was du von mir willst. Sag, was du von mir willst …«

Als er es zum zweiten Mal sagte, zischte seine Stimme an ihr vorbei. Metall schepperte, auf Bodenhöhe schrie jemand, Räder wurden gewaltsam herumgedreht.

»Es ist nicht meine Schuld, was passiert ist. Was er getan hat. Es ist nicht meine Schuld.«

Die Stimme bewegte sich von ihr weg. Rollte weg.

In einem Strudel hatte man fast keine Überlebenschance. In der Dunkelheit überhaupt keine. Jen Spangler kreiselte hilflos im Mahlstrom der Vergeltung, in den man sie hineingezogen hatte. Sie verstand gar nichts, konnte sich nicht vorstellen, weshalb sie zu einer Figur in diesem Drama geworden war.

Als sie begriff, dass sie nichts sehen und nichts herausfinden konnte, fühlte sie sich zum ersten Mal im Leben ganz und gar allein. Sie begann zu weinen. Sie merkte es nicht an den Tränen, sondern an den Bewegungen ihres Körpers. Sie fühlte, wie sich ihre Bauchmuskeln zusammenzogen und ihre Brust erbebte.

Wer sollte ihre Tochter großziehen? Wer ihren Vater pflegen, wenn er alt wurde? Wer würde die Aufgaben übernehmen, die sie noch erfüllen musste? Je weiter Byron Biffle sich von ihr entfernte, desto lauter wurde sein Protest. Schließlich verstummte er mit einem abrupten, gurgelnden Laut.

Dann holte er *sie*. Jetzt wurde sie in ihrem Stuhl vorangerollt, geschoben, getragen. Der Gedanke, an diesem Abend zu sterben, erfüllte ihr ganzes Sein, erschloss sich ihr erst jetzt in seiner ganzen Tragweite. Er riss sie aber auch aus ihrer Starre, erweckte sie zu neuem Leben.

»Bitte, ich habe ein Kind«, sagte sie.

Sie spürte ein leises Zögern in der Bewegung des Rollstuhls, aber es kamen keine Worte. Dann ruckte der Rollstuhl und setzte sich wieder in Bewegung.

»Es tut mir leid«, sagte Jen. »Es tut mir leid, was Ihnen zugestoßen ist. Aber, bitte, es ist nicht gerecht, wenn ich dafür bezahlen muss. Meine Tochter soll doch nicht den Rest ihres Lebens leiden.«

Der Rollstuhl wurde langsamer und blieb schließlich stehen. Sie hörte, wie er um sie herumging und vor ihr stehen blieb. Seine Stimme war jetzt nur ein sanftes Flüstern.

»Gott segne dich.«

Sie spürte, wie seine Finger ihre Stirn und die Augenbinde berührten. Sie zurechtrückten. Ein wenig tiefer zogen. Noch tiefer. Und dann sah sie ihn, nahm sein Gesicht nur verschwommen wahr, bevor es riesengroß wurde, auf sie zukam und seine Lippen sie sanft mitten auf die Stirn küssten. In einer Weise, die sie ganz genau kannte. So küsste ein Vater seine Tochter.

87

»Ich glaube, sie ist am Leben«, sagte Elizabeth. »Er benutzt sie als Requisit in einem größeren Drama. Das hoffe ich jedenfalls.«

Sie hatte Brady das Steuer überlassen, damit sie während der Fahrt in dem Notizbuch lesen konnte, das Carlton Ritz hinterlassen hatte. Noch nie hatte sie auf dem Beifahrersitz ihres Autos gesessen. Sie legte gewöhnlich großen Wert darauf, selber zu fahren.

»Was für ein Drama?«

Bradys Hände am Lenkrad wirkten seltsam überdimensional.

»Es hat etwas mit Grace zu tun. Damit meine ich nicht nur den Namen, auch den Zustand der Gnade. Den ganzen Zusammenhang.«

»Willst du Spangler von deiner Gnadentheorie erzählen?«

»Zuerst möchte ich dich etwas fragen. Angenommen, deine Tochter würde vermisst und es bestünde die Chance, dass sie noch am Leben ist. Was würdest du tun, um sie zu retten?«

»Das ist einfach. Alles. Wirklich alles.«

»Würdest du dein eigenes Leben oder das eines Kollegen bereitwilliger riskieren, wenn es sich um deine Tochter handelte?«

»Ob ich mich aggressiver verhalten würde? Ob ich eher Fehler begehen würde?«

»Ja, das meine ich.«

»Ich würde mir wünschen, dass dem nicht so wäre. Versprechen kann ich es aber nicht.«

»Das beruhigt mich«, sagte Elizabeth.

»Fragst du für den Fall, dass unsere Tochter irgendwann in Schwierigkeiten gerät?«

Sie ließ sich viel Zeit und antwortete dann nur mit einer Geste. Als sie ihre linke Hand auf seine rechte legte, spürte sie die Vibrationen der Straße, der Welt, die aus seiner Hand in ihre weiche Handfläche flossen.

»Wir werden alles tun, was nötig ist«, sagte er. »*So viel* kann ich versprechen.«

Ihre Füße fanden Halt in dem Wacholderstrauch. Ihre Haut schrammte schmerzhaft über die Hauswand, als sie sich hochstemmte. Die Steine waren rau und hart wie eine Festungsmauer.

Während Brady die Kirche von allen Seiten nach einem weiteren Eingang absuchte, konzentrierte sich Elizabeth auf die Fenster. Das schwache Leuchten, das herausdrang, war der erste Anhaltspunkt gewesen. Sie suchte nach der Quelle, nach den Menschen, die dieses Licht angezündet hatten. Wären es Fenster aus normalem Glas gewesen, hätte sie längst Bescheid gewusst, aber das Buntglas wahrte seine Geheimnisse. Dieses spezielle Fenster, das eine Kreuzwegstation darstellte, hatte sie angelockt, weil aus einem der Füße Christi ein Stück Glas herausgebrochen war.

Elizabeth tastete mit den Füßen nach einem Halt, rutschte mit dem linken ab. Als sie sich wieder gefangen hatte, kletterte sie noch höher. Jetzt konnte sie durch die Öffnung im Fenster schauen. In der Kirche brannte nicht nur Licht, sie sah auch Bewegungen, Schatten, die sich schemenhaft abzeichneten. Mehr konnte sie nicht erkennen, da die kleine Öffnung im Glas nur den Blick auf einige Bänke freigab.

Elizabeth beugte sich vor und spähte hinein. Hörte ein Geräusch hinter sich und stützte sich am Fenster ab, bevor sie sich umdrehte. Dabei rutscht ihr linker Fuß ab, und sie schnitt sich die Hand an dem gezackten Glas auf.

Brady tauchte wie eine große Katze aus dem hohen Gras auf und flüsterte: »Ich habe ein offenes Fenster gefunden, das in die Toilette im Keller führt. Für mich ist es zu schmal. Vielleicht schaffst du es. Oder hast du was Besseres gefunden?«

»Nein. Das hier war übrigens der Fuß Christi«, sagte sie und hielt ihm die Hand hin, an der das Blut herunterlief.

Brady wickelte sein Taschentuch darum.

»Da drinnen ist jemand«, sagte sie, während er den provisorischen Verband verknotete. »Nehmen wir das Fenster.«

88

Sie legte sich auf den Bauch, schob die Füße durchs Fenster und rutschte nach. Als ihre Hüften stecken blieben, wurde ihr klar, dass Brady recht gehabt hatte. Da würde er niemals durchkommen. Sie wand sich, während Brady gegen ihre Schultern drückte, und landete schließlich mit den Füßen auf dem Spülkasten der Toilette. Klappte den Sitz mit dem rechten Fuß hinunter. Das Geräusch hallte von den Fliesen wider.

»Ich gehe zum Hintereingang und lasse dich rein«, sagte sie zu Brady, der vor dem Fenster kniete.

»Sei vorsichtig«, sagte er mit einem untypisch sorgenvollen Blick, der sie ein bisschen beunruhigte.

Sie trat auf den Fliesenboden, schaltete die Taschenlampe ein und sah flüchtig ihr angespanntes Gesicht im Spiegel. Kein Wunder, sie war im Haus Gottes, und in dieser Welt musste man einen Preis für die Erlösung bezahlen.

Sie verließ die Toilette und ging durch einen kleinen Flur, der in einen Mehrzweckraum mündete. Aus der Küchenecke drang der Geruch von Kaffee und Weißbrot.

Der Strahl der Taschenlampe fiel auf Kinderbilder an den Wänden, kleine Abbilder der Buntglasfenster, auf denen Maria, Jesus, das Kreuz und eine Art riesiges Auge am Himmel dargestellt waren.

Ganz am Ende zweigte ein weiterer Flur ab, der zur Treppe und hinauf ins Erdgeschoss führte. Sie horchte. Nichts zu hören. Aber es war nicht die gewöhnliche Stille, wie sie in einem Gebäude herrschte. Es war die Stille einer Kirche.

Sie hörte ihre Schuhe auf den Treppenstufen und versuchte, lautlos zu gehen. Vergeblich. Falls sie allein in der Kirche war, hatte sie sich furchtbar geirrt. Dann wäre ihr Plan gescheitert und mit ihm die Hoffnung auf ein Wiedersehen von Jen und Victoria.

Oben an der Treppe, kurz vor dem eigentlichen Kirchenraum, hörte sie etwas. Ein leises Geräusch. Es klang fast wie ein Muhen, doch es war eine menschliche Stimme, und die Laute drangen aus dem tiefsten Inneren der Seele.

Brady stand sicher schon draußen. Sie spürte, dass er auf sie wartete. Doch das kehlige Weinen – mittlerweile war sie sicher, dass es eine Frauenstimme war – zog sie unwillkürlich zur Vorhalle und zu den geschlossenen Türen des Kirchenraums.

Durch das Fenster im rechten Türflügel konnte sie einen Körper vor dem Altar auf dem Boden liegen sehen. Sie öffnete die Tür und trat ein. Eine Woge von Gerüchen überflutete sie – Blumen, Kerzen, blank poliertes Holz und geweihter Staub. Über allem schwebte das Weinen, das aus dem Körper auf dem Boden hervordrang. Als Elizabeth sich durch den Gang auf den Altar zubewegte, wurde ihr klar, dass der Körper an ebenjener Stelle lag, an der bei einer Hochzeit die Braut stand – vor dem Altar auf der linken Seite.

Elizabeth war beinahe so aufgeregt wie eine Braut, die im weißen Kleid unter den Augen von zweihundert Gästen zum Altar schritt. Noch immer konnte sie die Frau nicht erkennen. Der Körper war dem Altar zugewandt. Ihr Kopf mit einem violetten Schal oder Tuch bedeckt.

Nur noch wenige Schritte, und noch immer hatte sie nicht aufgehört zu weinen und drehte sich nicht um. Elizabeth kniete sich und streckte die Hand nach dem Opfer aus. Sie berührte die Stelle, die ihr am nächsten war. Den linken Unterschenkel, die Wade. Etwas stimmte nicht. Es fühlte sich an, als wäre das Bein völlig verkrampft. Schlimmer noch. Versteinert.

»Father …«

Die Frau drehte sich um. Ihre Hand zog den violetten Schleier vom Gesicht.

»O mein Gott.«

Elizabeth erkannte die Stimme, die sie schon einmal gedämpft durch die geschlossene Tür von Father Brian Wilsons Büro gehört hatte.

»Ich dachte, Sie wären Father Brian. Ich dachte, er sei zurückgekommen.«

»Warum liegen Sie hier? Sind Sie verletzt?«

Die Frau lächelte schwach. Durch ihre ausdruckslose Maske schimmerte die Tragik ihres Schicksals.

»Ich habe mein Bein an den Krebs verloren. Und deswegen habe ich meinen Mann verloren. Ich wünschte, ich könnte mich auch nur zehn Minuten lang fühlen, als wäre ich unverletzt. Nur an diesem Ort finde ich ein bisschen Vergessen.«

Sie hatte sich hingekniet, soweit es die Prothese erlaubte. Elizabeth ahnte, dass die Frau oft in dieser Position auf dem harten Marmorboden verharrte und in dem Schmerz, den die unterwürfige Haltung verursachte, vielleicht ein wenig Halt fand.

»Ich komme so oft her, dass Father Brian mir einen Schlüssel gegeben hat. Damit ich jederzeit hereinkann, auch wenn er nicht da ist.«

»Er ist also nicht hier?«

»Nein.«

»Wissen Sie denn, wo er ist?«

Elizabeths Handy klingelte in der Tasche ihres Blazers. Sie meldete sich kurz und sagte Brady, alles sei in Ordnung und sie werde in einigen Minuten hinauskommen. Dann wandte sie sich wieder der Frau am Boden zu.

»Warum suchen Sie ihn?«

»Weil ich glaube, dass er das tun kann, worauf er sich am besten versteht – mir dabei helfen, Antworten zu finden«, erwiderte Elizabeth. »Wenn Sie wissen, wo er ist, dann sagen Sie es mir bitte.«

Die Frau studierte Elizabeths Gesicht und schaute sie mitfühlend an. Es schien sie zu beruhigen. Ihre Augen wurden weicher, und sie lächelte, bevor sie antwortete.

»Er ist in St. Paul in Palatine. Die Erzdiözese hat die Kirche geschlossen. Father Brian kümmert sich um die Abwicklung und Profanierung.«

89

Sie wollte schreien. Noch nie in ihrem ganzen Leben hatte sie dringender schreien wollen. Doch als ihr die Augenbinde in den Schoß fiel, flüsterte ihr die Welt mit leiser Stimme zu, dass Schreien wenig Sinn hatte. Dass Schreien es nur noch schlimmer machen würde.

Sie waren auf dem Altar angeordnet, wo gewöhnlich Kerzen oder Blumen standen. Diese … Dinger. Die fehlenden Beweisstücke des Falles, nach denen Elizabeth und der Rest der Welt gesucht hatten. Hier waren sie nun, und Jen hatte sie gefunden.

Als sich der erste Schock gelegt hatte, spürte sie auch den übrigen Kirchenraum um sich herum. Sie sah, obwohl die Kirche völlig dunkel war. Das einzige Licht stammte von den Kerzen, die den Altar beleuchteten.

Da sie mit Plastikfolie an den Rollstuhl gefesselt war, konnte sie sich nicht zu dem Mann umdrehen, der sie hergebracht und die Szene choreographiert hatte. Sie versuchte es auch gar nicht, sondern richtete ihren Blick nach vorn, konzentrierte sich auf den Altar und nicht auf die Gesichter, mit denen er geschmückt war.

Sie konnte ihn nicht sehen. Aber sie hörte ihn, seine Schritte, die hinter ihr in der Kirche verklangen.

Jetzt war sie allein. Allein mit den Köpfen. Allein mit Gott.

»Ich bin hier, Jennifer. Ich bin hier.«

Die Stimme war unmittelbar neben ihr. Kam aus der Dunkelheit. Zu ihrer Rechten. Vom Platz des Bräutigams. Sie wandte sich so weit um, dass sie ihn im tanzenden Kerzenlicht erkennen konnte.

»Es tut mir so leid«, sagte Byron Biffle. »Es tut mir furchtbar leid. Es hätte mich allein treffen sollen. Sie sind unschuldig. Sie haben nichts getan. Aber genau darum hat er Sie ausgewählt. Genau darum. Weil Sie unschuldig sind.«

»Aber wer ist dieser jemand?«

Sie hatte geflüstert. Und so antwortete er auch.

»Ich weiß es nicht. Niemand kennt seinen Namen. Aber ich weiß den Grund. Er ist hier, um sie zu verteidigen. Er will Sühne.«

Eine eisige Welle der Erkenntnis schlug über ihr zusammen. »Loreena White. Das alles hier ist für Loreena White.«

Byron Biffle sagte nichts. Aus dem Augenwinkel konnte sie sehen, wie er nickte. Die anderen auf dem Altar schienen ihm lautlos zuzustimmen.

90

»Du willst Spangler also zunächst im Dunkeln lassen.«

Der Motor des Mazda heulte in den höchsten Tönen, was gut zu Bradys monotoner Stimme passte.

»Das ist jedenfalls der inoffizielle Plan«, antwortete Elizabeth.

Brady stieß seufzend die Luft aus, wie es Raucher tun, und nahm der Situation damit ein wenig die Spannung.

»Deine Arbeitsweise ist wie der Jazz, den du so gerne hörst. Alles nach Gefühl.«

»Nicht immer«, konterte Elizabeth. »Zunächst spielt man nach Noten.«

»Aber wie jeder gute Jazzer wartest du nur auf dein Solo.«

»Das mag wohl stimmen. Ich glaube, das wird eine dieser ›Gut, dass wir drüber gesprochen haben‹-Unterhaltungen.«

»Wieso?«

»Na ja, es tut gut zu wissen, dass der Mann, den zu heiraten ich gelobt habe, ein Gespür für feine Unterschiede besitzt.«

»Interessant.«

»Was?«

»Das gerade war auch ein feiner Unterschied. Du hast gesagt, der Mann, den du zu heiraten gelobt hast. Und nicht, den du heiraten wirst.«

»Verliebt, verlobt, verheiratet. Du kennst doch den Spruch. Immerhin besser als der Mann, den ich vorgemerkt habe.«

»Du hast ja recht. Dann eben gelobt.«

Ihr Handy meldete sich wieder, aber sie nahm das Gespräch nicht an. »Das ist er. Captain Spangler.«

»Woher weißt du das?«

»Das Timing passt zu ihm.«

»Und deine Antwort lautet also …«

»Er hört jetzt gerade eine Nachricht, in der ich gelobe, zurückzurufen. Und ich habe die feste Absicht, mein Gelöbnis zu erfüllen.«

Sie bremste ein wenig ab und wartete auf eine Gelegenheit, den stinkenden Laster vor ihr zu überholen.

»Mein Instinkt sagt mir, dass dies die richtige Methode ist. Von der Situation her, vom Gefühl her. Und es gibt etwas, was ich als gutes Omen betrachte.«

»Das muss mir entgangen sein.«

»Die Frau in der Kirche. Vor dem Altar. Sie heißt Grace.«

»Noch eine Grace.«

»Sie heißen alle Grace. Es ist eine Art Pseudonym. Damit schützt Father Wilson die Frauen, denen er Beistand leistet, wenn er mit Kollegen über sie spricht.«

Brady schien das zu akzeptieren. Das war gut. Sie selbst war sich nicht ganz so sicher.

So weit war es also mit ihr gekommen. Sie nahm eine einbeinige Frau, die zusammengekrümmt vor einem Altar lag, als gutes Omen. Das und einen geheimen Namen. Andererseits kam es nicht immer auf die Qualität der Beweise an, sondern auf das, was man daraus machte. Und wenn man ein gelegentliches gutes Omen und das eine oder andere Geheimnis in etwas Nützliches verwandeln konnte, umso besser.

Sie hatten die Schnellstraße verlassen und fuhren durch den älteren Teil des Wohnviertels Palatine. Des Wohnviertels, in dem es nicht mehr genügend katholische Kirchgänger gab, um die Kirche St. Paul am Leben zu erhalten.

»Weißt du, ich bin hier mehr als außerhalb meiner Zuständigkeit«, bemerkte Brady.

Elizabeth hielt den Blick auf die Straße gerichtet und suchte am Horizont nach den ersten Anzeichen der Kirche. »Willst du es ganz offiziell haben? Na schön. Hiermit erteile ich dir das Recht, an vorderster Front meinen Arsch zu retten. Außer natürlich, du möchtest deinen zuerst retten, was ich durchaus verstehen könnte.«

Es war eine mondlose Nacht, doch die Kirche zeichnete sich als Silhouette vor dem dunklen Himmel von Illinois ab.

»Wenn mich mein Gedächtnis und Narbengewebe nicht trügen, habe ich schon mal deinen Arsch gerettet. Und ich bin mir relativ sicher, dass ich es wieder tun würde.«

Brady legte ihr die Hand aufs Bein, knapp oberhalb des Knies, wie ein Erwachsener einem Kind die Hand auf den Kopf legt, und drückte ermutigend zu.

»Ich habe ein gutes Gefühl dabei.«

»Wie schön. Darauf verlasse ich mich.«

91

Das Priestergewand tauchte raschelnd aus der Dunkelheit auf und zog das ganze Licht der Altarkerzen auf sich, krümmte und brach die Lichtstrahlen. Der Priester betrachtete sie beide mit unverhohlenem Mitleid.

»Dies ist die Lesung aus dem ersten Brief des Apostels Paulus an die Korinther«, sagte er mit tönender Stimme, als spräche er seine Gemeinde an. Der Widerhall in der leeren Kirche zwang ihn aber, leiser zu sprechen und sich ganz auf sie zu konzentrieren, während er die Worte aus dem Gedächtnis hersagte.

»Wenn ich mit Menschen- und mit Engelszungen redete und hätte der Liebe nicht, so wäre ich ein tönend Erz oder eine klingende Schelle. Und wenn ich weissagen könnte und wüsste alle Geheimnisse und alle Erkenntnis und hätte allen Glauben, also dass ich Berge versetzte, und hätte der Liebe nicht, so wäre mir's nichts nütze.«

Er senkte den Blick, erschauerte innerlich. Als er sein Gesicht zu dem Paar hob, das vor ihm saß, mischte sich Angst in das Mitgefühl, der Ausdruck des Scheiterns, als wären die Worte »nichts nütze« einzig auf ihn gemünzt.

»Die Liebe ist langmütig und freundlich, die Liebe eifert nicht, die Liebe treibt nicht Mutwillen, sie blähet sich nicht, sie stellet sich nicht ungebärdig, sie sucht nicht das ihre, sie lässt sich nicht erbittern, sie rechnet das Böse nicht zu, sie freut sich nicht der Ungerechtigkeit, sie freut sich aber der Wahrheit; sie verträgt alles, sie glaubet alles, sie hoffet alles, sie duldet alles.«

Mittlerweile hatte Jen Spangler die Bibelstelle erkannt. Und das Wissen darum raubte ihr den Atem, ließ ihr Blut erstarren. Auch Byron Biffle hatte die Verbindung hergestellt, das verriet seine seltsame Kopfhaltung und wie er sich nun zu ihr drehte, als der Priester fortfuhr.

»Die Liebe höret nimmer auf, so doch die Weissagungen aufhören werden und die Sprachen aufhören werden und die Erkenntnis aufhören wird. Denn unser Wissen ist Stückwerk, und unser Weissagen ist Stückwerk. Wenn aber kommen wird das Vollkommene, so wird das Stückwerk aufhören.«

Es war, als veränderte sich im flackernden Kerzenschein das Mienenspiel der toten Zeugen auf dem Altar. Jen konnte nicht hinsehen. Sie konnte sich nur an ihren Verstand klammern, an das, was von ihm übrig war, und sich ganz auf die Worte des Priesters konzentrieren.

»Da ich ein Kind war, da redete ich wie ein Kind und war klug wie ein Kind und hatte kindische Anschläge; da ich aber ein Mann ward, tat ich ab, was kindisch war. Wir sehen jetzt durch einen Spiegel in einem dunkeln Wort; dann aber von Angesicht zu Angesicht. Jetzt erkenne ich's stückweise; dann aber werde ich erkennen, gleichwie ich erkannt bin. Nun aber bleibt Glaube, Hoffnung, Liebe, diese drei; aber Liebe ist die größte unter ihnen.«

Der Priester schloss einen Moment lang die Augen. Als er sie wieder öffnete, schaute er zuerst Jen an, dann Byron Biffle, dann beide. Mit einem Blick, den er schon auf Dutzende, wenn nicht gar Hunderte Paare gerichtet hatte. Die beiden wussten, was er sah und wie er sie im Geiste verwandelte. Dass er über die Rollstühle und die Plastikfolie und die Knebel hinwegsah, die er ihnen wieder in den Mund gesteckt hatte. Dass er sie in Braut und Bräutigam verwandelt hatte, die vor ihm standen, vor Gott, angetan mit ihren schönsten Kleidern, voller Erwartung, Hoffnungen und Träume.

So sah er sie. Und die beiden Menschen vor dem Altar mussten auch ihn anschauen und in seinen seltsam sanften Augen forschen, wie er wirklich war. Nach der Antwort auf die Frage suchen, wie er so etwas tun konnte und wohin diese Zeremonie führen sollte.

Auch die Köpfe auf dem Altar hinter ihm schienen zu warten. Diesmal musste Jen hinschauen. Und als sie sie dort stehen sah, paarweise angeordnet, bemerkte sie etwas, was ihr zuvor nicht aufgefallen war. Die menschlichen Köpfe bildeten einen Kreis, der nicht ganz vollständig war. Einen Kreis, der sich mit einem letzten Paar schließen ließe.

Jen sah zu dem Priester gegenüber, sah die weichen Bewegungen seines Gewandes, als er mit der rechten Hand in die Falten griff. Dann hörte sie den keuchenden Aufschrei von Byron Biffle, als der Priester die Hand wieder hervorzog.

92

Die Predigt war auf dünnes Papier geschrieben, das sichtbar zitterte, während der Priester die Worte ablas.

»Was bringt zwei Menschen auf diese Weise zusammen?«

Er schaute auf sie hinunter, ließ die Augen langsam von Jen zu Byron Biffle wandern.

»Natürlich hoffen wir, dass die Sache, die zwei Menschen zusammenbringt, die größte von allen ist, nämlich die Liebe. Gewiss ist es das, was Gott sich wünscht. Doch wie wir alle wissen, haben Gott und die Menschen bisweilen unterschiedliche Vorstellungen.«

Wieder ließ er seine Blicke über sie schweifen, bevor er sich seinem Text zuwandte.

»Manchmal kommen zwei Menschen auch aus anderen Gründen zusammen. Manchmal kommen sie aus Gründen zusammen, die jenseits unserer Vorstellungskraft liegen. Ich möchte Ihnen die Geschichte einer solchen Vereinigung erzählen.«

Eine der Altarkerzen flackerte, als hätte der Kopf daneben ausgeatmet oder geseufzt.

»Es ist die Geschichte einer jungen Frau und eines älteren Mannes. Wie es oft geschieht, lernte der Mann die Frau zufällig kennen. Er war derart von ihr hingerissen, dass er beschloss, nach diesem zufälligen Treffen nie wieder etwas dem Zufall zu überlassen.«

Er hielt inne, als überraschten ihn die nächsten Worte, als bereute er, sie geschrieben und sich verpflichtet zu haben, sie auszusprechen.

»Scheiß auf Gott.«

Die Stille in der Kirche wogte um sie herum, dass Jen sie greifbar spüren konnte. Das Rascheln der Seiten, die der Priester in der Hand hielt, war umso lauter. Als er weitersprach, wurde seine Hand ruhiger, doch seine Stimme bebte noch immer.

»Das war es, was dieser Mann sagte, als er sich von der jungen Frau so stark angezogen fühlte. Nicht *Gelobt sei der Herr* oder *Gott sei Dank.* Oder *Lieber Gott, womit habe ich eine solche Vision verdient?*«

Jen spürte eine Bewegung neben sich. Keine äußere Bewegung, sondern eine innere, als fiele die verletzte Seele von Byron Biffle noch weiter in sich zusammen. Bevor der Priester die nächsten Worte sprach, wurde der Zusammenbruch hörbar. Zuerst klang es wie die ersten Töne einer Hymne, doch sie dehnten sich aus, wurden weniger musikalisch und entpuppten sich als das, was sie waren. Ein Weinen, so leise, dass es kaum zu hören war.

»Der ältere Mann wusste, dass die jüngere Frau verloren war, von ihrer Familie getrennt, von den Menschen auf dieser Erde, die in der Lage gewesen wären, ihr zu helfen, *sie zu lieben.*«

Byron Biffles Weinen wurde lauter. Bis er den Priester ablenkte. Einen Moment lang schien sich dieser mit sich selbst zu beraten, bevor er nickte, als hätte er eine wichtige Frage entschieden. Er trat weg vom Altar und verschmolz mit der Dunkelheit jenseits des Kerzenlichts. Dann kehrte er zurück und wandte sich wieder der Predigt zu.

»Er gestand die Liebe zu der jungen Frau. Gestand sie nicht ihr, sondern sich selbst, in einem geheimen Abkommen, das er vielleicht sogar vor sich selbst geheim hielt. Dennoch, das Abkommen wurde getroffen. Und die Liebe, die es besiegelte, wurde unrein, mit Makeln behaftet, pervertiert. Bis sie sich in ihrer schlimmstmöglichen Weise ausdrückte. Der alte Mann nahm der jungen Frau das Leben.«

Der Priester holte Luft und schaute die beiden Menschen vor dem Altar an, den Bräutigam sehr streng, die Braut etwas sanfter.

»Aber Liebe ist das größte unter ihnen. Doch was ist die Liebe ohne ein Herz, das gesund ist? Was ist die Liebe ohne ein Herz, das rein genug ist, um auch sie rein zu halten und die Mächte der Finsternis daran zu hindern, diese Reinheit zu stehlen?«

Jen spürte, wie ihr Rollstuhl leise vibrierte. Die Bewegung kam aber nicht von ihr, sondern vom Stuhl neben ihr, der heftig wackelte. Das äußere Weinen hatte sich nach innen gekehrt.

»Natürlich wusste Gott von dieser Perversion der Liebe. Gott weiß es immer. Gott wusste auch, dass die junge Frau ihr Leben verloren hatte. Doch es gab noch ein anderes Wesen im Universum, das dies ebenfalls wusste. Und es ist heute unter uns.«

Mit diesen Worten konzentrierte sich der Priester ganz auf Byron Biffle. Das Weinen war verstummt, war einem Antwortschrei gewichen, den der Knebel jedoch im Keim erstickte.

»Jeder Vater sollte die Gelegenheit haben, seine Tochter zum Altar zu führen. So Gott will. Nun ja, Gott wollte. Aber der Vater des Mannes, der heute vor uns sitzt, nahm es auf sich, seinen eigenen Willen zu erfüllen. Und der Sohn dieses Mörders wusste Bescheid und, schlimmer noch, er entschloss sich, sein Wissen vor der Welt geheim zu halten.«

Byron Biffles Kampf gegen den Knebel näherte sich dem Höhepunkt. Hätte er ein Loch in seine Brust oder Kehle sprengen und dadurch sprechen können, er hätte es getan. So aber äußerte sich sein Protest nur in seinem zuckenden Körper.

»Doch in Gottes Augen ist es niemals zu spät, seine Sünden zu bekennen. Solange noch Atem im Körper ist.«

Wieder hob der Priester die Augen vom Blatt und schien mit seinem Gott zu konferieren, bevor er hinter das Paar trat, wobei er flüchtig Jens linke Schulter berührte. Dann stellte er sich hinter Byron Biffle.

Jen schaute nach rechts und sah, wie die Hände des Priesters den Knebel zu lösen begannen. Byron Biffle wurde ruhiger. Er schwieg weiter, als sein Mund frei war.

Dann fühlte Jen die Finger des Priesters an ihrer rechten Schulter, bevor er an den Altar zurückkehrte. Als Byron Biffle schließlich das Wort ergriff, war seine Stimme leise und beinahe ruhig. Sie klang viel tiefer als sonst.

»Ja. Was Sie sagen, ist wahr. Mein Vater hat sie getötet. Mein Vater hat ihren Tod inszeniert. Und als Loreens Vater – denn dafür halte ich Sie – verdienen Sie meine Entschuldigung. Ich entschuldige mich aus tiefstem Herzen. Ich entschuldige mich für das, was er getan hat. Für mein Schweigen. Aber nicht für meine Untätigkeit.«

Hätte es eine Gemeinde gegeben, wäre ein Murmeln und Raunen durch sie hindurchgegangen. So aber neigte der Priester nur den Kopf und schaute auf seine Blätter.

»Er hat Fotos von ihr gemacht«, fuhr Byron Biffle fort. »Von dieser jungen Drogensüchtigen, die von zu Hause weggelaufen war und über die er seine Story schrieb. Ich fand einige Bilder und seine Notizen. Sie … sie tat mir leid. Und ich erkannte auch ihre Schönheit. Ich fing an, ihm zu folgen, wenn er sich mit ihr traf. So konnte ich sie sehen, wenn auch nur von weitem. Beim dritten Mal habe ich gesehen, wie er es tat. Ich habe gesehen, wie er den Mord beging. Nachdem er weg war, bin ich zu den Gleisen gegangen. Ich habe ihr nicht weh getan. Ich habe sie nicht gestört. Ich wollte nur bei ihr sein. Auf meine Weise.«

Der Priester ließ resigniert den Kopf hängen und hob ihn nicht mehr, bis Byron Biffle seine Beichte beendet hatte.

»Ich habe meinem Vater nie etwas davon gesagt. Ich konnte es nicht. Ich stand unter Schock. Ich bin ihm aus dem Weg gegangen. Nachdem die Geschichte bekannt wurde, ging er immer wieder dorthin – er gab vor, zu recherchieren. Aber ich glaube, er wollte es nur immer wieder durchleben. Es sich selbst erzählen. Und eines Abends habe ich ihn dort zur Rede gestellt. Wir kämpften miteinander. Ich drückte ihn auf den Boden, gleich neben die Gleise. Ich glaube, ich habe ihn getötet, als ich seinen Kopf zum dritten oder vierten Mal gegen das Gleis geschlagen habe. Aber ich machte weiter. Vielleicht noch eine halbe Minute. Dann ließ ich ihn dort liegen. Mitten auf der Strecke, parallel zu den Gleisen. Damit man ihn im Dunkeln nicht entdeckte. Damit der nächste Zug nicht mehr bremsen konnte.«

93

Auf dem Parkplatz von St. Paul standen zwei Vans. Ein Ford Econoline, ein solides Fahrzeug, das gut zu einer katholischen Gemeinde passte. Vielleicht war es eine Spende gewesen, mit der tägliche Transportaufgaben erledigt wurden. Doch inzwischen war es ein Relikt, hatte schätzungsweise zwanzig Jahre auf dem Buckel und schien auf dem Parkplatz seine letzte Ruhestätte gefunden zu haben.

Interessanter war für Elizabeth der andere Wagen, der in der Nähe des Seiteneingangs parkte. Ein Chrysler Town & Country Kombi. Das perfekte Auto für einen Mann mit einer Mission, ob es sich dabei nun um die Schließung einer Gemeinde oder den Premierenabend seiner neuesten Inszenierung handelte.

»Er ist hier«, sagte Elizabeth und richtete den Strahl der Taschenlampe auf die getönte Heckscheibe des Wagens.

»Und du bist dir hundertprozentig sicher, dass dieser Priester hinter der Sache steckt?«, wollte Brady wissen.

»Spätestens jetzt bin ich es.«

Im Wageninneren waren keine Blutspuren zu sehen, doch es war eindeutig der Wagen eines Priesters, davon zeugten die religiösen Broschüren und die kleine Kiste mit Rosenkränzen auf dem Rücksitz.

Die Hintertür der Kirche war verschlossen. Allerdings gab es auf Kopfhöhe zwei Fenster. Eines davon musste dran glauben. Brady holte den Wagenheber aus dem Kofferraum, umwickelte ihn mit seiner Lederjacke und zerbrach das Fenster mit einigen wohlgezielten Schlägen. Im Rahmen blieben einige Splitter stecken, die sie so gut wie möglich entfernten. Trotzdem faltete Brady die Lederjacke doppelt und legte sie über das Fenstersims.

»Diesmal bin ich dran«, sagte er. »Ich lasse dich gleich zur Tür rein.«

Er kletterte hoch und hangelte sich mit der Geschmeidigkeit des Exringers durch den Fensterrahmen. Elizabeth ging zur Tür und horchte, während Brady sich von innen am Schloss zu schaffen machte und den alten Riegel mit einem einzigen Quietschlaut zurückschob.

Die Tür ging auf. Sie wagten einige Schritte in das Gebäude, Elizabeth voran, während sie in die Stille horchten.

Elizabeth bewegte sich durch den Flur und folgte dem zuckenden Schein der Taschenlampe, der ihr auf dem Holzboden den Weg wies. Sie traten durch einen Türbogen. Ab hier bestand der Boden aus blank polierten Steinen.

Elizabeth schaltete die Taschenlampe aus. Sie und Brady standen dicht nebeneinander auf der Schwelle und konnten den gesamten Innenraum der Kirche überblicken. Durch die Buntglasfenster fiel etwas Licht.

Brady spürte, wie Elizabeth sich gegen ihn sinken ließ. Er legte den Arm um sie. Die Knochen ihres Brustkorbs vibrierten, als sie sprach.

»Immerhin haben sie uns ein Licht angelassen.«

Sie traten in die Kirche, seine Hand immer noch auf ihrem Rücken. Als sie den Mittelgang fast zur Hälfte durchschritten hatten, traten sie in den breiten Strahl der einsamen Lampe, die hoch über dem Altar hing.

»Warum hast du nichts gesagt?«, fragte Elizabeth, während sie stehen blieb und sich zu ihm umdrehte. »Warum zum Teufel hast du nichts gesagt?«

»Was genau hätte ich denn sagen sollen?«

»Wie wär's mit ›Hewitt, du hast so viel Gas gegeben, dass du das Sackgassenschild übersehen hast‹.«

»So etwas würde ich niemals sagen. Diese Verkehrsregeln gelten nicht für uns. Es gibt keine Sackgassen. Manchmal ist einfach nur die Straße zu Ende.«

»Und dann gibt es einen Zusammenstoß.«

»Manchmal. Aber wir kriechen raus und gehen zu Fuß weiter.«

»Verdammte Scheiße«, sagte Elizabeth so laut, dass ihre Worte von den Mauern des leeren Gotteshauses widerhallten.

»Das musst du mir jetzt aber erklären.«

»Du warst nicht gemeint.«

»Gott dürfte dich jedenfalls laut und deutlich gehört haben.«

94

Der Priester hatte nicht auf die Beichte reagiert. Als er hörte, wie sich Byron Biffle ein letztes Mal entschuldigte, nickte er leicht, näherte sich Jens Rollstuhl und trat wieder hinter sie. Diesmal spürte sie beide Hände auf ihren Schultern. Kurz, aber nicht zufällig. Er kommunizierte mit ihr. Das spürte sie durch den dichten Mantel der Angst, der sie umhüllte. Eine Kommunikation, die bis zu ihrem Verstand vordrang, die wortlos zu ihr sagte: *Hab keine Angst.*

Dann spürte sie, wie die Hände zu ihrem Nacken wanderten, hinauf in ihre Haare, wie sie den Knoten lösten. Als ihr der Knebel in den Schoß fiel, wirbelten Worte durch ihren Kopf, doch keins davon kam über ihre Lippen. Sie durfte nicht hier sterben, in dieser kalten, leeren Kirche. So durfte sie nicht sterben. Sie durfte nicht zusammen mit dem Mann neben ihr sterben, einem Lügner, einem Heimlichtuer, einem Mörder. Sie wollte nicht von der weichen, beruhigenden Hand eines kranken Priesters sterben, der vielfache Vergeltung für den Mord an seiner Tochter forderte.

Und sie durfte nicht *auf diese Weise* sterben, ihr Kopf durfte nicht zu Boden fallen und von den weichen, beruhigenden Händen aufgehoben werden. Sie wollte nicht zur Schau gestellt und gefeiert werden. Denn darauf lief es hinaus. Sobald der Gottesdienst vorüber war.

Er stand schon wieder am Altar. Aber er schaute sie nicht an. Er verlangte keine Reue, keine Bitte um Gnade. Er hatte nur ein einziges krankes, verzerrtes Ziel. Er wollte das erzwungene Gelöbnis hören. Sie wusste, dass sogar Ringe bereitlagen. Darum nämlich waren ihre linken Hände nicht gefesselt.

Darauf wollte er hinaus. Sobald er sein stilles Zwiegespräch mit Gott beendet hatte. Oder mit sich selbst. Oder mit beiden. Sobald er seinen starren, andächtigen Blick wieder auf seine Umgebung richtete.

Sein Gesicht entspannte sich. Vielleicht war sein Gebet erhört worden. Er schaute auf sie hinunter, wobei seine Augen auf Jen verweilten, traurig, entschuldigend, als wäre er nur das Werkzeug einer höheren Macht.

»Liebes Brautpaar…«

Während er weitersprach, diesmal aus dem Gedächtnis, reagierte Jen Spangler auf den Impuls, die Eingebung, die ihrer inneren Kraft entsprang. Eine Stimme musste noch gehört werden. Ein Name musste in Erinnerung bleiben. Und das Chormädchen würde nicht ohne ein letztes Lied für seinen Gott sterben.

95

Es geschah gleichzeitig. Elizabeths Augen entdeckten, wonach ihr Gehirn verzweifelt suchte, und zwar in dem alten Kirchenblatt, das sie von einem Tischchen im Vorraum mitgenommen hatte. Der Messplan. An den Wochenenden wurde die Messe in der Kirche gelesen, in der sie sich gerade befanden. Dies war der *obere Kirchenraum* von St. Paul. Die Morgengottesdienste während der Woche fanden jedoch im *unteren Kirchenraum* von St. Paul statt. Die Erleuchtung kam ihr im selben Moment, in dem die menschliche Stimme von unten erklang, schwach, aber kristallklar, und ein Lied anstimmte, das wie geschaffen schien für diesen Augenblick.

Amazing grace … How sweet the sound …

Elizabeth war ein Einzelkind gewesen – bis zu diesem Augenblick im oberen Kirchenraum von St. Paul. Hier endlich begegnete sie ihrer Schwester. Sie singen zu hören veränderte ihr Leben unwiderruflich.

»Sing weiter, Baby«, sagte Elizabeth, griff nach Bradys Hand und lief mit ihm in den Vorraum der Kirche. »Was immer du tust, sing weiter.«

Sie entdeckten den Gang, der zur Treppe nach unten führte. Elizabeth war dankbar für den massiven Boden. Vermutlich hatte man sie von unten nicht gehört. Doch nun, da Jen die letzte Zeile ihres Liedes erreichte, überkam sie aufs Neue die Furcht.

Was blind, but now I see.

»Noch einmal, Jen«, flüsterte Elizabeth, und die steinernen Wände antworteten ihr. »Noch ein einziges Mal.«

Das Tableau war schockierend. Am schockierendsten aber war die Tatsache, dass ein Mensch, zumal Father Brian Wilson, derartige

Phantasien auslebte. Elizabeth und Brady brauchten einen Augenblick, um das Bild, das sich ihnen bot, zu verarbeiten. Das Zerrbild einer Trauung, bei der Braut und Bräutigam mit Plastikfolie an Rollstühle gefesselt waren. Jen Spangler und Byron Biffle, ein bizarres Paar, das den Köpfen auf dem Altar folgen sollte. Und über allem thronte der Priester, dem sie sich um ein Haar anvertraut, dem sie beinahe von ihren Ängsten und Zweifeln erzählt hätte. Von dem sie sich gern hätte zum Altar führen lassen.

Die beiden Ermittler standen in der Vorhalle des unteren Kirchenraums, verborgen im Schatten eines Türbogens. Zum Glück kannte Jen mehr als eine Strophe von »Amazing Grace«. Sie sang weiter. Und Elizabeth begriff. Sie spielte auf Zeit. Dehnte das Universum aus. War noch nicht bereit für den Willkommenskuss Gottes.

»Ich bekomme ihn nicht ins Visier«, flüsterte Elizabeth. »Wenn ich ihn rufe, wird er sich womöglich bewegen. Aber ich weiß nicht, welche Waffe er bei sich hat.«

»Wenn du mir grünes Licht gibst, könnte ich einen Schuss wagen und ihn zumindest außer Gefecht setzen«, hauchte Brady zurück.

Seine Glock schimmerte kaum merklich im Licht der Altarkerzen. Dennoch drückte Elizabeth sie in den Schatten.

»Wie sicher bist du dir?«

»Neunzig Prozent. Fünfundneunzig.«

»Zu wenig. Ich brauche hundert, besser mehr.«

Elizabeth war davon überzeugt, dass Brady den Priester auf diese Entfernung treffen konnte, ohne Jen zu gefährden, doch der Text von »Amazing Grace« hatte sie auf eine andere Idee gebracht.

»Ich gehe rein«, sagte sie. »Den Mittelgang hinunter. Und du musst ein letztes Mal den Messdiener machen.«

96

Er hatte sie die ganze Zeit über völlig verständnislos angestarrt. Sein Blick sagte so viel wie: *Wer sind Sie? Wer um Himmels willen sind Sie nur?* Doch als sie sich dem Ende der dritten Strophe näherte, war der Bann auf einmal gebrochen. Der verständnislose Blick wich einer völligen Verwirrung, als sich seine Augen von ihr lösten und auf etwas hinter ihr in der Kirche schauten.

Dort hinten war jemand. Das erkannte Jen am Blick des Priesters. Jemand näherte sich von hinten.

Sie beendete die Strophe, und die Worte schwebten noch einen Moment lang über dem Altar, bevor eine andere Stimme erklang. Eine Stimme, die sie mit neuer Hoffnung erfüllte, aber auch erschreckte.

»Bitte«, hörte sie Elizabeth Hewitt mit klarer, furchtloser Stimme sagen. »Ich möchte den Herrn um etwas bitten.«

Die Verwunderung des Priesters wich purem Erstaunen. Er nickte auffordernd.

»Ich möchte mich im Austausch für die junge Frau am Altar anbieten. Sie hat ein Kind. Ich selbst bin kinderlos, wenn auch verlobt. Nehmen Sie mich statt ihrer. Das ist meine Bitte an den Herrn.«

***

Elizabeth hatte noch die linke Hand erhoben, wobei sie dem Priester den Handrücken zukehrte, damit er ihren Diamantring sehen konnte. Während sie seine Reaktion abwartete, schaute sie sich unauffällig in der Kirche um. Suchte nach dem Messdiener. Doch neben den traurigen, entsetzten Gesichtern auf dem Altar konnte sie nur die kahlen Mauern und die weißen Marmorgesichter der Statuen erkennen, die sich vor dem Gold und dem Weihrauchdunst abzeichneten.

Elizabeth blieb stehen, als sich das Gesicht des Priesters veränderte. In genau diesem Moment bewegte sich eine der Statuen hinter ihm. Elizabeth begriff, doch da traf sie die Kugel und löschte die Erkenntnis aus. Das Echo hallte von den Wänden wider.

Die Kugel traf sie in den Unterleib. Sie stieß einen Schmerzensschrei aus, der sich mit Jens Schrei vermischte, und zog die Waffe. Wieder bewegte sich die Statue. Ein Mensch, dessen Körper gekrönt war von einer ausdruckslosen Maske. Er bewegte sich von rechts auf den Priester und das Hochzeitspaar zu.

Elizabeth feuerte auf den Körper unterhalb der Maske, als er aus dem Schatten ins Kerzenlicht glitt. Zuerst glaubte sie, sie hätte Fleisch getroffen, doch die Gestalt lief weiter und schwang eine zweite Waffe. Diese aber richtete sich nicht gegen sie, sondern gegen ein Mitglied der Hochzeitsgesellschaft. Als Elizabeth den zweiten Schuss abfeuerte, sauste die Klinge eines breiten, flachen Schwertes durchs Kerzenlicht und hob Byron Biffles Kopf mehrere Zentimeter von seinem Hals, bevor die Schwerkraft ihn auf den marmornen Boden herabzog.

Nun, da der Maskenträger stehen geblieben war, hätte Elizabeth ihn mit einem dritten Schuss töten können, doch der Schuss kam nicht. Der Mörder hatte eine Pirouette beschrieben, den Priester zur Seite gestoßen und Jen an sich gerissen. Er kauerte neben ihr und hielt die Klinge an ihren Hals, so dass weder Elizabeth noch ihr unsichtbarer Partner einen weiteren Schuss wagen konnten.

97

In der plötzlichen Stille erkannte Elizabeth, dass das Tropfen von Wasser auf den Kirchenboden, das sie zu hören meinte, von ihr selbst stammte. Es war Blut, das aus ihrer Wunde tropfte. Die Schwestern waren in Not. Sie und ihre süße kleine Schwester. Eben noch hatte sie in deren Jungmädchenzimmer gestanden, und nun befand sich die kleine Schwester in den Händen eines maskierten Henkers.

Elizabeth spürte, wie die erste Schockwelle sie durchflutete. Ihre ganze verbliebene Kraft strömte in ihre Hand, die die Waffe hielt, und in ihre Worte.

»Ich wiederhole mein Angebot. Ich bitte den Herrn nicht mehr, ich flehe ihn an.«

Das maskierte Gesicht hinter Jens Rollstuhl zuckte, bevor die Stimme erklang.

»Es steht dir nicht an zu flehen. So wie es mir nicht ansteht, mich zu drücken.«

Es war das erste Anzeichen von Schwäche. Elizabeth spürte, wie ihr Bewusstsein schwand, und musste sich der Herausforderung stellen.

»Dann lassen Sie sie gehen. Legen Sie das Schwert auf den Boden, und treten Sie beiseite. Ich verspreche, Ihnen wird kein Leid geschehen.«

»Kein Leid …«

Die Verachtung in seiner Stimme war grenzenlos.

»Was weißt du denn schon von Leid?«

»Ich leide beispielsweise gerade jetzt körperliche Schmerzen«, erwiderte Elizabeth. »Ich weiß auch von dem Leid, das man Father Brian zugefügt hat. Byron Biffle. Den Männern und Frauen auf dem

Altar. Das alles weiß ich. Woher aber soll ich wissen, welches Leid Sie erlitten haben, Dr. Boccachio?«

»Das kannst du nicht«, konterte der Maskierte. »Du kennst ihn nicht. Du weißt gar nichts über ihn.«

»Sie haben recht, ich bin ihm nie begegnet«, sagte Elizabeth, während eine weitere Schockwelle durch ihren Körper zuckte. »Ist er hier? Ist er hier im Hause Gottes?«

Die Maske nickte. Im folgenden Schweigen hörte Elizabeth wieder das tropfende Geräusch und ihren Atem, der viel schneller ging als Jens.

»Er ist hier.«

Das Adrenalin verdrängte den Schock und ließ sie wieder halbwegs klar denken.

»Möchte er etwas sagen? Möchte er mit mir sprechen?«

Ihre Knie gaben nach. Mehr und mehr. Gleichzeitig sah sie die Bewegung der Hände, den Schwung des Schwertes, Jens Hals, hörte sie schreien.

»Bitte …«

Elizabeth sah, wie der Kopf emporstieg und zu Boden rollte, während die langen Haare durch die Luft wirbelten. Sie zwang sich, die Augen zu öffnen, und war froh, Jen noch vor sich zu sehen. Die Haare fielen wie ein Vorhang um die Schultern.

»Es war im Spiegel«, sagte eine Stimme in ihrem Kopf. Sie konnte nur aus ihrem Kopf stammen. Es war nämlich eine neue Stimme. Sie spürte, wie ihre Knie auf den Boden schlugen. Der plötzliche Aufprall riss sie zurück ins Bewusstsein, und sie erkannte die Männerstimme, aus der noch ein Junge herauszuhören war.

»Ich habe sie nur im Spiegel gesehen. Aber danach hat sich alles geändert. Wenn ich sie im Spiegel anschaute, konnte ich sie verschwinden lassen. Dann gingen ihre Gesichter weg.«

Die Stimme blieb bei ihr, selbst als sie Jen und die sprechende Maske nicht mehr sehen konnte. So entging ihr auch der plötzliche

Blitz, gefolgt vom Donner, der von den Wänden widerhallte. Sie spürte, wie ihre Beine davon vibrierten. Sie zwang sich mit aller Kraft, die Augen zu öffnen, und dann sah sie das Ende der Welt.

Denn Gott war gekommen. Gott war gekommen und hatte seinen eigenen Altar niedergestreckt. Mit solcher Kraft, dass er in die Höhe gehoben wurde und die Köpfe von ihren Ständern kippten. Ihre Mienen wandelten sich von hoffnungsloser Resignation in verwunderte Freude. In einem letzten großen Opfergang wurden sie befreit und in die Luft gewirbelt, rollten über den Kirchenboden und versammelten sich zu Füßen ihres Henkers.

Der Schrei ihrer Schwester hielt Elizabeth lange genug wach, um die Verwandlung zu erleben. Sie sah, wie sich ein Körper aus dem Grab der verlorenen Seelen erhob. Eine starke, lebendige Gestalt, die den Maskenträger an Armen und Schultern ergriff, ihn mit einem kräftigen Ruck von Jens Rollstuhl wegriss und die Maske zu den Gesichtern auf den Boden schleuderte.

Das Letzte, was sie sah, bevor alles schwarz wurde, waren Bradys Gesicht und seine angespannten Halsmuskeln, als er Dr. Gerard Boccachio die Henkerswaffe zu entreißen suchte.

Die beiden fielen zu Boden, rangen miteinander. Elizabeth hörte Brady vor Schmerz aufschreien und wusste, dass er verletzt war, doch dann stürzte sie in eine unendliche Leere.

98

Ein wunderbarer Schlaf, ein schöner Schlaf. Und sie wurde ernsthaft zornig, als jemand sie störte. Dabei hatte sie fast ihren Frieden gefunden.

Schritte hallten in ihrem linken Ohr, dem Ohr, das auf dem kühlen, harten Boden ruhte. Es waren langsame, entschlossene Schritte, in den letzten Augenblicken einer langen Reise.

Ihre Augenlider flatterten, öffneten sich aber nicht. Sie versuchte es noch einmal, und diesmal sah sie, wie Blut von oben herabtropfte und Zentimeter von ihrem Gesicht entfernt auf dem Boden landete. Sie zwang sich, die Wirklichkeit zu akzeptieren. Das Schwert, das über ihrem Kopf schwebte.

Sie schaute hoch, wollte sich mit dem Tod abfinden, sah die breite, blutige Klinge, das demaskierte Gesicht. Das Wunder. Sie erkannte, dass Gott dem Mörder schon fast vergeben hatte, dass er ihm mitfühlende Augen und ein Gesicht verliehen hatte, das schöner war als alles, was sie je gesehen hatte.

»Der Notarzt ist unterwegs«, sagte Brady. Seine Stimme verriet ihr, dass auch er verletzt war.

Das Schwert spielte zwei scharfe, metallische Noten, als er es auf den Boden legte. Er hatte sich schon das Hemd ausgezogen und wickelte es um seine Hand, bevor er diese gegen ihren Unterleib presste.

»Halt durch, Liz«, sagte er. »Halt durch, Baby.«

99

Jen Spangler saß auf der Intensivstation vierzehn Stunden lang an Elizabeths Bett, länger als jeder andere, auch länger als Elizabeths Verlobter und der Vater, den sie von nun an bereitwillig mit ihr teilen würde. Nach diesen vierzehn Stunden hätte Jen alles dafür gegeben, wenn man ihr im Gegenzug versichert hätte, dass Elizabeth wieder gesund würde.

Wahrscheinlich würde Elizabeth aufgrund der Verletzung niemals Kinder haben können. Dass sie nicht gestorben war, kam einem Wunder gleich. Leben. Tod. Es hing von wenigen Zentimetern ab. Jen Spangler wusste alles über jene lebenspendenden Zentimeter. Nur waren ihre auf ewig in die Haut an ihrem Hals geritzt.

Egal, Hauptsache, sie lebte. Und sie würde es schaffen, wenn alle ihr dabei halfen. Ihr Vater würde ihr dabei helfen. Brady Richter würde ihr dabei helfen. Und mehr als das, sie würden wie wild auf den Straßen feiern, wenn sie es geschafft hatte. Selbst wenn wildes Feiern zurzeit darin bestand, dass ihr Vater Victoria pünktlich in der Kita abholte und in der Cafeteria des Krankenhauses lebenserhaltenden Kaffee und ein Sandwich für Brady besorgte.

Auch Captain Spangler hatte pflichtbewusst über seine verletzte Kollegin gewacht, war alle paar Stunden persönlich erschienen und hatte im Dreißig-Minuten-Takt im Schwesternzimmer angerufen. Brady war die klassische Kreuzung aus Krieger und Geliebtem. Nachdem seine rechte Schulter und der Arm mit über fünfzig Stichen genäht worden waren, hatte er seine ganzen Heilkräfte auf die hübsche Frau konzentriert, die inmitten von Schläuchen und Monitoren auf der Intensivstation lag.

Ed Spangler hatte seiner Tochter geraten, Elizabeth kurz zu besuchen, ein Gebet zu sprechen und danach einen Termin bei einer Psychologin zu machen, die sich auf Traumapatienten spezialisiert hatte. Doch nach den ersten Versuchen hatte er aufgegeben, da ihm klarwurde, dass Jen sich später um ihre Genesung kümmern würde.

Ihre gemeinsame Krankenwache mit Brady war wunderbar reibungslos verlaufen, fast als wären sie Geschwister. Sie sprachen nur, wenn es unbedingt nötig war, und schwiegen ansonsten miteinander.

Jen hatte Elizabeth Taylor Hewitt immer als sprechfreudigen Menschen erlebt und erwartete irgendeine Äußerung, als Elizabeth zu sich kam, sei es ein Murmeln, Stöhnen oder Schimpfwort. Zuerst aber gab es nur ein zartes Flattern der Lider, wie von Schmetterlingsflügeln. Sie öffnete die Augen ein wenig, dann mehr und schließlich ganz.

»Wo ist er?«, flüsterte Elizabeth mit einer Stimme, die eher nach Sterben als nach Schlafen klang.

»In Haft, er wird psychiatrisch untersucht«, erwiderte Jen lächelnd.

»Doch nicht Boccachio«, stieß Elizabeth hervor. »Wo ist Brady?«

»In der Cafeteria.«

Auf Elizabeths Gesicht stahl sich die Spur eines Lächelns. »Kaffee und Sandwich mit gegrilltem Käse. Es geht ihm also gut?«

»Nur ein paar Stiche in der Schulter.«

Elizabeth atmete erleichtert aus. Durch die Anstrengung wurde ihre Stimme wieder schwächer. »Wie geht es dir? Mein Gott, Jen, ich glaube, ich bin noch besser dran als du.«

»Die Zeit heilt alle Wunden«, erwiderte Jen.

»Das sagt dein Vater auch immer«, meinte Elizabeth. Ihre Augenlider verloren den Kampf und schlossen sich. Dennoch zwang sie sich zu einer neuen Frage. »Father Wilson. Warum hat er das getan? Wie hat Boccachio ihn dazu bekommen?«

»Father Wilson hat eine Tochter. Sie ist zwanzig. Boccachio hat sie entführt und im Haus seines verstorbenen Vaters in Mount Prospect gefangen gehalten. Daher blieb dem Priester nichts anderes übrig, als sich an das Drehbuch zu halten.«

Elizabeth verzog das Gesicht. Nicht vor Schmerz, sondern weil sie daran dachte, was der Tochter des Priesters hätte zustoßen können.

»Hat man sie gefunden?«

»Ja.«

»In welchem Zustand?«

»Lebend. Lebend und unversehrt.«

»Redet Boccachio? Kooperiert er?«

»Mehr als das. Wenn ich meinem Vater glauben darf, macht er sich Sorgen um die Tochter des Priesters. Er möchte sich vergewissern, dass sie die Katastrophe gut überstanden hat.«

»Jesus«, sagte Elizabeth. Es war, als würde der friedliche Name sie besänftigen. Aber nur kurz, dann kam sie wieder zu sich und widmete sich dem nächsten Punkt auf der Tagesordnung. »Wenn Brady zurückkommt, soll er meine Füße reiben. Auch wenn ich schlafe.«

»Ich werd's ihm sagen.«

»Eins noch.« Ihre Lippen bewegten sich kaum. »Sag ihm, ich mag es, wenn er mich Liz nennt.«

»Ich richte es aus.«

Elizabeth dämmerte weg. Doch ein allerletzter Teil von ihr klammerte sich noch ans Bewusstsein. »Du hast Grace auch in seinem Notizbuch gefunden, was?«

Jen nickte schwesterlich. »Darum hab ich's gesungen. Ich dachte, es könnte ihn nachdenklich stimmen. Seine Denkweise verändern. Ich wollte Zeit schinden.«

»Wer hätte gedacht, dass Grace der Schlüssel zu allem sein würde?«, flüsterte Elizabeth, bevor sie endlich ganz die Augen schloss.

100

Die Zeit heilte alle Wunden. Zwei Wochen später hatte dieser rätselhafte Prozess Elizabeth so weit wiederhergestellt, dass sie ihren sicheren Platz auf der Couch einnehmen konnte. Sie konnte allein von einem Zimmer ins andere gehen, allerdings in einer gebückten Haltung, die sie als Mischung aus Greisin und Marienkäfer bezeichnete.

Sie zeichnete wieder in ihrem Notizbuch. Ob es den Heilungsprozess beschleunigte, wusste sie nicht. Jedenfalls half es ihr, klarer zu sehen. Auf diesen ganz besonderen Seiten konnte sie sich einige Einzelheiten aus dem Grundlagenbericht vor Augen führen, den sie von dem forensischen Psychiater Phillip Baker erhalten hatte. Dieser hatte inzwischen erste Einblicke in das kranke Hirn des Dr. Gerard Boccachio gewonnen.

Auf der linken Seite hatte Elizabeth die beiden Hochzeitsalben gezeichnet, die ihn seit seiner Kindheit in den Wahnsinn getrieben hatten. Das erste Album hatte der junge Gerry Boccachio zerstört, indem er auf sämtlichen Fotos die Köpfe seiner Eltern herausschnitt. Das zweite Album wiederum hatte den erwachsenen Mann zerstört. Er hatte es vor weniger als einem Jahr auf dem Dachboden seines Elternhauses gefunden, nachdem sein verwitweter Vater gestorben war. Es war ein Duplikat des Albums, das er als Kind beschädigt hatte und das in minuziöser Detailarbeit wiederauferstanden war. *»Es war nicht nur eine Kopie, sondern eine Wiedergeburt«,* wie es der inhaftierte Patient ausgedrückt hatte.

Elizabeth blätterte zurück zu den Zeichnungen, die sie neben den Gleisen nahe der Union Station gemacht hatte und die den allerersten Tatort zeigten. Dort war Grace d'Aquisto gestorben, die nicht einmal ein Jahr nach ihrer Geburt zur Adoption freigegeben und zu Loreena White geworden war. Und zwar ohne Wissen des leiblichen

Vaters, eines Medizinstudenten namens Gerry Boccachio, der eine Prostituierte namens Angela d'Aquisto geschwängert hatte.

Als er von der Schwangerschaft erfuhr, hatte der junge Boccachio ein Studiendarlehen über zwanzigtausend Dollar aufgenommen – für einen zukünftigen Psychiater waren das Peanuts – und seiner Bekannten gesagt, sie solle sich ein schönes Leben machen. Doch man begegnet einander im Leben immer zweimal. Und seine verlassene Tochter wurde irgendwann in Chicago an Land gespült. Besser gesagt, im hohen Gras nahe der Union Station, wo häufig jugendliche Streuner kampierten und ein heroinbenebelter Teenager namens Loreena White auf der Suche nach ihrem unbekannten, wohlhabenden Vater gelandet war. Doch diese Mission fand ein plötzliches Ende.

Irgendwann las Dr. Gerard Boccachio die Artikel von Carlton Ritz und setzte das Puzzle zusammen, woraufhin er anonym für das Begräbnis spendete. Als er später aus Kollegenkreisen von einem örtlichen Zeitungsverleger erfuhr, der seinem Therapeuten die allegorisch verbrämte Geschichte einer unaussprechlichen Tat erzählte, die sein eigener Vater begangen haben sollte, war es nur eine Frage der Zeit, bis die Vergeltung hereinbrach. Kleine fotografische Geschenke, die als Vorgeschmack auf die Hölle dienten, die noch kommen sollte.

Elizabeth griff nach ihrem Becher. Auch nach zwanzig Minuten war der Kakao noch angenehm warm an ihren Lippen. Sie blätterte weiter zu den jüngsten Zeichnungen. Ein verheiratetes Paar im Bett, mitten im Zeugungsakt. Hinter ihnen eine große Frisierkommode, in deren Spiegel sich die leidenschaftlichen Aktivitäten vervielfältigten. Ein Akt, der Jahrzehnte später giftige Früchte tragen sollte.

Eine letzte Figur musste sie noch hinzufügen. Die bislang kleinste. So war es mit heranwachsenden Jungen. Sie waren klein und zerbrechlich, besaßen aber einen ungeheuer scharfen Blick.

Der kleine Gerry B., elf Jahre alt. Sie zeichnete ihn in einem Flur in ebenjener Haltung, die er als Erwachsener Jahre später einem forensischen Psychiater beschrieb. Dies war sein Beobachtungsposten. Nacht für Nacht. Wenn ihn die Geräusche geweckt hatten. Er stand auf einer Zedernholzkiste und spähte durch die geöffnete Tür, durch die er das Spiegelbild seiner Eltern sehen konnte.

Die sich immer wiederholenden Bilder und die verzerrte, nach innen gekehrte, überwältigende Scham, die sie in ihm auslösten, hatten ihn dazu getrieben, das Hochzeitsalbum zu zerstören. Die Gesichter und Köpfe zu entfernen. So wie er Jahre später das Gesicht des Mordzeugen entfernen sollte, indem er die ausdruckslose Maske aufsetzte.

Gerard Boccachio hatte Jahre gebraucht, um seine eigene Version der Hochzeitstorte zu backen und zu schmücken. Der Höhepunkt waren die beiden Geister im schwarzen Smoking und weißen Kleid, die Krönung der Torte. Die Braut war seine verlorene Tochter. Der Bräutigam ein seltsamer Zeitungsverleger, der den unverzeihlichen Fehler begangen hatte, die Geschichte zu zensieren.

Was seine Beziehung zu den Mitgliedern der Big-Shoulders-Ehe- und Familienpraxis betraf, von denen es nur noch vier gab, seit man den abgetrennten Kopf von Steve Norris auf dem Boden von St. Paul gefunden hatte, war Dr. Boccachio bei weitem nicht so mitteilsam. Man hatte die Leiche durch Zufall auf dem Parkplatz vor seiner Praxis entdeckt. Sie trug genau wie Boccachio einen Anzug von Brooks Brothers, hatte seine Brieftasche von Ralph Lauren dabei und alle erforderlichen Papiere. Ohne Kopf war es nicht sonderlich schwer, eine Leiche zu tarnen.

Über diesen letzten Schachzug hatte Elizabeth lange gerätselt. Er wäre nicht damit durchgekommen. Über kurz oder lang hätte man die Leiche identifiziert. Die Idee war kein brillanter Wurf und diente ihrer Ansicht nach nur dazu, die Verfolger vorübergehend abzulenken und Zeit für das große Finale zu gewinnen.

Was die Beziehung zu Big Shoulders betraf, hatte das Quartett aus Gerard Boccachio, Maya Macy, Autumn Fournier und Dennis Fassbender während des Studiums an der University of Illinois zusammengefunden. Wie sich danach der Persönlichkeitskult entwickelt hatte, wusste Elizabeth noch nicht genau. Sie konnte nur mutmaßen, was die drei Eheberater dazu gebracht hatte, Jahre später ihre Klienten an Boccachio zu überweisen. Die Ermittlungen hatten ergeben, dass auch Naomi Nelson eine Patientin Boccachios gewesen war, die Behandlung aber geheim gehalten und stets bar bezahlt hatte, weil sie das soziale Stigma vermeiden wollte.

Warum die Therapeuten nicht auf den Gedanken gekommen waren, dass ihr hochgeschätzter Kollege ein Serienmörder sein könnte, blieb vorerst ein Rätsel. Womöglich hatte es mit einer Gruppentherapie im College begonnen, bei der ein bisschen LSD im Spiel war. Vielleicht hatten einige derartige Sitzungen ausgereicht, um Gerry Boccachio eine unsichtbare Krone zu verleihen, eine lebenslange, Manson-ähnliche Immunität, die ihn vor einer rationalen Beurteilung schützte. Wenn sie genügend Energie gesammelt hatte, würde Elizabeth vielleicht noch einmal nachhaken, und sei es nur, um ihren Seelenfrieden zu finden.

Es klopfte an der Tür. Sie hatte die Zeichnung des jungen Gerry Boccachio fast vollendet, es fehlten nur noch die Gesichtszüge. Das reichte fürs Erste. Vielleicht würde sie sie später zu Ende zeichnen. Vielleicht war sie aber auch schon fertig.

Sie klappte das Buch zu und legte es auf die Couch, gleich neben die Blumen und den handgeschriebenen Brief, den sie ihrem nächsten Besucher übergeben wollte.

101

»Was für schöne Rosen. Sind die von Detective Richter?« Captain Spangler saß auf dem Stuhl mit der geraden Lehne, der Elizabeths Couchwinkel am nächsten war. Er schien zu merken, wie nüchtern seine Frage klang, und verbesserte sich. »Von Ihrem Verlobten, meine ich.«

»Nein, die sind von Father Wilson.«

»Eigentlich müsste er Ihnen bis ans Ende seines Lebens jede Woche Blumen schicken.«

»Vielleicht macht er das ja. Das ist schon der zweite Strauß.«

»Wie geht es ihm?«

»Die Zeit heilt alle Wunden«, antwortete Elizabeth. »Ich glaube, so steht es in *Spanglers Zitatenschatz*. Er hatte Glück, dass Boccachio ihn mit der flachen Seite der Klinge getroffen hat.«

»Er sollte Gott dafür danken.«

Elizabeth trank von ihrem Kakao. Es war nur ein Hauch von Wärme übrig geblieben.

»Besser gesagt, er sollte sich bei seinem ehemaligen Diakon bedanken. Der Typ war ganz schön geschickt mit dem Schwert. Hätte er Father Wilson wirklich erledigen wollen, hätte er es auch getan. Aber es gab keinen Grund dazu. Father Wilson spielte nur eine Rolle in seinem Stück.«

»Also entführt Boccachio die Tochter des Priesters, versteckt sie irgendwo und zwingt ihn damit, sein Spielchen mitzumachen.«

Elizabeth nahm einen Schluck. Es war definitiv der letzte, bevor der Kakao Zimmertemperatur erreicht hatte.

»Jen war einfach zur falschen Zeit am falschen Ort«, sagte Spangler.

»Phil Baker, der forensische Psychiater, hat mir erklärt, dass Boccachio seinen Plan spontan änderte, als er Biffle und Jen zusammen antraf. Eigentlich wollte er nur Biffle. Aber dann nutzte er die Gelegenheit und wurde richtig kreativ.«

Bis dahin war Captain Spangler der perfekte Krankenbesucher gewesen, optimistisch und verbindlich, doch dann konnte er nicht länger an sich halten.

»Jen. Mein Gott. Ich kann nicht glauben, wie knapp … dass es mir entgangen sein soll.«

»Darum geht es nicht«, erwiderte Elizabeth. »Sie hat eben auf eigene Faust ermittelt. Mensch, Ed, Ihre Tochter hat den Fall Carlton Ritz geknackt!«

Er warf Elizabeth einen langen Blick zu und versuchte zu lächeln, zog aber nur die Augenbraue hoch. »Das macht mir Angst. Na ja, das und noch etwas anderes.«

»Und das wäre?«

»Dass Jen Spangler eine Miniaturausgabe von Ihnen sein könnte.«

»Sie ist doch ein Stück größer als ich.«

Nun hoben sich auch Spanglers Mundwinkel, und er wirkte auf einen Schlag zehn Jahre jünger. Sie hoffte, dass ihr nächster Schritt diese erfreuliche Entwicklung nicht wieder zerstören würde. Sie griff nach dem handgeschriebenen Brief, stand auf und reichte ihn Spangler.

»Auszeit oder Kündigung?«

»Das weiß ich noch nicht. Jedenfalls mehr als ein normaler Urlaub.«

»Was das Finanzielle betrifft, über das Schmerzensgeld hinaus …«

»An der Westküste gibt es ein paar Verrückte, die sich aus völlig unerfindlichen Gründen für meine Story interessieren.«

Nun verwandelte sich das Lächeln in ein kleines Lachen.

»Und wer spielt mich?«

»Brad Pitt wird Sie als jungen Mann spielen.«

»Und als älteren Mann?«

»Auch Brad Pitt. Mit grauen Strähnen.«

Er sprang auf, umarmte sie und hielt den Brief so, dass keine Tränen ihn benetzen konnten.

102

Die Zeit heilte alle Wunden. Mediziner messen den Heilungsprozess oft daran, ob ein Patient wieder seinen normalen Tätigkeiten nachgehen kann. Schaukeln war keine normale Tätigkeit für eine Frau Ende dreißig. Doch wenn Elizabeth sich drei Wochen nach der Schießerei ein wenig besser gefühlt hätte, hätte sie sich Father Brian Wilson auf dem Spielplatz von St. Sebastian nur zu gern angeschlossen.

Der Spaziergang von der Kirche zum Spielplatz war ihre Idee gewesen. Spazieren gehen tat gut. Es half bei der Genesung. Spazieren gehen war normal.

Elizabeth setzte sich auf das Podest des Klettergerüstes, das einige Riesenschritte von Father Wilsons Schaukel entfernt stand. Auf dem Weg hierher waren sie ziemlich still gewesen und blieben es auch jetzt.

»Wie geht es Ihrer Tochter?«, fragte Elizabeth schließlich.

Der Priester sackte ein wenig in sich zusammen, bevor er sie anschaute. »Zum Glück scheint es ihr recht gut zu gehen. Er hat ihr nicht weh getan. Sie sagte, es sei nicht einmal eine richtige Entführung gewesen, er habe sie praktisch nur in den Keller seines Elternhauses geleitet.«

Elizabeth schaute ihn freundlich an.

»Er ist erstaunlich sanft mit ihr umgegangen.«

»Wenn Sie es als sanft bezeichnen möchten, dass man jemanden heimlich mitnimmt, ihm eine Beruhigungsspritze setzt, ihn fesselt und versteckt«, konterte sie.

»Sie sagt, er habe ihr versichert, sie freizulassen, wenn alles erledigt sei.«

»Und wenn er dabei getötet worden wäre?«

»Diese Möglichkeit hat er ganz sicher nicht in Betracht gezogen. Und wie sich herausstellt, hatte Gott etwas anderes mit ihm vor.«

»Das fällt in Ihr Fachgebiet«, sagte Elizabeth. »Ich nehme Sie beim Wort.«

Bis dahin hatte sich die Schaukel nur ganz leicht bewegt, doch nun stieß sich der Priester mit den Füßen ab und schwang ein paar Mal vor und zurück, bevor er abbremste.

»Er ist kein –«

Elizabeth fügte den Rest hinzu. »Kein schlechter Mensch?«

»Nein. Niemand hat das Recht, das zu behaupten, oder? Vor allem ich nicht.«

»Sie haben eine schwere Zeit durchgemacht.«

»Was uns wiederum zu der Frage führt, die Sie mir sicher schon die ganze Zeit stellen wollen. Wieso habe ich nicht erkannt, dass er ein schlechter Mensch ist? Oder wie konnte ich einfach darüber hinwegsehen?«

»Stimmt genau«, erwiderte Elizabeth. »Und Sie haben sicher auch eine passende Antwort für mich.«

»Da bin ich mir nicht so sicher. Denn jetzt wird es persönlich. Sehr persönlich. Meine Tochter wurde als Kind sexuell missbraucht. Sie war erst acht, als ihre Mutter starb. Als ich mich entschloss, ins Priesterseminar einzutreten, zog sie zu meinen Eltern. Ein Nachbar, der Vater ihrer Freundin, missbrauchte sie bei einer Campingtour. Vor einigen Jahren hat sie endlich darüber gesprochen. Und Gerry hat sie behandelt. Er half ihr, es zu verarbeiten. Auch den Tod ihrer Mutter. Das Gefühl des Verratenseins und den Verlust der Unschuld, den kein Kind jemals erleben sollte. Gerry hat ihr geholfen. Ich hatte das Gefühl, er könnte sie *retten*.«

»Sie hat ihm offenkundig vertraut. Bis hinunter in diesen Keller«, sagte Elizabeth.

»Sie ist am Leben«, entgegnete Father Wilson. »Und wo Leben ist, ist auch Hoffnung. Oder sollte ich so etwas nicht sagen?«

Er erhob sich von der Schaukel, seine schwarzen Schuhe schritten lautlos über den Mulch. Am Klettergerüst legte er die linke Hand um die unterste Stange.

»Man könnte sagen, *wo Gnade ist, ist auch Hoffnung*. Damit komme ich zu meiner zweiten Frage.«

»Ich verstehe«, sagte er und hielt sich an der Metallstange fest, als brauchte er eine Stütze.

»Haben Sie Grace gekannt? Haben Sie von ihr gewusst?«

»Nein. Aber ich wünschte bei Gott, es wäre so. Denn wenn er mir davon erzählt hätte, hätte ich ihm vielleicht helfen können. Wie sehr, weiß ich nicht. Vielleicht genug, um das alles zu verhindern.«

Elizabeth spürte, wie ihre Augen feucht wurden. »Das ist das Schlimme an solchen Fällen. Manche Dinge können wir herausfinden. Andere werden wir nie erfahren. Aber in diesem Fall wissen wir, dass Grace der Schlüssel war.«

Father Wilson ließ die Stange los und trat zurück, wobei seine Füße in den Mulch sanken. »›Tis Grace that brought me safe thus far. And Grace will lead me home.‹«

Er hatte nicht gesungen, sondern die Worte gesprochen, aber die Wirkung war die gleiche. Elizabeth ließ den Liedtext respektvoll ausklingen.

»Die Frau, die ein Bein verloren hat – Sie nannten sie Grace. Hätten Sie das nicht getan, hätte ich niemals die Verbindung hergestellt.«

»Das habe ich von ihm übernommen. Von Gerry, meine ich. Wegen der Schweigepflicht darf er die wirklichen Namen seiner Patienten nicht verwenden. Daher benutzt er Grace als Pseudonym. Den Grund kennen Sie jetzt. Mir gefiel der Klang. Welchem Priester würde er nicht gefallen? Also fing ich an, den Namen ebenfalls zu benutzen, wenn ich Diskretion wahren wollte.«

Elizabeth zog sich an einer Stange hoch und ging einige Schritte auf den Priester zu. Einen Moment lang schauten sie einander an wie zwei Menschen, die miteinander kämpfen oder sich umarmen wollen.

»Soll ich Ihnen was sagen? Ich danke Gott dafür, dass Sie es getan haben.«

103

Ende September lag die Schießerei einen Monat zurück, und Elizabeth hatte den ersten Monat ihres neuen Lebens hinter sich. Eines Lebens, in dem sie nicht an irgendeinen Wahnsinnigen gefesselt war. Und sie tat ihr Bestes, um mit dem geistig gesündesten Mann, dem sie je begegnet war, alles zu verarbeiten. In einem Punkt musste sie seine geistige Gesundheit allerdings anzweifeln: dass er ausgerechnet sie als zukünftige Ehefrau auserkoren hatte.

Es war Samstag, später Nachmittag, und der Abend lockte mit Pizza, Weißwein und einem violett-orangefarbenen Sonnenuntergang. Von denen hatten sie in letzter Zeit viele erlebt, vorausgesetzt, das Wetter spielte mit. Das tat es oft, und dann bot sich ein perfekter Hintergrund für die Abendspaziergänge mit Brady, die zu einer schönen Gewohnheit geworden waren.

Elizabeth fand es eigenartig. Jahrelang war sie diese Strecke, *ihre* Strecke, allein gegangen, und nun hatte sie einen Mann bei sich, mit dem sie das alles teilen wollte. Nicht nur den Asphalt, sondern auch jede Wildblume am Wegrand. Jeden Vogel. Jede Wolke. Den Kuss des Windes auf ihrem Gesicht.

Was zum Teufel passierte mit ihr? Es war ein bizarres, aber wunderbares Gefühl, das sie immer häufiger überkam. Sollte es tatsächlich Entspannung sein? Etwas so Unglaubliches wie Loslassen?

Es war erst halb sechs, und Brady schaute sich im Wohnzimmer gerade einen Film an. Er war auf einem Kabelsender über *Der Pate* gestolpert und hatte gefragt, ob er sich ein paar Szenen ansehen dürfe. Elizabeth war klar, dass es damit nicht getan sein würde, denn darin war Brady wie ein Alkoholiker, der zu seiner Frau sagt, er wolle unterwegs nur ein paar Drinks nehmen.

Sie ließ ihm den Spaß. Es gab Schlimmeres. Auch Schlimmeres als die etwa hundert Kugeln, die Sonny Corleone bei der Hinrichtung durchsiebten. Sich das anzusehen schien ein angemessener Preis für den Beziehungsfrieden.

Nun, auch diese traumatische Szene ging vorüber, und anders als Sonny hatte Elizabeth überlebt. Sie hatte sogar weitaus Schlimmeres überlebt. Notfalls würde sie auch künftig Schlimmeres überleben. Aber nicht jetzt. Nicht in nächster Zeit. Und, der Gedanke kam ihr zum ersten Mal, vielleicht nie wieder.

Im Fernsehen brachten Vito Corleone und seine Männer Sonnys Leiche zu dem nervösen Bestatter und forderten die Bezahlung für eine Gefälligkeit, die der Don dem Mann zu Beginn des Films bei der Hochzeit seiner Tochter erwiesen hatte.

Elizabeth schloss die Augen und horchte, wie Brady gemeinsam mit Marlon Brando den Satz aussprach: *»Schau, wie sie meinen Jungen zugerichtet haben.«*

Als Elizabeth die Augen öffnete, sah sie Brady an. In seinen Augen spiegelte sich Brandos tragischer Blick. Und es war ihm ernst damit. Elizabeth nickte aufmunternd, um zu zeigen, dass sie mit ihm fühlte – mit ihm, dem Don und der ganzen verdammten Welt.

Der Spaziergang erfrischte ihre Lungen und ihren Geist. Elizabeths Gedanken konzentrierten sich auf einen anderen Jungen, den man ebenfalls furchtbar zugerichtet, wenn auch nicht tot liegen gelassen hatte. Einen Jungen, der überaus lebendig war. Michelangelo Boccachio. Sie war ein bisschen überrascht und auch erleichtert, dass er nicht versucht hatte, Kontakt zu ihr aufzunehmen. Vielleicht hatten ihm seine Ersatzeltern bei Big Shoulders davon abgeraten. Sie war sich aber sicher, dass sie irgendwann von ihm hören würde. Und wenn es so weit war, würde sie mit ihrem Schwimmer sprechen. Und es wäre in Ordnung, solange das Gespräch an Land stattfand und ein durchtrainierter Exringer in der Nähe blieb.

Ein Lied ging ihr durch den Kopf. Es hatte schon eine ganze Weile in der Luft gelegen, doch sie war zu verlegen gewesen, um es zu singen.

Es war ein Popsong, genau wie die anderen Lieder, die sie in diesen verrückten Wochen nicht losgelassen hatten. Allerdings ein Popsong aus längst vergangenen Zeiten.

Der Refrain meldete sich hartnäckig, und diesmal ließ sie ihm freien Lauf.

Going to the chapel and I'm gonna got ma-a-a-ried.

War das nicht wunderbar? Geradezu ideal? Sie ging mit ebenjenem Mann die Straße entlang, der ihr genau das bieten wollte. Er passte sich ihrem Schritt an, denn sie war noch nicht ganz die Alte. Andererseits wollte er seinen Kreislauf ein bisschen in Schwung bringen und verlegte sich darauf, ein Stück flott voranzugehen und dann auf sie zu warten.

Einen Moment lang sah sie wieder ihre Visionen auf dem freien Feld. Chopin am Klavier. Poe am Schreibtisch. Den Geist eines Samurai, der seine Schwertkunst ausübte. Und hoch über ihnen erhob sich der allwissende und allmächtige Sohn der Mutter Gottes. Sie wusste, dass sie nie wieder im Leben einen so bodenlosen Wahnsinn ertragen könnte. Sie hatte beschlossen, es auch nicht zu tun. Sie würde ihr Leben einfacher gestalten. Wenn es sein musste, würde sie die ganze Welt einfacher gestalten. Und der Weg in diese Welt würde leicht und überaus angenehm sein. An diesem Abend würde er aus gebackenem Teig, Tomatensauce, Mozzarella, undefinierbarem Fleisch und dem Saft gegorener Trauben bestehen.

Pizza und Wein. Eine schöne Aussicht. Eine herrliche Aussicht. Hinzu kam noch der violett-orangefarbene Sonnenuntergang, der sich vor ihren Augen entfaltete. Die Erde in ihrer ganzen Pracht. Erstaunlich, was man am Ende der Welt und dem Beginn einer neuen alles sehen konnte. Vor allem, wenn man überlebt hatte und davon erzählen konnte.

Es waren nur noch wenige hundert Meter – nicht bis ans Ende der Welt, sondern bis ans Ende des asphaltierten Wegs. Dort warnten die üblichen schwarz-gelben Schilder die Autofahrer.

»Du bist heute Abend ziemlich still«, sagte Brady, als er wieder einmal seinen Schritt verlangsamte.

»Nur äußerlich«, erwiderte sie. »Innerlich versuche ich herauszufinden, welcher Jazzmusiker sich am besten für ›Chapel of Love‹ eignen würde.«

Er schaute sie lächelnd an, war glücklich, sie bei sich zu haben, sie überhaupt noch zu haben.

»Und wie läuft die Suche?«

»Schon erledigt. Es gibt nur eine Möglichkeit. Mr. Miles Dewey Davis.«

»Wie gut, dass du dieses Rätsel gelöst hast.« Er holte sein Handy aus der Tasche. »Das feiern wir mit einer Pizza.«

»Sollen wir nicht warten, bis wir zu Hause sind?«

Er zögerte und wollte etwas über die Pizza sagen, verkniff es sich aber. Er steckte das Handy in die Tasche. Noch hundert Meter, dann würden sie umkehren.

»Da du die Sache mit der Kapelle angesprochen hast, hätte ich eine Frage«, setzte er an. »Wie gefällt es dir, wenn ich *Ich liebe dich* sage? Möchtest du es öfter hören oder seltener? Wir haben noch nie so richtig darüber gesprochen.«

»Vermutlich habe ich gedacht, es wäre kein Thema, über das wir sprechen müssen«, erwiderte Elizabeth. »Aber nun, da du schon fragst, würde ich es gerne öfter hören. Und wie ist es mit dir?«

»Einmal am Tag würde mir schon gefallen. Und dann mit viel Gefühl.«

»Gebongt.«

Beide wurden langsamer. Doch statt kehrtzumachen, ging Elizabeth weiter und führte ihn ganz bis ans Ende der Straße. Dort blieben sie stehen.

»Nun«, sagte Brady.

»Nun.«

»Drehen wir hier nicht um?«

Elizabeth setzte sich wieder in Bewegung. Ihre Turnschuhe knirschten auf dem Schotterweg, der in Gras und Kiefernnadeln überging. Sie hörte Bradys Schritte hinter sich.

»Vielleicht ist es Zeit für ein kleines Abenteuer«, sagte sie, bückte sich und vergrub ihre Hände in den Wildblumen.

»Woran hattest du gedacht?«

»Keine Ahnung. An etwas, das ich noch nie zuvor gemacht habe. Vielleicht auch an mein ganzes Leben.«

Danksagung

Bei der Arbeit an diesem und anderen Romanen konnte ich mich immer auf die wunderbare Unterstützung, das Verständnis und die Liebe meiner Frau Katie und unserer drei Kinder Shannon, Michaela und Jackson verlassen. Es ist nicht einfach, mit einem Schriftsteller zusammenzuleben, vor allen Dingen nicht während er schreibt. Danke, dass ihr eure Welt und eure Träume mit mir geteilt und mir geholfen habt, meine eigenen zu finden. Mein tiefer Respekt und Dank gilt meiner Agentin Paula Balzer, meinem Lektor Tom Colgan, Sandra Harding, Hüterin der Flamme, und meinen vielen Lehrern, Förderern, Heiligen und Gurus. An erster Stelle dieser erhabenen Liste befinden sich meine Eltern, meine Schwester Jodi und mein Bruder Todd, ohne deren Liebe und Zuspruch ich niemals den Mut gehabt hätte, mit offenen Augen zu träumen. Ein großer Dank gilt auch Catherine Ross, Ashok Bedi, Diane Rusch und John und Jean Schloegel für ihre großzügige Beratung und Unterstützung.

Sheldon Rusch
Rabenmord
Thriller
Aus dem Amerikanischen von Irmengard Gabler
Band 16879

EDGAR ALLAN POE
Seine Geschichten hätten nie erzählt werden dürfen. Denn von nun an werden sie Wirklichkeit.

Ein Serienmörder versetzt ganz Illinois in Angst und Schrecken. Die Morde tragen alle eine Handschrift: die von Edgar Allan Poe, dem Meister des Makabren. Special Agent Elizabeth Hewitt und der Poe-Experte Scott Gregory sollen den »Raben«, wie die Medien ihn getauft haben, stoppen. Doch das Szenario für den nächsten Mord wurde schon vor langer Zeit entworfen …

»Ein kraftvoll geschriebenes Debüt,
das unter die Haut geht.«
Publishers Weekly

Fischer Taschenbuch Verlag

fi 16879 / 1

Sheldon Rusch

Mordmelodie

Aus dem Amerikanischen von Irmengard Gabler

Thriller

Band 16875

Eine Serie von Doppelmorden hält die Bewohner von Illinois in Atem. Je eine junge Frau und ein älterer Mann kamen gleichzeitig ums Leben – die Frauen durch eine tödliche Injektion, die Männer mit Nylonstrümpfen erdrosselt. Special Agent Elizabeth Hewitt findet bald heraus, dass die Morde alle um die gleiche Uhrzeit stattfanden: mitten in der Nacht, während im Radio die berühmte Nocturne in Es-Dur von Frédéric Chopin gespielt wurde.

Als Elizabeth dem Klassiksender einen Besuch abstattet, trifft sie dort Jay Boniface – einen alten Bekannten aus dem College. Als Redakteur ist er für die Nachtmusik verantwortlich. Und die nächste Nocturne von Chopin steht schon auf dem Programm …

Fischer Taschenbuch Verlag

fi 16875 / 1

Sheldon Rusch
Sündenmord
Thriller
Aus dem Amerikanischen von
Susanne Goga-Klinkenberg
Band 18039

Wer ohne Sünde ist …

Eine schreckliche Mordserie erschüttert ganz Illinois: Eine Reihe Prominenter, die gegen eines der zehn Gebote verstoßen haben, werden brutal hingerichtet. Elizabeth Hewitt bittet ihren ehemaligen Kollegen Matthew um Hilfe. Seit einer schweren Kopfverletzung lebt dieser zurückgezogen in einem buddhistischen Kloster. Gemeinsam machen sich die beiden auf die Jagd nach dem Killer. Da geraten auch sie ins Visier des Wahnsinnigen …

Fischer Taschenbuch Verlag

fi 18039 / 1